Babsy Tom
Was du liebst, das halte fest

Das Buch

Ein lebhafter Liebesroman über die Fallstricke des Lebens auf dem Weg zu Mr. Right.

Laura hätte es längst wissen müssen. Auf Till ist kein Verlass. Nun steht sie allein mit ihrer kleinen Tochter Mia da und muss sich ein günstiges WG-Zimmer suchen. Der sympathische, aber mittellose Pianist Anton nimmt die beiden auf, aber für die junge Mutter kommt es immer dicker: Paparazzi schießen ein (un-)missverständliches Foto von Laura mit dem reichen Fußballstar Christian Bergmann, sie ruiniert das Brautkleid ihrer Chefin und nun ist auch noch ihr Arbeitsplatz in Gefahr.

Dabei wünscht sich Laura doch nur eines: eine gute Zukunft für Mia. Anton erweist sich als heimlicher Retter in der Not, und Laura und Mia wachsen ihm immer mehr ans Herz. Erkennt Laura, dass das Glück schon längst an ihrer Seite ist?

Die Autorin

Babsy Tom, aufgewachsen in Potsdam-Babelsberg, lebt seit vielen Jahren mit ihrer Tochter in ihrer Lieblingsstadt Berlin. Seit Langem schon ist das Schreiben ein fester Bestandteil ihres Alltags. Die Protagonisten ihrer Romane stehen immer mitten im Leben und kämpfen mit echten Problemen.

Hauptberuflich arbeitet sie in einem Krankenhaus. In ihrer Freizeit konsumiert sie Unmengen von Büchern, Serien und Schokolade, und sie liebt lange und inspirierende Spaziergänge in freier Natur. Den Rest ihrer Zeit verbringt sie am liebsten mit ihrer Tochter und den besten Freunden der Welt. Wer mehr über Babsy Tom erfahren will, darf ihr gerne eine Freundschaftsanfrage auf Facebook schicken oder ihr beim »Zwitschern« auf Twitter über die Schulter blicken.

https://www.facebook.com/babsi.tomtom

https://twitter.com/herbyfun

BABSY TOM

WAS DU LIEBST, DAS HALTE FEST

Roman

Montlake
Romance

Deutsche Erstveröffentlichung bei
Montlake Romance, Amazon Media EU S.à r.l.
5 Rue Plaetis, L-2338, Luxembourg
Dezember 2018
Copyright © der deutschsprachigen Ausgabe 2018
By Babsy Tom
All rights reserved.

Umschlaggestaltung: semper smile, München, www.sempersmile.de
Umschlagmotiv: © Paladin12/ Shutterstock; © primiaou / Shutterstock;
© Deliza / Shutterstock;
Lektorat und Korrektorat: Verlag Lutz Garnies, Haar bei München,
www.vlg.de
Gedruckt durch:
Amazon Distribution GmbH, Amazonstraße 1, 04347 Leipzig /
Canon Deutschland Business Services GmbH, Ferdinand-Jühlke-Str. 7,
99095 Erfurt /
CPI books GmbH, Birkstraße 10, 25917 Leck

ISBN 978-2-91980-421-4

www.montlake-romance.de

Der Anfang vom Ende

»Verdammt!« Der Fluch hallte durch die Küche. Laura holte tief Luft und atmete bewusst in die Körpermitte. »Nur die Ruhe«, redete sie sich gut zu. Dann drehte sie ein weiteres Mal den Schalter um dreihundertsechzig Grad auf Buntwäsche. Fester als nötig drückte sie den Startknopf. Nichts. Ein ungutes Gefühl durchströmte sie. Wenn jetzt zu allem Überfluss noch die Waschmaschine den Geist aufgab, waren sie geliefert. Panisch schaute sie auf die Uhr. Kurz vor drei. Sie musste sich ranhalten und Mia aus dem Hort abholen, aber vorher musste sie die Maschine zum Laufen bringen. Das blöde Ding durfte unter keinen Umständen ausgerechnet jetzt das Zeitliche segnen. Während sie abwechselnd den Schalter und den Startknopf malträtierte, schickte sie ein Stoßgebet zum Himmel und hielt mit Mühe die Wuttränen zurück. Beschwörend versuchte sie es dann auf die nette Tour: »Bitte, liebes Maschinchen, spring doch an! Komm schon, Baby!« Zur Antwort erhielt sie eisiges Schweigen.

»Blödes, bescheuertes Scheißding«, fluchte Laura nun wieder, zog den Netzstecker der Waschmaschine aus der Dose und steckte dafür den Föhn ein. Prompt blies ihr heiße Luft ins Gesicht. An der Steckdose lag's nicht. Sie schloss die Waschmaschine wieder an den Strom an und betätigte ein weiteres Mal den Startknopf. Nichts. Nichts. Nichts. Nicht mal ein kleines Knacken, Klacken oder Knarzen. »Verdammte Scheiße«, fluchte sie abermals und schlug mit der Faust gegen das Bullauge. Unbeeindruckt glotzte es zurück. Resigniert ging sie zum Küchentisch, wo ihr Handy lag. Till! Dem musste doch zur Abwechslung mal was einfallen. Vielleicht hatte er ja eine zündende Idee. Während Laura ihn anwählte, hörte sie, wie die Wohnungstür aufgeschlossen wurde.

»Till?« Sie legte das Handy beiseite und ging in den Flur, wo ihr Freund gerade seine Jacke an den Garderobenhaken hängte. Oder vielmehr versuchte er es. Mit hochgezogener Augenbraue beobachtete Laura, wie er hin und her taumelte und ein ums andere Mal daran scheiterte, die Jacke aufzuhängen, bis sie ihm letztlich vor die Füße fiel.

»Shit«, murmelte er, den Blick zu Boden gerichtet.

»Was ist mit dir?«, fragte sie angespannt. »Bist du etwa schon wieder betrunken?« Erschrocken fuhr Till herum und sah sie an. Sein stets leicht sonnengebräuntes Gesicht war gerötet, die blauen Augen, in die sie sich bei ihrer ersten Begegnung verliebt hatte, blickten glasig und seine kurzen blonden Haare waren verstrubbelt.

»Seh ich vielleichso aus?« Till hatte Mühe, aufrecht zu stehen, ohne zu wanken. Halt suchend griff er nach dem Garderobenhaken.

»Geht's noch?«, fragte Laura. »Das ist schon das dritte Mal diese Woche und wir haben Mittwoch, du Arsch. Wir haben zurzeit wirklich andere Sorgen, weißt du das?«

»Sorry! Die Jungs hatten 'n Kasten Bier da«, sagte er, als wäre dies die plausibelste und auch allgemeingültige Erklärung für seinen Zustand. Till setzte seinen Hundeblick auf und steuerte auf Laura zu. »Komm schon, Süße, sei nich sauer, waren doch nur 'n paar Bierchen.«

Angewidert wich sie zur Seite und hoffte, er werde sich die Nase an der Rauputzwand stoßen. Wehe, er fasste sie an! Sie hasste es, wenn er eine Bierfahne hatte.

»Während du dir ein paar kühle Blonde genehmigt hast, statt ein paar Stunden zu arbeiten, habe ich versucht, die Waschmaschine in Gang zu bringen. Die ist nämlich kaputt. Und Mia ist auch noch im Hort, verdammt!«

Till winkte ab. »Das Scheißing war gessern schon futsch.«

»Wie bitte? Du wusstest das?«

Ihr Freund zuckte mit den Schultern und nickte. »Ich hab sir exa nich gesagt, damitu nich ausflips so wie jezz.«

Laura atmete tief durch und musste schwer an sich halten, um nicht noch lauter zu werden. Auf Schreien reagierte Till meist mit Rückzug. Aber so leicht wollte sie ihn nicht vom Haken lassen. Nicht dieses Mal.

»Und was glaubst du, wie unsere Wäsche jetzt sauber wird, hm? Von Hand oder wie?«

Till versuchte erneut, sie in die Arme zu ziehen.

»Lass es«, fauchte sie und wich nun zur anderen Seite aus. »Ist dir mal in den Sinn gekommen, Mia vom Hort abzuholen, wenn du schon nicht gearbeitet oder dich um die Reparatur gekümmert hast? Wirklich, Till, alles bleibt an mir hängen! Und Geld für eine neue Waschmaschine haben wir auch nicht. Alles geht den Bach runter.«

»Oh Mann«, stöhnte er und verdrehte die Augen. Er war genervt. Sie aber auch, und zwar mehr. Mit dem Unterschied, dass sie sich nicht, so wie er, das Bier in den Hals kippte, selbst wenn ihr danach zumute gewesen wäre. Sie stellte sich ihrer Verantwortung. Weil man das so machte als Mutter.

»Ja, ›oh Mann‹«, murmelte sie und nahm ihre Jacke vom Haken. »Du lässt dir besser was einfallen, bis ich zurückkomme. Es sind mindestens drei Maschinen zu waschen.«

Wutentbrannt stürmte sie aus der Wohnung und knallte die Tür hinter sich zu. Sollte er nur merken, wie sauer sie war. Viel zu oft hatte er sich in letzter Zeit mit seinen Kumpels vollaufen lassen, anstatt sich um Mia oder den Haushalt zu kümmern. Viel zu oft hatte er Gelegenheitsjobs im Biergarten ausgeschlagen, um mit den sogenannten Freunden abzuhängen. Dass das Geld vorn und hinten nicht reichte, war schon schlimm genug, aber dass er sich immer weniger um seine Tochter kümmerte und seine Vaterpflichten vernachlässigte, ging ihr allmählich an die Substanz. Als sie vor die Tür trat, fasste sie den Entschluss, ihn vor die Wahl zu stellen. Entweder es änderte sich etwas oder er konnte sich zum Teufel scheren. So ging es jedenfalls nicht weiter. Sie hatte mit ihrer Ausbildung und Mia genug am Hals. Dann noch der Job bei Kalle in der Wurstbude, einem Stadtimbiss, wo sie hin und wieder aushalf, um sie alle einigermaßen über Wasser zu halten. Es war bestimmt nicht zu viel verlangt, wenn Till auch seinen Teil zum Unterhalt beisteuerte, anstatt das bisschen Geld auch noch in Bier und Zigaretten umzurubeln.

»Hallo, Mama!« Mia strahlte, als Laura den Hort betrat, und sofort ging ihr das Herz auf. Als ihre Tochter die Arme um sie schlang, stieg ein warmes Gefühl des Trostes in ihr hoch. Den Scheitel ihres Kindes küssend, atmete sie Mias unverwechselbaren Duft, eine Mischung aus Einhorn-Shampoo und Hubba-Bubba-Kaugummi. »Hallo, Mäuschen, wollen wir?« Mia rannte los, um ihre Jacke zu holen. Sie verabschiedeten sich von Sarah, der Hortbetreuerin, und machten sich auf den Weg. So recht wollte Laura nicht gleich wieder nach Hause gehen, auch wenn sie wusste, dass sie sich unbedingt um die Waschmaschine kümmern musste. Nun ja, eines war sicher, wegrennen würde ihr das tote Teil nicht. Genauso sicher war leider auch, dass Till kein Zauberer war, weshalb die Maschine nach wie vor keinen

Mucks von sich geben würde, wenn sie nach Hause kämen. Der Gedanke an die Unmengen von Schmutzwäsche, die Mia produzierte, machte sie nervös, und auch sie brauchte täglich frische Klamotten, weil sie schon nach einem Tag in der Imbissbude selbst wie eine frittierte Currywurst stank.

»Willst du ein Eis?«, fragte sie, um eine weitere Konfrontation mit Till hinauszuzögern, die ohnehin nichts bringen würde. Mit Vorwürfen erreichte man bei ihrem Freund überhaupt nichts, mit ständigem Erdulden allerdings ebenso wenig. Sie beide steckten mit ihrer Beziehung und ihrem Zusammenleben in einer verfluchten Sackgasse.

»Eis wäre riesig!« Wie auf Kommando drehten sich Mia und Laura gleichzeitig in die entgegengesetzte Richtung.

Auf halber Strecke entdeckte Laura einen Waschsalon. Sie nahm Mias Hand, ging mit ihr über die Straße und spähte durch die Schaufensterscheibe. Dort standen aneinandergereiht mehrere Maschinen und Wäschetrockner. Der Laden war bis auf eine Frau, die dasaß und in einem Buch las, leer. Das würde ihr also auch blühen, wenn ihnen nicht schleunigst etwas einfiel. Na super.

»Was ist das?« Mia drückte sich die Nase an der Schaufensterscheibe platt.

»Hier kann man seine Wäsche waschen, wenn die eigene Maschine kaputt ist.«

»Ist unsere denn kaputt?«

Laura nickte resigniert und zog sie weiter. »Ja, aber uns wird schon was einfallen.«

»Papa kann sie doch einfach reparieren.« Mia schaute ihre Mutter aus ihren großen blauen Augen zuversichtlich an.

»Ja, das hoffe ich auch, aber wenn Papa es nicht hinkriegt, dann bringen wir unsere Wäsche eben hierher. Mach dir keine Sorgen.«

»Mach ich nicht«, entgegnete Mia knapp und rannte vor zur Eisdiele. Sie überflog das Sortiment und schaute fragend hoch.

»Maximal zwei, Mia, mehr schaffst du sowieso nicht.«

»Dann nehme ich Erdbeere und Schoko.«

Die Eisverkäuferin füllte das Eis in eine Waffel und reichte sie dem Kind.

»Eins achtzig.« Laura verkniff sich ein Augenverdrehen. Jedes Jahr wurde die Kugel Eis um zehn Cent teurer. Wenn Goldnuggets drin gewesen wären oder sie im Lotto gewonnen hätte, dann hätte man sich das ja noch eingehen lassen, aber so? Sie legte das abgezählte Geld in die Schale.

»Was ist mit dir? Magst du nicht?«, fragte Mia.

Laura schüttelte den Kopf. »Heute nicht. Ich habe spät Mittaggegessen und bin noch zu satt«, log sie. Mit knurrendem Magen beobachtete Laura den ganzen Rückweg über, wie Mia versonnen ihr Eis schleckte. Am liebsten hätte sie es ihr aus der Hand genommen und selbst gegessen. Um sich abzulenken überlegte sie, ob sie den Hauswart um Hilfe bitten sollte. Erst neulich hatte sie mitbekommen, wie er den großen Aufsitzrasenmäher repariert hatte. So eine Waschmaschine war schließlich kein Hexenwerk. Sie betraten das Wohnhaus und kurz zögerte Laura vor dessen Tür. Sie setzte schon an zu klingeln, aber im letzten Moment ließ sie den Finger sinken. Erst mal gucken, ob Till vielleicht doch was ausrichten konnte. Sie schloss die Tür auf und Mia rannte voran, ihren Vater zu begrüßen.

»Hallo, Papi«, rief sie fröhlich. »Mama war mit mir Eis essen.«

»Cool, Mama ist die Beste«, hörte sie ihn aus der Ferne. Sie war sich unsicher, ob er nicht »Bestie« statt »Beste« gesagt hatte. Sie betrat die Küche, wo er am Boden saß. Um ihn herum lagen Teile aus dem Innenleben der Waschmaschine. Ihr Herz rutschte erst in den leeren Bauch, dann in die Hose. Dort traf es auf die seit Langem schwelende Wut und vermischte sich zu einem Knäuel. Die Maschine lag auf dem Bullauge und sah jetzt einfach nur noch kaputt aus. Laura wollte anfangen zu heulen, aber noch lieber wollte sie hysterisch werden. Und herumschreien. Laut. Riesenlaut!

»Mia, gehst du bitte in dein Zimmer?«, bat sie, riesenleise.

»Ich will aber Papa helfen.« Sie hockte sich neben ihren Vater und bestaunte die einzelnen Teile.

»Geh lieber.« Till streichelte über Mias Kopf, woraufhin sie gehorchte.

»Was wird das?«, fragte Laura noch leiser, auf das Chaos am Boden deutend. Till wusste, was das Senken der Stimme bedeutete, und hob alarmiert den Kopf.

»Ich dachte, du wolltest 'n neuen Toaster«, frotzelte er.

»Sag mal, bist du bescheuert?« Lauras Hysterie gewann nun doch die Oberhand.

»Hey, nun reg dich nicht gleich auf«, sagte er, wobei nun wirklich jeder Mann wissen sollte, was passiert, wenn man einer Frau sagt, sie solle sich nicht aufregen.

»Ich. Soll. Mich. Nicht. Was?« Ihre Tonlage wechselte zu schrill. »Wie willst du das jemals wieder zusammenbauen? Du hast so viel Ahnung von Waschmaschinen wie ein Barista von Atomphysik!« Ihr lag noch: *Hat man dir das Gehirn geklaut?* auf der Zunge, aber sie hatte Angst, dass Mia lauschte. Außerdem hatte sie sich irgendwann einmal geschworen, nie auf diesem Niveau mit dem Vater ihres Kindes zu streiten. Aber es fiel ihr verdammt schwer.

»Lass mich nur machen«, sagte Till, ratlos die ausgebauten Teile betrachtend. »Bestimmt ist nur irgendein Kabel durchgeschmort.«

»Weißt du, Till, das hier ist alles kein Spiel. Das ist unser Leben«, brach es aus Laura heraus. Und sie meinte plötzlich nicht mehr nur die Maschine, sondern das große Ganze, ihre Beziehung, ihre finanzielle Situation, ihr Miteinander.

»Das weiß ich doch.«

»Wenn du das weißt und trotzdem nichts daran änderst, dann kann dir unsere Existenz nicht sehr am Herzen liegen.«

Till verdrehte die Augen. »Jetzt mach doch nicht wieder so ein Theater, nur weil ich mal ein paar Bierchen getrunken habe«, versuchte er, die Gesamtlage zu bagatellisieren.

»Es sind nicht nur die paar Bierchen!«, keifte sie zurück. »Du arbeitest kaum noch, du kümmerst dich überhaupt nicht mehr um Mia. Der Haushalt verlottert und wir haben kein Geld. Wie soll es denn deiner Meinung nach weitergehen? Willst du, dass wir bald unter der Brücke schlafen, oder was?«

»Weißt du, Laura, du bist auch nicht ganz fehlerfrei«, lenkte er von sich auf sie.

Laura hielt inne. »Wie? Nicht fehlerfrei? Was meinst du?«

Till zuckte mit den Schultern. »Na, zum Beispiel kann niemand essen, was du kochst. Außerdem machst du immerzu und überall das Licht aus.«

Laura schnaubte ungläubig. »Im Ernst, Till? Bis jetzt habe ich noch niemanden vergiftet und was kann ich dafür, wenn du immer und überall das Licht anlässt? Einer muss ja Strom sparen.«

Laura sah, wie es hinter seiner Stirn arbeitete, er suchte nach weiteren Fehlern ihrerseits. In seinem Blick lag eine Mischung aus Verzweiflung, Ratlosigkeit und Resignation. »Mensch, Laura, was weiß ich denn? Das Kellnern im Biergarten ist das Letzte. Ich habe keine Ausbildung, weil du eine machen wolltest. Ich kann doch erst eine beginnen, wenn du mit deiner fertig bist.«

»Sagt wer?«, fragte sie.

»Das hatten wir doch alles so besprochen. Einer muss sich doch um Mia kümmern.«

Laura unterdrückte ein sarkastisches Lachen. »Ja genau, Till, aber das tust du doch gar nicht. Du bist doch kaum noch für sie da. Genau genommen bist du sogar meilenweit entfernt, wenn du mal körperlich anwesend bist. Wann hast du denn das letzte Mal mit Mia gepuzzelt, ihr vorgelesen, mit ihr Karten gespielt oder bist mit ihr auf dem Spielplatz gewesen, he? Morgens bringe ich sie zur Schule. Ich schmiere ihre Brote, ich mache mit ihr Hausaufgaben. Nachmittags hole ich sie vom Hort ab, abends lese ich ihr vor. Was machst du? Sag's mir!«

Till erhob sich und stand nun direkt vor ihr. »Weißt du eigentlich, wie sehr mich hier alles ankotzt? Meinst du, ich sehe nicht auch, was los ist? Ich weiß, dass wir kein Geld haben und wie du dich abrackerst für uns. Hast du mal daran gedacht, dass nicht jeder so verdammt stark ist wie du? Und überhaupt … kann es sein, dass das hier alles ein großer Fehler war?« Sein Zeigefinger richtete sich abwechselnd gegen sie beide.

»Wie bitte?«, hauchte Laura. Die Wut, die in ihrem Bauch kochte, rutschte als gelartige Masse in ihre Knie. »Wir waren ein Fehler? Du findest, Mia und ich sind ein verdammter, beschissener Fehler?« Tränen schossen ihr in die Augen. Wuttränen.

»Mensch, Laura, ich weiß es doch auch nicht. Wir sind so festgefahren. Nichts macht mehr Spaß. Wir sind jung, wir sollten doch Spaß haben, findest du nicht auch?«

Sie ballte ihre Fäuste und konnte kaum glauben, was Till da von sich gab. Konnte man sie für eine Ohrfeige im Affekt belangen? Oder zwei? »Du willst also lieber wieder Spaß haben, als die Verantwortung für das zu übernehmen, was ich unser Leben nenne, ja?« Hatte es überhaupt noch Sinn, ihrem Freund zu erklären, wie hirnlos er sich gerade verhielt? Und war er schon immer so gewesen und sie hatte das nur nicht erkannt?

»Mensch, Laura, man kann gut leben und trotzdem Spaß haben. Aber unsere Welt dreht sich nur noch um Probleme und Verpflichtungen.«

»Ja, genau! Weil man sich verpflichtet, wenn man ein Kind in die Welt setzt. Wir müssen für sie da sein und unser Bestmögliches versuchen, damit es ihr gut geht. Das ist unsere verdammte Pflicht! Deine und meine! Unsere! Verstehst du?«

»Hey, ich gebe mein Bestmögliches«, schrie er zurück.

»Wie bitte? Nicht arbeiten zu gehen, Bier zu trinken, deine Tochter zu vernachlässigen ist das Beste, was du geben kannst?« Ihre Stimme überschlug sich, während sie die Enttäuschung über ihn in jeder Faser ihres Körpers spürte.

»Weißt du, was du mich gleich mal kannst?«, fragte er mit vor der Brust verschränkten Armen. Ach ja, jetzt kam der Rückzug.

»Ja, was denn, hm? Was kann ich dich mal?«, äffte sie ihn nach. War das nun die hässliche Fratze der Wahrheit, der sie bis jetzt nicht ins Auge hatte blicken wollen?

Till trat achtlos gegen das tote Ding, das tausend Mal seine Wäsche gewaschen hatte, und eilte ins Schlafzimmer.

Sie lief ihm nach. »Los! Sag schon! Was kann ich dich denn mal?«, wiederholte sie, mit den Nerven am Ende. Es war ungeheuerlich, dass er sie einfach stehenließ. Laura beobachtete, wie er seinen alten Seesack unter dem Bett hervorzog, und bekam es mit der Angst zu tun.

»Was wird das jetzt, Till? Rede mit mir!«

Wahllos nahm ihr Freund T-Shirts, Jeans, Unterwäsche und Socken aus dem Schrank und stopfte sie in den Seesack. Da er nicht antwortete, ging sie auf ihn zu und stellte sich ihm in den Weg. »Hey, ich hab dich was gefragt.«

»Lass es, Laura. Ich kann es dir ja doch nicht recht machen.«

Herzrasen vermischte sich mit Übelkeit. Das war's. Er wollte sie verlassen. Sie und seine Tochter. In letzter Verzweiflung tippte sie energisch mit dem Zeigefinger gegen seine Brust. »Glaube mir, wenn du das tust …, wenn du jetzt wirklich gehst,

Till, … ich schwöre dir, dann brauchst du nie wieder zurückzukommen. Dann war's das!« Sie hörte selbst das Zittern in ihrer Stimme und spürte, wie sich die Wuttränen in Tränen der Ohnmacht verwandelten. Aber sie spürte noch etwas, nämlich, dass sie bitterernst meinte, was sie sagte.

»Ihr seid ohne mich besser dran«, erwiderte er in ruhigem Ton und schlenderte ins Badezimmer, um seine Zahnbürste zu holen.

»Du lässt mich hier wirklich mit dem ganzen Scheiß allein, ja?«

Stur ging Till an ihr vorbei und stopfte weitere Sachen in den Seesack.

»Wenn ich schon nichts zu unserem Vorankommen beitragen kann, will ich euch nicht auch noch auf der Tasche liegen.«

»Oh, wie großzügig«, giftete Laura.

»Papa?« Gleichzeitig drehten sie sich um. Mia stand in der Tür, Reste des Schokoeises in den Mundwinkeln. Verständnislos blickte sie von ihrer Mutter zum Vater. Er hockte sich zu ihr und zog sie in seine Arme. »Tut mir leid, Maus, ich hab's vermasselt.«

»Nicht so schlimm, Papi, mach's einfach wieder gut«, sagte sie im Brustton kindlicher Naivität.

Till schüttelte den Kopf. »So leicht ist das nicht, Schätzchen. Manchmal ist etwas so sehr kaputt, dass man es einfach nicht mehr repariert bekommt.« Lauras Kloß im Hals schwoll an.

Mia befreite sich aus seiner Umarmung und nahm sein Gesicht in die Hände. »Das ist doch nicht so schlimm. Mama geht woanders Wäsche waschen.«

»Schätzchen, es geht nicht um die Wäsche.« Er schaute hoch zu ihr und Laura sah, dass auch in seinen Augen Tränen glänzten. Er erhob sich. »Ich verreise für eine Zeit. Aber ich rufe dich an, so oft ich kann, okay?« Er tippte Mia an die Nase und versuchte zu lächeln.

»Wieso?« Mia schaute verständnislos zu ihr hinüber, sah, wie sie mit den Tränen kämpfte. Sie musste instinktiv spüren, dass was nicht stimmte.

Till ging ein letztes Mal in die Knie. »Tust du mir einen Gefallen und passt auf die Mama auf?«

Laura biss sich auf die Innenseiten ihrer Wangen. Sie hatte nichts mehr zu sagen und nichts mehr zu geben. Sollte er doch verschwinden. Dieser Idiot. Irgendwann war's auch mal gut.

Als hätte er ihre Gedanken gehört, kam er hoch, schulterte den Seesack und das Letzte, was Laura und Mia von ihm hörten, war, wie die Tür ins Schloss fiel. Wenn Laura vorher noch gedacht hatte, dass sie ihn vor die Wahl stellte, so musste sie nun erkennen, dass er seine längst ohne sie getroffen hatte.

WOHNUNGSBESICHTIGUNG

»Mama, deine Hand ist ganz nass.« Mia zog angewidert die ihre fort und wischte sie an ihrer Hose ab.

»Verzeih.« Laura lächelte sie entschuldigend an. Ihre Tochter hatte recht. Sie schwitzte und stank, erbärmlich sogar, nach Currywurst, Fritten und schalem Bier, wie immer, wenn sie aus der Wurstbude kam. Für eine Dusche war keine Zeit mehr gewesen. Sie hatte es gerade noch rechtzeitig geschafft, Mia aus dem Hort abzuholen und sie zum vereinbarten Zeitpunkt zur Wohnungsbesichtigung zu schleifen. Ihr Herz klopfte vor Aufregung bis zum Hals. Wenn es diesmal nicht klappte, war sie komplett aufgeschmissen.

Es war nun vier Wochen her, dass Till sie verlassen hatte. Seitdem war er wie vom Erdboden verschluckt. Sein Handy war ausgeschaltet und selbst die Anrufe, die er Mia versprochen hatte, blieben aus. An ihn zu denken machte sie wütend, deshalb verbannte Laura ihn weitestgehend aus ihren Gedanken, aber in Momenten wie diesen war er allgegenwärtig. Wäre er noch da gewesen, hätte sie jetzt nicht hier gestanden. Oder vielleicht doch? Sie schielte runter auf das Gesicht ihrer Tochter, das so viele Gemeinsamkeiten mit dem des Vaters hatte.

So ein Idiot, dachte sie, und allein die Wut auf ihn war wie ein immerwährender Antrieb in ihrem Innern. Sie hielt das Rad am Laufen und jeden Tag gelang es ihr ein bisschen besser, sich mit der Situation abzufinden und sich allein mit Mia durch den Alltag zu lavieren, auch ohne seine Unterstützung und partnerschaftliche Anteilnahme. Für sie hieß es nun Hartz IV bis zum Ende ihrer Ausbildung. Sie war nur froh, dass sie den Kindesunterhalt inzwischen von der Vorschusskasse bekam. Auf einen Schlag hatte sie alles verloren: ihre Wohnung, den Vater ihres Kindes und den Freund, dem sie immer vertraut hatte.

Aber hatte sie das wirklich? Anfänglich vielleicht, aber zum Ende hin war jeder Tag nur noch ein Kampf gewesen. Ihre Beziehung hatte nur noch wenig mit Liebe und Vertrauen gemein gehabt. Laura schüttelte den Kopf und schob die Gedanken an ihn fort. Wenn sie das letzte Ausbildungsjahr als Hotelfachfrau im *Leonhardt* antreten wollte, musste sie nach vorn blicken und das hieß leider, sie musste aus ihrer geräumigen Zweizimmerwohnung entweder in eine kleinere oder aber in eine Wohngemeinschaft ziehen. Und da die Berliner Mieten inzwischen auch für kleinere Apartments extrem hoch waren, würde es am Ende vermutlich nur für eine WG ausreichen, vorausgesetzt man nahm sie überhaupt. Wer wollte schon eine Alleinerziehende mit Kind? Niemand. Denn wer bitte mochte in einer WG wohnen, wenn nebenan ein Knirps schlief? Die meisten von denen waren doch höchstens auf Dinge wie Partys, Sex und Sachen aus, die unters Betäubungsmittelgesetz fielen. Diesmal jedoch hatte der Aushang am schwarzen Brett des Spätis wirklich seriös und vielversprechend gewirkt: Charlottenburg. Suche ruhige/n Mitbewohner/in für eine Zweier-WG, 17 qm, Nichtraucher, 420 € inklusive Nebenkosten, Droysenstraße 16, Besichtigung Montag, bitte telefonische Voranmeldung unter Tel. 01798763456, bei Fischer.

Lauras Blick wanderte hoch zum vierstöckigen Berliner Altbau mit stuckverzierter weißer Fassade. Von außen sah es schon mal recht einladend aus.

»Okay, Süße, was haben wir besprochen?«

Mia, die für ihre sechs Jahre ziemlich gewitzt war, verdrehte die Augen. »Freundlich Guten Tag sagen, nichts anfassen und nur reden, wenn ich gefragt werde.«

»Perfekt«, murmelte Laura, suchte auf dem Klingelschild nach dem Namen »Fischer« und fand ihn sofort. Sie legte den Zeigefinger auf den Knopf und drückte mit zusammengekniffenen Augen drauf. Nie war sie angespannter gewesen. Vermutlich spürte Mia ihre innere Aufregung, denn sie schob ihre Hand wieder in ihre und lächelte sie zuversichtlich an. »Das wird schon, Mami.« Sie hatte die blauen Kulleraugen des Vaters und ihr Gesichtsausdruck war der gleiche wie seiner damals, als er Laura versprochen hatte, dass sie das alles gemeinsam durchstehen würden. Ein Baby mit siebzehn. Wie naiv sie gewesen war.

»Dritte Etage«, vernahmen sie eine männliche Stimme aus der Gegensprechanlage, dann ertönte der Türsummer und sie betraten das Haus. Oben angekommen wartete ein junger Mann in der Tür. Mia versteckte sich hinter ihr und lugte schüchtern hervor.

»Laura Schönbrunn.« Sie streckte ihrem potenziellen Neu-Vermieter die Hand entgegen. »Und das ist Mia, meine Tochter.«

»Anton Fischer.« Er erwiderte lächelnd ihren Händedruck, während sein Blick zu Mia wanderte. Im Gesicht weder besonderes Interesse noch tiefe Abneigung.

»Hallo, Mia«, begrüßte er sie.

»Hallo«, flüsterte ihre Tochter schüchtern. Das Erste, was Laura auffiel, war Antons stattliche Größe. Er stieß beinahe mit dem Kopf an den oberen Türrahmen und sie musste den Kopf ein wenig in den Nacken legen, um ihm ins Gesicht zu sehen.

»Dann kommt mal rein.« Laura musterte ihn. Er hatte schätzungsweise ihr Alter und machte einen sympathischen ersten Eindruck. Braune Locken zierten seinen Kopf und die dunklen Augen versteckten sich hinter einer Nerdbrille. Trotz seiner beachtlichen Größe hatte er eine aufrechte Körperhaltung und eine sportliche Figur. Bestimmt machte er irgendwas mit Fitness.

»Und du würdest hier mit deiner Tochter wohnen wollen, ja?«, fragte er, Mia musternd, die eingeschüchtert zu Boden sah. Laura hätte ihr vorher noch eintrichtern sollen, dass sie ihren blauäugigen Augenaufschlag gekonnt zum Einsatz bringen dürfe. Im Moment hoffte sie nur, dass sie selbst nicht allzu stark nach Frittenbude stank. Wenn dem so war, so ließ er sich jedenfalls nichts anmerken.

»Ja schon, aber meine Tochter ist wirklich leise und total unkompliziert und sie würde dich auch nicht stören. Tagsüber ist sie ja sowieso in der Schule und nachmittags sind wir viel an der frischen Luft und meine Eltern und die beste Freundin nehmen sie auch oft.«

Oh Gott! Plapperte sie etwa? Das tat sie immer, wenn sie nervös war. Entweder sie plapperte oder sie stopfte Essen in sich hinein. Antons Mimik verriet weiterhin null. Er nickte nur und führte die beiden in eine geräumige Wohnküche. Darin befanden sich neben Ober- und Unterschränken ein Esstisch mit vier Stühlen, ein großer Kühlschrank, eine Waschmaschine, ein Herd, eine Spüle und ein Geschirrspüler, kurzum: Es war alles vorhanden, was man zum Leben brauchte, nicht mehr, aber auch nicht weniger. Die Wände waren weiß gestrichen und es lag oder stand nichts herum, was den Raum irgendwie schmückte. Männerwohnung eben, urteilte Laura, außer dass es wirklich sauber war. Vielleicht eine Männerwohnung mit hin und wieder Frauenbesuch. Zwischen zwei Küchenschränken hing ein mittelgroßer Fernseher an der Wand. Offenbar fungierte die Küche auch als Gemeinschaftsraum, was sie okay fände. Ein extra Wohnzimmer hätte schließlich zusätzlich Miete bedeutet. Neben dem Kühlschrank stand ein leerer Kasten Bier, den sie versuchte, zu übersehen. Insgeheim hoffte sie natürlich, dass hier keine nächtelangen Partys stattfanden.

»Toll«, sagte sie nun knapp und lächelte Anton an.

»Wer ist das?«, fragte Mia, auf ein Foto deutend, das mit einem Smiley-Magneten an der Kühlschranktür befestigt war.

»Sei nicht so neugierig.« Laura warf ihrer Tochter einen grimmigen Blick zu. Dann betrachtete sie selbst das Foto. Die Frau darauf sah hübsch aus, die Haare waren zu einem strengen Dutt frisiert, die Lippen rot geschminkt. Was sofort hervorstach, war ihr sehr schlanker, beinahe androgyn wirkender Körper. Sie trug ein Tutu und war offensichtlich Ballerina, wie man aus der typischen Pose schließen konnte, in der sie abgelichtet war.

»Schon gut. Das ist Anouschka, meine Freundin. Sie hat bis vor Kurzem hier gewohnt und ist nach Moskau gegangen, weil sie dort ein Engagement am Bolschoi-Theater bekommen hat. Sie tanzt den *Nussknacker*.« Laura hörte deutlich den Stolz auf seine Freundin heraus. Er war also vergeben.

»Bolschoi-Theater? Dann muss sie wirklich gut sein«, sagte sie, als hätte sie irgendeine Ahnung. Aber irgendwie wollte sie das Gespräch locker am Laufen halten.

Anton nickte mit traurigem Blick. »Das ist sie, deshalb konnte sie auch nicht ablehnen, als das Angebot kam. So schwer es ist, manchmal muss man seiner Berufung folgen. Hm, jedenfalls ist jetzt ihr Zimmer frei geworden.«

»Und du hast sie einfach so gehen lassen?«, polterte es aus ihr heraus und schon im selben Moment fragte sie sich, ob sie noch bei Trost war, eine solche Frage zu stellen.

Anton runzelte kurz die Stirn, dann zuckte er mit den Schultern. »Heißt es nicht, was man liebt, soll man gehen lassen?«

»Ach echt?«

»Na ja, und wenn es zu einem zurückkommt, ist es die wahre Liebe – so sagt man.«

»Geht denn die Waschmaschine oder ist die auch kaputt?« Mia lugte neugierig ins Bullauge und lenkte damit unbewusst auf ein anderes Thema, worüber Laura sehr froh war. Insgeheim stellte sie sich jedoch die Frage, ob diese Anouschka nun trotzdem noch seine Freundin war oder ob sie sich wegen der Entfernung getrennt hatten. Er wirkte weder glücklich noch unglücklich. Die Antwort auf diese Frage würde sie wohl erst erhalten, wenn sie hier einziehen durfte.

»Mia!«, raunte sie ihrer Tochter zu und sah sie flehentlich an.

»Ich frage ja nur«, stampfte sie mit dem Fuß auf.

Anton blickte fragend.

»Hm. Es ist so … unser Automat hat vor vier Wochen den Geist aufgegeben«, erklärte Laura zerknirscht, »seitdem müssen wir in den Waschsalon, was Mia total nervt.« Laura schnürte es fast den Hals zu, weil sich sofort wieder Till in ihre Gedanken mogelte. Es war grotesk, aber immer noch schossen ihr unwillkürlich Tränen in die Augen, wenn sie an ihn dachte.

Anton lächelte Mia an. »Also, sie läuft wie ein Schweizer Uhrwerk, und wenn es dich beruhigt, ich habe sogar noch eine zweite im Keller. Die hier hat der Vormieter stehen gelassen.«

»Der hat seine Waschmaschine vergessen?«, fragte Mia mit staunendem Gesichtsausdruck und Laura dachte: Welch Ironie! Während sie gezwungen war, alle zwei Tage in den Waschsalon zu gehen, stand sich hier im Keller ein funktionsfähiges Gerät rostig.

»Genau! Also der Waschsalon wäre dann Geschichte. Ich zeig euch mal das Zimmer, okay?!«

Laura konnte Anton schwer einschätzen, aber das, was er sagte, und wie er es sagte, und so offen, wie er mit Mia sprach, ließen verhaltene Hoffnung in ihr aufkeimen. Oder zeigte er ihnen das Zimmer nur, um sie nicht so offensichtlich vor den Kopf zu stoßen? Sie wünschte sich so sehr, dass er ihren Einzug ernsthaft in Erwägung zog. Nervös folgte sie ihm über einen kleinen Flur in einen geräumigen, hellen Raum. Er hatte eine große Fensterfront und besaß sogar einen Balkon. Sie presste die Lippen aufeinander und verkniff sich ein »Wow!«.

»Wow«, staunte Mia stattdessen und rannte zum Balkon. »Mama, da kann ich im Sommer ein Planschbecken drauf haben, oder?« Sie strahlte übers ganze Gesicht und Laura brach es fast das Herz, weil sie natürlich nicht wusste, ob sie das Zimmer überhaupt bekommen würden. Es war ein Traum. Der Raum war groß genug für sie beide, und das Mobiliar, das in ihrer jetzigen Wohnung stand, konnte sie größtenteils hier unterbringen, ohne dass alles zugestellt wirkte. Gedanklich richtete sie den Raum bereits ein. An den Wänden waren Handläufe montiert, was darauf schließen ließ, dass Antons Ballerina-Freundin hier trainiert hatte. Bei der Größe des Raumes kein Wunder, es war massig Platz. Das Parkett war abgenutzt, was ihm durchaus seinen ureigenen Charme verlieh. Hier war gelebt, geliebt und offenbar auch getanzt worden.

»Schönes Zimmer«, sagte Laura, »das wäre perfekt für uns.« Anton nickte nur, ohne eine Miene zu verziehen. Heidi Klum hätte ihn dafür gerügt. *Los, Anton, probier doch auch mal einen anderen Gesichtsausdruck, irgendwas mit Zuversicht! Du schaffst das!*

»Wollt ihr noch das Bad sehen?«

»Klar.« Laura und Mia folgten ihm über den Flur in ein geräumiges, weiß gefliestes Wannenbad. Und wieder quietschte ihre Tochter vor Vergnügen: »Schau mal, Mama, eine Badewanne.« Er musste denken, sie hätten vorher unter einer Brücke am Kanal gehaust, so begeistert, wie sich Mia zeigte.

»Wir hatten bis jetzt nur eine Dusche«, erklärte sie die Aufregung der Kleinen. Als er lächelte, entdeckte sie zwei Grübchen. Genau das war es, was Laura sehen wollte. Zuversichtliches Lächeln! Für sie war der Sachverhalt klar. Wenn er ihnen das Zimmer gab, würde sie nächste Woche einziehen. Ihr Bauchgefühl allerdings, das sonst recht zuverlässig funktionierte, schwieg beharrlich.

»Hast du noch weitere Interessenten?«, tastete sie sich vor.

Er nickte. »Ja, einige waren schon da.«

Mist! Er ließ sich aber auch jedes Wort aus der Nase ziehen, dachte sie nervös und startete einen nächsten Versuch. »Ich weiß, dass eine Alleinerziehende mit Kind auf den ersten Blick eine Belastung darstellt, aber ich, äh … also wir … würden uns freuen, wenn wir einziehen dürften. Das Zimmer, also die Wohnung ist prima, auch preislich und von der Lage her. Mia hätte es nicht weit bis zur Schule und ich werde ab nächste Woche meine Ausbildung im *Leonhardt* fortsetzen.«

Toll, sie plapperte schon wieder.

»In dem Hotel?« Anton wurde hellhörig.

Laura nickte. »Kennst du es?«

»Klar! Was für ein Zufall, da spiele ich fast täglich.«

»Ich kann auch mal mit dir spielen, wenn du willst«, warf Mia ein und jetzt brachte sie tatsächlich doch noch ihren schönsten Augenaufschlag zum Einsatz. Perfekt.

Anton schmunzelte. »Ich spiele dort Klavier in der Bar«, erklärte er.

»Wow, du kannst Klavier spielen«, staunte Laura. Ein Künstler! Waren die nicht besonders sensibel? Auch wenn es um Zwischenmenschliches wie Wohnungsnot und alleinerziehende Mütter ging?

Er zuckte die Schultern: »Keine große Sache. Im Hotel mache ich das nur so lange, bis sich was Richtiges ergibt.«

»Was Richtiges! Na, da wünsche ich dir viel Glück«, sagte sie und hörte selbst den Hohn in ihrer Stimme.

»Danke schön.« Antons Blick spiegelte Verwirrung.

»Entschuldige, das kam jetzt total blöd rüber. Ich meine das ernst. Sei froh, dass du ein Talent hast, auf das du bauen und mit dem du Geld verdienen kannst.«

Anton winkte ab. »Viel ist es nicht, aber ich kann so meinen Lebensunterhalt bestreiten, und da ich kein eigenes Klavier besitze, ist das Leonhardt eine gute Möglichkeit, jeden Tag zu üben. Die Gäste sind dankbarer, als du glaubst.«

Hätte Till doch auch nur im Ansatz ein Talent besessen, mit dem er sich und seine Familie dauerhaft über Wasser hätte halten können. Seitdem Mia auf der Welt war, hatte er zwar regelmäßig als Kellner gearbeitet und sich teilweise in den Sommermonaten in Biergärten bis zum Umfallen abgeschuftet, aber das war in letzter Zeit eben immer weniger geworden. Seiner Auffassung nach war es auch nicht das Gelbe vom Ei. Für immer wollte er solche Jobs auf keinen Fall machen. Wobei er auch keine Idee hatte, womit er sonst seinen Lebensunterhalt bestreiten wollte. Wenigstens hätte er so lange durchhalten können, bis sie ihre Ausbildung abgeschlossen hatte, schließlich hatte Laura schon durch die Geburt von Mia zurückstecken müssen. Irgendwas mit Reisen – das wäre ihr Traum gewesen. Anheuern auf einem Schiff, Reisefotografin oder Reisebloggerin, das hätte sie gern gemacht. Etwas Bodenständiges hätte sie später immer noch lernen können. Heutzutage war so vieles möglich, wenn man nur interessiert und begeisterungsfähig war. Durch Mias Geburt war sie gezwungen gewesen, hierzubleiben und sofort einen soliden Beruf zu erlernen. Einen, mit dem sie auch gut Geld verdienen konnte. Als sie dann die Lehre zur Hotelfachfrau antrat, hielt sie der Gedanke aufrecht, dass sie das Hotelwesen mit Menschen zusammenbrachte, die viel unterwegs waren. Wenn Mia groß und nicht mehr auf sie angewiesen war, würde Laura vielleicht später noch den Absprung schaffen und umsatteln können. Ferne Zukunftsmusik!

»Und sonst hast du nichts gelernt?«, fragte sie Anton neugierig.

»Nein, wieso auch? Ich brenne für Bach, Liszt, Beethoven, Schumann, die Liste ist endlos lang. Ich könnte mir nie vorstellen, was anderes zu machen als Musik. Ich bin im Grunde meines Herzens Pianist und werde es wohl auch immer sein. Ich könnte keine Brötchen backen, an der Kasse sitzen oder Mathelehrer sein.«

Brotlose Kunst, lag es Laura auf der Zunge, doch sie schluckte den Kommentar hinunter. Schließlich wollte sie um jeden Preis dieses Zimmer haben. Außerdem musste sie ihm zugutehalten, dass er nur für sich allein die Verantwortung trug. Er konnte tun und lassen, was er wollte. Wenn sie ehrlich war, weckte seine Freiheit, alles machen zu können, wonach ihm der Sinn stand, sogar ein wenig Neid in ihr. Davon mal abgesehen, würde seine berufliche Situation ihr Zusammenleben nur erleichtern. Denn es kam auf keinen Fall infrage, dass sie sich in ihn verliebte. Breites Kreuz hin oder her. Von jetzt an würde sie darauf achten, dass der zukünftige Mann an ihrer Seite und damit derjenige, der vielleicht einmal Verantwortung für Mia übernehmen würde, zielstrebig war, zumindest eine Ausbildung hatte und nicht in den Tag hinein lebte, so wie Till oder Anton.

»Ja«, seufzte sie theatralisch, »wie du vorhin schon sagtest: Manchmal muss man eben das tun, wofür einen Gott geschaffen hat.« Laura schaute zu Mia hinunter und beim Anblick ihrer Tochter war der Satz plötzlich nicht mehr nur dahingesagt.

Anton schmunzelte. »Deine Einstellung gefällt mir. Wenn nur alle so eine Sichtweise hätten wie du«, murmelte er.

Hast du 'ne Ahnung, dachte sie und fragte: »Wieso? Wer denkt denn nicht so?«

»Mein Vater beziehungsweise meine Eltern zum Beispiel.« Anton winkte ab. »Aber das soll nicht dein Problem sein.«

Anton schaute zu Mia. »Was ist denn mit ihrem Vater, wenn ich fragen darf?«

Sie spürte, wie sie rot wurde. Der Satz, der im Prinzip unvermeidlich war, würde ihr nun das erste Mal laut über die Lippen kommen. »Wir ... wir gehen getrennte Wege«, flüsterte sie doch eher leise, weil sie nicht wollte, dass Mia es hörte, und mit Erleichterung stellte sie fest, dass sie trotzdem weiterlebte. Der Fakt, der ihr seit vier Wochen das Leben schwermachte, brachte sie nicht um, auch wenn sie ihn laut aussprach.

»Verstehe.« Anton nickte. »Und hast du sonst noch Fragen zur Wohnung?«

Der Putzplan, ging es ihr durch den Kopf. Gab es einen oder würde er davon ausgehen, dass sie das allein machte? Und würde es sich nachteilig auf seine Entscheidung auswirken, wenn sie schon vor dem Einzug diese Frage stellte?

Laura schüttelte den Kopf. »Keine Fragen, nur die eine: Wann wirst du uns denn sagen können, ob es klappt?« Mia kam näher und drückte sich an sie. Sie war genauso nervös wie sie und Laura hasste es, der Kleinen nicht mehr Sicherheit bieten zu können. Auch wenn sie das Beste war, was ihr im Leben widerfahren war, so haderte sie genau in solchen Momenten mit der Entscheidung, sie bekommen zu haben. Nicht wegen der eigenen Situation, sondern um ihrer Tochter willen. Mia hätte so viel mehr verdient als einen Vater, der sich aus dem Staub machte, und eine Mutter, die sich mehr schlecht als recht durchs Leben hangelte.

»Ich habe mich bereits entschieden.« Antons Mimik verriet nicht die Spur. Laura spürte, wie ihr das Blut in den Kopf schoss und dass Mia ein wenig erstarrte.

Schlechte Nachrichten

Nach dem vierten Klingeln nahm Anton den Hörer ab. »Hier ist der automatische Anrufbeantworter von Anton Fischer.«

»Anton, lass den Blödsinn! Ist das Geld bei dir angekommen?«

Anton seufzte. »Ja, Mama, aber wie oft soll ich es dir noch sagen? Ich will es nicht. Hast du mir jemals zugehört, wenn ich mich dazu geäußert habe?« Eigentlich wusste er, es war vergebene Liebesmüh, ihr wieder und wieder zu erklären, dass er ohne ihr Geld klarkam. Dennoch gab er die Hoffnung nicht auf, die Botschaft würde endlich zu ihr durchdringen.

»Wenn du noch mehr brauchst, melde dich einfach, ja?«, überging sie seinen Einwand, wie immer. Die Augen verdrehend dachte er darüber nach, dass er inzwischen seit über einem Jahr in Berlin wohnte. Glaubte sie allen Ernstes, dass er von ihrem Geld lebte? All die Geldscheine, die sie ihm geschickt hatte, steckten in einer alten Keksdose im Küchenschrank und solange er nicht vor Hunger den Kitt aus den Fugen kratzte, würde er sie nicht anrühren. Wenn irgendjemand spitzkriegen würde, welche Reichtümer sich zwischen Müsli, Soßenbinder und Jodsalz tummelten, müsste er sich glatt noch eine Alarmanlage installieren lassen. In der Dose steckten inzwischen bestimmt dreißigtausend Euro, wenn nicht sogar mehr. Auf den verblüfften Gesichtsausdruck seiner Mutter freute er sich schon heute, sollte er die Keksdose irgendwann auf die weihnachtlich geschmückte Kaffeetafel stellen und vor ihren Augen öffnen. Er würde schon noch beweisen, dass er allein zurechtkam, vor allem seinem Vater.

»Aber jetzt, wo dieses Mädchen auch noch ausgezogen ist …, Anton, komm endlich nach Hause.«

»Anouschka, Mutter, dieses Mädchen – meine Freundin –, ihr Name ist Anouschka.«

»Anton«, säuselte sie mit der mütterlichen Stimme der Vernunft, »dir muss doch klar sein, dass eine Primaballerina weder der passende Umgang für dich ist, noch deine Zukunft bedeuten kann. Wie stellst du dir das vor? Ihr werdet niemals Kinder haben. Diese dürren Dinger essen doch nichts und sind unfruchtbar, bevor sie dreißig sind. Willst du später mal kinderlos sein? Was ist dann mit mir? Dann muss ich aufs Großmutterdasein verzichten. Ich hätte so gern Enkel, das weißt du doch. Außerdem ist diese Person in Russland und du bist in Berlin. Was ist denn das für ein Tohuwabohu?«

Unaufgeregt lauschte er dem Monolog seiner Mutter.

»Ich weiß nicht, was du willst, Mutter! Einer muss diese Knochengerippe doch füttern. Und wer, wenn nicht ich, kommt dafür infrage? Und überhaupt! Was soll ich in Hamburg. Russland ist doch viel schöner. Papa und du, ihr könnt dann eure Winterurlaube bei uns verbringen und zum Skifahren kommen. Ich habe gehört, die Winter in Russland sind diesbezüglich geradezu optimal, kalt und unberechenbar, genau wie ihr. Außerdem ist es in Russland viel einfacher, Kinder zu adoptieren, als in Deutschland, sei doch nicht so engstirnig.«

»Ach, hör doch auf, Anton. Das ist nicht lustig. Ich sterbe vor Sorge um dich und du verhöhnst mich nur«, tönte ihre verärgerte Stimme.

»Herzallerliebste Mama, hör auf, dir Sorgen zu machen. Ich werde über die Runden kommen, denn – und nun lass uns deine Endzeitfantasien beiseite tun – am Freitag zieht hier eine junge Dame mit ihrer kleinen Tochter ein, die eine standesgemäße Ausbildung zur Hotelfachfrau absolviert. Schlank ist sie übrigens auch, aber nicht knochig. Dafür hübsch blond. Außerdem hat sie strahlend blaue Augen und ein gewinnendes Wesen.«

Auch, wenn er seine Mutter noch ein wenig mehr aufziehen wollte, log er nicht eine Sekunde. Schon als er Laura und ihrer Tochter die Tür öffnete, gefielen ihm die beiden auf Anhieb, besonders Lauras zurückhaltende Art und Mias neugieriger, wacher Blick. Er erkannte sofort, wie dringend sie das Zimmer benötigten, und sie taten ihm direkt leid, weil er spürte, dass Laura die ganze Zeit bangte, nicht einziehen zu dürfen. Ihm war es völlig gleichgültig gewesen, dass sie eine kleine Tochter hatte. Im Gegenteil, er mochte Mia auf Anhieb und hatte vor Laura Hochachtung, wie sie sich so ohne Lebensgefährten mit ihrem Sprössling durchschlug und trotzdem eine Ausbildung machte. Das Einzige, was ihm nicht so recht behagt hatte, war der Geruch, den sie verströmte. Irgendwie stank sie nach altem Frittenfett.

»Na, wenigstens etwas«, seufzte seine Mutter theatralisch. »Allein könntest du dir die Miete ja niemals leisten.«

Anton lag ein *Doch!* auf der Zunge, aber er schluckte es runter und murmelte stattdessen: »Zur Not hätte ich mich wohl an der Keksdose vergriffen.«

»Was denn für eine Keksdose?«, orakelte seine Mutter. »Hör mal, Anton«, fuhr sie unermüdlich fort, »willst du nicht doch mal mit deinem Vater reden? Er ist nebenan. Ich kann ihn dir geben.«

Die Stimme seiner Mutter war umgeschlagen ins Weinerliche. Und sicher, sie meinte es gut, aber er hatte es unendlich satt, sich diesem Mann und seinem Stab aus Zinnsoldaten unterzuordnen. Sein Vater war der große, sagenumwobene Thomas Fischer, Gründer und Besitzer des Pharmakonzerns FischerPharm, worauf er – nicht zu Unrecht, wie Anton zugeben musste – über die Maßen stolz war. Jedes Weihnachtsfest plusterte sich J. R., wie er von fast allen Familienmitgliedern hinter vorgehaltener Hand genannt wurde, vor den versammelten Verwandten mit der Geschichte auf, wie er einst in einer ollen Hamburger Garage in der Sternschanze angefangen hatte, Herzmedikamente zu verkaufen. Und wie er es vor fünfzehn Jahren endlich geschafft hatte, in die USA zu expandieren. Natürlich ausschließlich durch Fleiß, Biss und nicht zuletzt unternehmerisches Gespür. Seine Mutter, die zwar nicht dem Alkohol verfallen war, aber dennoch Sue Ellen genannt wurde, ebenfalls hinter vorgehaltener Hand, deckte die Verwandtschaft bei diesen Treffen jedes Mal mit Medikamenten für ein ganzes Jahr ein. Vom Abführmittel über Hämorrhoidensalbe bis zum Herztonikum war alles dabei. Anton liebte seine Eltern, aber es wurde Zeit für ihn, zu sehen, was in ihm selbst steckte. Schon Wilhelm Busch sagte: *Wer in den Fußstapfen eines anderen wandelt, hinterlässt keine eigenen Spuren.* Aber genau das wollte er: selbst etwas auf die Beine stellen. Er würde seinen Weg gehen, nicht mit der Pharmazie, sondern mit Musik. Die Eltern verstanden das nicht, weil sie beide kein Gespür für Klassik hatten. Sie interessierten sich nur für Zahlen, Fakten, Bilanzen und den Kontostand. Anton verurteilte das nicht, ganz im Gegenteil. Er wusste, dass Geld einiges erleichterte, einem so manches Tor öffnete. Allerdings hätte er sich als Kind einen Vater gewünscht, der mehr wie Mrs Doubtfire war und bei Theaterauftritten wild applaudierend im Publikum saß, anstatt draußen vor der Tür telefonisch seine Geschäfte zu regeln. Anton war froh, inzwischen erwachsen zu sein und nicht mehr auf die väterliche Anerkennung zu warten. Er hatte gelernt, auch ohne dessen Wohlwollen glücklich zu sein, und das war die Hauptsache.

»Anton, bist du noch dran?«, holte ihn seine Mutter aus den Gedanken.

»Entschuldige Mutter, aber lass bitte gut sein. Ich will nicht mit ihm reden. Wenn hingegen er mir etwas zu sagen hat, er kennt meine Nummer.«

»Verdammte Sturköpfe«, schimpfte sie. »Anton, bitte, dein Vater liebt dich. Er kann es bisweilen nicht so gut zeigen, aber er sorgt sich wirklich um dich. Rede mit ihm. So kann es doch nicht weitergehen.«

Kann es wohl, dachte Anton. Seit einem Jahr funktionierte das sogar ausgezeichnet. Jeder lebte sein Leben. Sein Vater führte seinen Konzern und er selbst hoffte auf ein Solo-Konzert. Konzern – Konzert, wie ähnlich sich die beiden Wörter waren und wie unterschiedlich deren Bedeutung.

»Mutter, was soll es bringen? J. R. hat seinen Standpunkt und ich den meinen. Solange er von mir erwartet, dass ich etwas studiere, von dem ich nicht überzeugt bin, ergibt das alles keinen Sinn für mich.«

»Nenn ihn nicht immer so!«, nörgelte Sue Ellen. »Anton, ihr könnt euch doch nicht ein Leben lang aus dem Weg gehen.«

»Wie wäre es denn dann, wenn du *ihn* zur Abwechslung zur Vernunft bringst, hm?«

Das Gespräch begann, an seinen Nerven zu zehren. Anton hatte seinen Frieden mit der Vater-Sohn-Pause gemacht. Mr Ewing würde es irgendwann schon begreifen, dass die Pharmazie nicht alles im Leben war. Sie war einst sein Traum gewesen. Er würde akzeptieren müssen, dass der Sohn seinen eigenen hatte.

»Ach, Anton. Was mach ich nur mit euch?«

»Mutter, gibt es sonst noch etwas? Ich habe es eilig, ich muss zur Arbeit. Ich melde mich bald wieder bei dir. Und gräm dich nicht so. Irgendwann werden die Sturköpfe schon einen Schritt aufeinander zu machen«, beschwichtigte er sie.

»Dein Wort in Gottes Ohr«, seufzte sie. »Bis nächste Woche und kauf dir was Schönes von dem Geld, hörst du?«

»Bis bald.« Anton legte auf und schob das Handy in seine Hosentasche. Nur einen Augenblick später klingelte es erneut.

Anouschkas Bild erschien im Display. Aufgeregt nahm er zur Kenntnis, dass sie per Videocall anrief. Mit einem Fingerwisch nahm er das Gespräch an.

»Hey, Kleines, hast du endlich WLAN?«, begrüßte er Anouschka und setzte sich auf den Küchenstuhl. Seit sechs Wochen warteten sie darauf, dass in ihrem winzigen Einzimmerapartment in Moskau der Internetzugang freige-schaltet wurde.

»Ja, seit eben«, hörte er ihre Stimme, die zwar klar und deutlich, aber doch irgendwie leise und bedrückt klang. Beim genaueren Hinsehen sah er außerdem, dass ihr Gesicht nicht die übliche Wärme und Fröhlichkeit ausstrahlte. Irgendwas stimmte nicht mit ihr.

»Hey, ist alles in Ordnung bei dir? Du klingst irgendwie ...«

Sie schüttelte den Kopf und senkte den Blick. Anouschka sah geschafft aus, ihre Augen waren gerötet, genauso wie ihre Nase, ihr Gesicht hingegen wirkte noch schmaler und blässli-cher als sonst. Angesichts dessen, wie sie sich kaum traute, in die Kamera zu sehen, verstärkte sich sein anfänglicher Eindruck, dass etwas passiert sein musste.

»Schatz, was ist denn los? Bist du krank? Fehlt dir was? Komm schon, sprich mit mir!«

Er spürte, wie sein Puls Fahrt aufnahm. Was hatte sie nur?

»Du, ich muss mit dir reden«, sagte sie, seinem Blick immer noch ausweichend.

»Okay?«, sagte er leise und spürte instinktiv, dass das, was sie ihm mitzuteilen hatte, bestimmt nicht das war, was er hören wollte.

Anouschka hob den Blick und sah nun direkt in die Kamera. Mit den Tränen kämpfend, wimmerte sie: »Anton, es tut mir leid. So sehr leid. Ich … ich …«

Den Rest ihrer Worte konnte er zwar klar und deutlich hören, sein Verstand allerdings fungierte wie eine Art Airbag und weigerte sich noch einen winzigen Moment, sie durchzulassen zu seinem Herzen. Ihre Worte prallten an ihm ab, um nur eine Sekunde später doch noch einen Weg zu finden und mit voller Wucht auf sein Innerstes zu treffen.

DER UMZUG

»Und? Wie ist dein Mitbewohner so?«, fragte Melanie, die von allen nur Melle genannt wurde und wie am Fließband Tassen, Vasen, Teller und Besteck in Zeitungspapier einrollte und in vorbeschriftete Kartons packte. Laura sortierte unterdessen Kleidungsstücke aus, die entweder nicht mehr passten oder die sie lange nicht getragen hatte. Mia hatte sie zu ihren Eltern gebracht und dank Melles Hilfe kamen sie zügig voran. Mit ihr verband sie seit frühester Kindheit eine tiefe Freundschaft. Sie hatten praktisch schon alles geteilt: das Bett, den einen oder anderen Schlafanzug und sogar Küsse von Urs Wagner in der siebten Klasse, aber nur, weil er wirklich zu süß war, um seine ausgeklügelte Zungenfertigkeit an nur eine von beiden zu verschwenden. Sie hatten gemeinsam den Kindergarten besucht, die Schulbank gedrückt und in der Pubertät ihre Eltern in den Wahnsinn getrieben, immer schön im Wechsel, damit sie bei der jeweils anderen eine Schlafmöglichkeit freihatten.

Lauras Blick wanderte über die Kartons, die Einzelteile der abgebauten Schränke und den letzten offenen, erst halb vollen Karton. Viel war nicht mehr einzupacken. Es war nichts mehr übrig von ihrem Heim, in das sie Mia nach der Geburt gebracht hatten. Die Fotos von ihnen, die an den Wänden gehangen und eine heile, glückliche Familie vorgegaukelt hatten, waren nun ganz unten in einer der Kisten verstaut, so schnell würde sie niemand mehr ansehen, geschweige denn aufhängen wollen. Zu sehr schmerzte die Erinnerung an schöne Zeiten, die sie unbestritten auch gehabt hatten.

Gehetzt schaute Laura auf die Uhr. Gleich würde Mike, Melles Freund, vor der Tür stehen und die Kisten einladen. Extra für den Umzug hatte der gelernte Gas-Wasser-Installateur seinen Werkstattwagen leer geräumt, um Lauras Möbel und Sachen darin transportieren zu können. Laura hätte gar nicht gewusst, was sie ohne ihre Freunde tun sollte. Sie besaß weder ein Auto noch das nötige Geld, sich eines anzumieten.

»Hey, ich rede mit dir!«, brachte sich Melle in Erinnerung.

»Was? Wie?«

»Dein Vermieter. Wie ist er?«

»Wie soll er schon sein? Nett eben.«

Melle schaute auf. »Nett!«, sagte sie mit gelangweilter Miene. Ihre roten Locken standen in alle Richtungen vom Kopf ab, obwohl sie versucht hatte, sie mit einem Haargummi zu bändigen.

»Ja, nett. Also sehr auch. Ich meine, er ist sehr nett«, schob Laura nach.

»Nee, komm. Nett ist der kleine Bruder von Trottel und Langweiler. Du schuldest mir eine exakte Personenbeschreibung. Das kannst du besser.«

Laura fiel ein Hoodie in die Hände, der Till gehört hatte. Instinktiv hielt sie ihr Gesicht hinein, um seinen Duft zu atmen. Das war natürlich Quatsch, weil er ausschließlich nach dem Waschmittel roch, das sie für alles benutzte. Kein Till. Nur die Erinnerung an ihn steckte in dem Kapuzenpulli. Sie gab ihn zu den Sachen, die wegkonnten. Nichts sollte sie mehr an ihn erinnern. Einen Moment später nahm sie ihn wieder auf und legte ihn doch in die Umzugskiste. Für alle Fälle. Falls sie mal fror. Oder für Rückfälle. Für den nächsten Weinkrampf. Oder auch als Putzlappen. Also nur für den Notfall.

»Du, so genau habe ich ihn mir gar nicht angeguckt«, sagte sie gedankenverloren. »Du weißt doch, dass ich den Kopf mit anderen Sachen voll habe.«

»Als ob! Los! Wie sieht er aus?« Melle würde garantiert so lange nerven, bis sie eine befriedigende Antwort erhielt.

»Also schön. Er ist riesengroß, hat ein breites Kreuz, braune Locken und dunkle Augen.«

»Und weiter?«

»Meine Güte, wenn er lacht, hat er zwei Grübchen und darüber hinaus hat er mir dieses fantastische Zimmer gegeben, was ihn zu einer Art Held für uns macht.«

»Na bitte«, schmunzelte ihre Freundin, »genau unser Typ. Damit lässt sich doch arbeiten.«

»Nee, wirklich nicht. Der ist auch vergeben. Und zwar an eine hübsche Vierzig-Kilo-Vollblut-Ballerina mit dem wohlklingendsten aller Namen, Trommelwirbel … Anouschka.« Laura streckte prätentiös die Arme in die Höhe und drehte sich dazu ungelenk einmal im Kreis. Dann fiel sie beinahe in den Umzugskarton.

Melle zog die Stirn kraus. »Anouschka! Dagegen klingt dein Name ja fast wie Giftmüll.«

»Siehste.« Laura schnalzte mit der Zunge.

»Und wohnt die dann mit in der Wohnung?«

»Nee, die lebt in Moskau, weil sie dort tanzt.«

Melle verdrehte die Augen: »Na, dann ist doch alles klar. Fernbeziehungen funktionieren sowieso nicht. Schnapp ihn dir. Außerdem … wer steht schon auf Hungerhaken?«

»Ach Mensch, Melle, jetzt hör schon auf. Seine Freundin hat bestimmt auch innere Werte. Ich halte Anton nicht für oberflächlich. Außerdem ist er überhaupt nicht mein Typ.«

»Hör mal Laura, seit wann passt ein hoch gewachsener, sportlicher Typ mit Grübchen nicht in dein Beuteschema?«

»Auch wenn ich finde, dass es dich so viel angeht wie Dr. Oetkers Geheimzutat, er will Pianist werden und träumt von einer großen Karriere. Ich wiederum habe Männer, die sich der brotlosen Kunst verschreiben oder nur in den Tag hinein leben, so unendlich satt. Sie stehen mir bis hier oben.« Laura hielt die flache Hand vor den Hals. »Sieh doch, wohin es mich gebracht hat. Der Nächste, mit dem ich etwas anfange, hat einen Beruf, hat geerbt oder ist einer von diesen erfolgreichen Start-up-Typen. Ich nehme nur noch Kerle, die Kohle haben oder zumindest wissen, wie man welche macht. Und wenn sie obendrein noch schnieke aussehen, ist das eben ein Bonus für mich. Der Schnieke-Bonus sozusagen.«

»Pfff, na, das klingt ja romantisch. Ich sehe dich schon vor mir, wie du bei Kerzenschein, Kaviar und edlem Champagner deinen steinalten Mann in den sicheren Tod pflegst und ihm hin und wieder homöopathische Dosen Arsen unter die pürierten Kartoffeln rührst.«

»Wer sprach denn von alt?«

»Na ja, ich schätze mal die Start-up-Schnieke-Typen sind eher an childlessen, freelancenden, low-fat-Sojamilklatte-schlürfenden, Hyperstylingirgendwas-Frauen interessiert.«

Laura blickte auf. »Na, du kannst einem ja Mut machen.«

»Hey, ich bin nur realistisch. Du wirst Abstriche machen müssen. Reich und schön gibt's nur im Kino.«

»Dann nehme ich reich und mache beim Aussehen einen Kompromiss. Solange Mia auf eine Privatschule kommt und ich abgesichert bin, weiß ich ja, wofür ich ein Auge zudrücke. Irgendwann wirst auch du an den Punkt kommen, wo du andere Prioritäten setzt, das verspreche ich dir. Spätestens wenn du Verantwortung für ein Kind hast und einen Partner, auf den du überhaupt nicht zählen kannst.«

Ob sich Melle überhaupt ansatzweise in ihre Lage versetzen konnte, war fraglich. Denn sie hatte mit Mike den Sechser im Lotto erwischt. Mit Zusatzzahl. Er verkörperte all das, was Frauen in einem Mann suchten. Er ging einer geregelten Arbeit nach, war witzig, liebevoll und zuverlässig. Er konnte die Stimme von Barney Geröllheimer imitieren, las seiner Freundin jeden Wunsch von den Augen ab, war ein Gemütsmensch und verknallt für drei. Das einzige Problem, mit dem er kämpfte, waren zu hohe Cholesterinwerte, weil er gern aß. Auch für drei, was man ihm ansah. Mike war leidenschaftlich in jeder Beziehung. Liebe und Essen gingen dabei Hand in Hand. Aber man verzieh ihm den Schmerbauch wegen der vielen anderen positiven Eigenschaften. Laura mochte ihn. Auch deshalb, weil er Melle so sehr liebte und sie glücklich machte. Sie hatten einander verdient.

»Was ist denn mit Till? Hat er sich noch mal gemeldet?«, fragte Melle vorsichtig.

»Nee, braucht er jetzt auch nicht mehr«, sagte Laura trotzig. »Die Wohnung ist weg und ein Hin und Her werde ich Mia nicht zumuten. Mir auch nicht. Wir brauchen endlich Stabilität. Wir brauchen keinen Typen, der nicht zu schätzen weiß, was er hat. Und er hatte 'ne ganze Menge.« Als Melle traurig nickte, schob Laura nach: »Aber lassen wir das Thema.« Sie legte einen Schal auf den Hoodie und klebte die Umzugskiste zu, als plötzlich Melles Handy klingelte.

»Nicht schon wieder!«, murmelte sie, als sie aufs Display sah.

»Hallo, Oma«, grüßte sie und rollte mit den Augen. Melles Großmutter Helene wohnte seit kurzer Zeit im Altenheim Sonnenschein, in dem ihre Freundin als Pflegerin arbeitete. Mindestens drei Mal am Tag wurde sie von der alten Dame angerufen, weil sie immerzu irgendwelche unlösbaren Probleme hatte. Sie hatte es sich wohl in den Kopf gesetzt, ihre Enkelin verrückt zu machen. Und sie schien erfolgreich zu sein. Melle stellte das Gespräch laut und formte tonlos mit den Lippen: »Hör dir das an!«

»Liebes, mein Handy ist total verstellt«, jammerte Oma Helene mit zittriger, empörter Stimme.

»Dein Handy?!«

»Ja, es zeigt irgendwelche Schriftzeichen im Display an, was Fremdländisches oder so.«

Laura schmunzelte und Melle, die sonst ein Gemüt wie ein Schaukelpferd hatte, machte ein bekümmertes Gesicht.

»Und wie ist es dazu gekommen? Was hast du mit dem Handy getan, Oma?«, fragte sie mit gereiztem Unterton.

»Natürlich nichts«, vernahmen sie Oma Helenes echauffierte Stimme.

»Natürlich nichts«, wiederholte Melle seufzend. »Deshalb rufst du schon wieder vom Festnetz aus an?«

»Ja, wie denn sonst?«, fragte nun auch Oma Helene gereizt.

»Oma, bitte sei so gut und verstell das nicht auch noch. Ich komme morgen vorbei und richte das.«

»Ich habe das aber nicht verstellt«, nörgelte sie. »Wenn ich's dir doch sage.«

»Ich weiß, Oma. Ich weiß«, besänftigte Melle ihre Großmutter. »Bis morgen, ja?«

»Ja, Kind, heute wäre mir aber lieber.«

»Helenchen, meine Freundin Laura zieht heute um und Mike und ich helfen ihr dabei. Du musst dich leider noch eine Nacht gedulden.«

»Na gut, das verstehe ich. Richte doch an Laura beste Grüße aus. Und ich würde mich freuen, sie bald mal wieder zu sehen. Machst du das, Kindchen?«

Laura zwinkerte ihrer Freundin zu. »Mach ich«, versprach diese und legte auf.

»Du hast es gehört«, sagte Melle und blies die Backen auf. »Jeden Tag das Gleiche. Immerzu verstellt sie irgendwelche technischen Geräte. Erst neulich hat sie sämtliche Programme im Fernseher gelöscht und gemeint, er wäre kaputt. Nun rate mal, was sie geantwortet hat, als ich fragte, was sie damit gemacht hat.«

»Natürlich nichts«, ahmte Laura Oma Helene nach und beide brachen in Gelächter aus. In dem Moment klingelte es an der Haustür. Und da war er wieder, dieser klitzekleine, vollkommen irrationale Hoffnungsschimmer, der sie jedes Mal durchströmte, wenn auch nur der Hauch einer Möglichkeit bestand, Till würde zur Vernunft gekommen sein. Nicht, dass sie ernsthaft in Betracht zog, ihm zu verzeihen oder ihn zurückzunehmen – komme was wolle –, aber ihr verletzter Stolz hätte schon Genugtuung empfunden, wenn er auf allen vieren reumütig mit einer Pralinenschachtel unterm Arm und nässenden Augen zu ihr angekrochen gekommen wäre. Das war Blödsinn, natürlich. Zum einen besaß er einen Wohnungsschlüssel, zum anderen war er nicht der Typ, der Fehler eingestand, war er noch nie gewesen. Er war immer nur der charmant lächelnde, nicht erwachsen werden wollende Junge, dem man alles nachsah. Aber diesmal nicht.

Mit gestrafftem Rücken öffnete Laura die Tür, vor der Mike stand.

»Hey, Babe, wo steht das Klavier?«, fragte er fröhlich und drückte ihr beim Hereinkommen ein Küsschen auf die Wange.

»Ein Mann der Tat!« Laura breitete die Arme aus und küsste ihn zurück. »Hallo, Mike. Irgendwann mach ich das alles wieder gut, versprochen. Bei euch beiden. Und wenn ihr dreizehn Kinder bekommt, werde ich sie wochenlang hüten, damit ihr ein vierzehntes machen könnt.«

»Gott bewahre. Das weiß ich zu verhindern«, tönte Melle aus dem Wohnzimmer.

»Nicht verhindern«, lachte Mike, »verhüten ist das Stichwort.« Mike zog Melle an sich und küsste sie auf die Stirn. Ein neuer, aber nicht weniger tiefer Stich bohrte sich durch Lauras Herz. Würde sie je einen Partner finden, der sie genauso ansah wie Mike Melle? Optisch konnte ein Pärchen nicht unterschiedlicher sein, er maß im Gegensatz zu ihr, die gerade mal eins fünfzig groß war, fast zwei Meter und wog über hundert Kilo. Aber wenn man die beiden kannte und sie miteinander erlebte, sah man, wie tief ihre Liebe zueinander war. Augenhöhe, Respekt füreinander und der Fakt, dass sie kaum die Hände voneinander lassen konnten, machten sie in Lauras Augen zum perfekten Paar. Mike sah sich im Zimmer um und strich sich mit der Hand über die Glatze. Laura konnte sich noch an Zeiten erinnern, als er Haare gehabt hatte. Aber seit zwei Jahren musste er morgens nur noch polieren, wie er zu sagen pflegte. Außerdem war er der festen Meinung, ein hübsches Gesicht brauche Platz.

»Nimm, was du tragen kannst. Und hatte ich schon erwähnt, wie dankbar ...«

»Papperlapapp«, winkte er ab, stapelte zwei Kartons übereinander und war auch schon wieder zur Tür raus. Laura beobachtete Melle, die ihrem Freund mit verklärtem Blick hinterherlächelte.

»Er ist 'ne echte Perle, weißt du das?«

Melle nickte und griff sich selbst zwei Kartons. »Lass die schweren für Mike, er ist kräftiger als wir und er hat sich in den Kopf gesetzt, abzunehmen. Das ist ein gutes Training für ihn.«

Gemeinsam beluden sie eine Stunde lang das Auto und waren froh, als es vollbracht war. Glücklicherweise mussten sie nur eine Tour fahren. Melle und Mike saßen schon im Auto und Laura warf einen letzten Blick in ihr leeres altes Zuhause. Das war's also. So fühlte sich ein Neuanfang an. Für einen kurzen Moment dachte sie an all die wunderbaren Dinge, die sie hier erlebt hatten. Daran, wie es war, als sie Mia abends nach der Geburt hierhergebracht, in ihre Wiege gelegt und sie nur zehn Minuten später in die Bettmitte geholt hatten, um sie die ganze Nacht zu bestaunen. Dankbar für die guten Zeiten und vergangenes Glück überkam sie trotzdem tiefe Trauer, darüber, nicht fähig gewesen zu sein, es dauerhaft festzuhalten.

»Na, Frau Schönbrunn, wollen Se mir die Schlüssel jeben?«

Erschrocken fuhr Laura herum. Vor ihr stand der Hauswart, der die offene Tür wohl als Einladung betrachtete. Prüfend sah er sich um.

Laura nickte und legte ihm die Wohnungsschlüssel in die offene Hand.

»Es tut mir leid, die anderen Schlüssel hat mein Freund mitgenommen. Sobald er sich meldet, sage ich ihm, dass er sie bei Ihnen abgeben soll, okay.«

Der Hauswart runzelte die Stirn. »Ick hoffe, det dauert nich die Welt, sonst müssense n neuet Schloss bezahlen.«

Laura nickte widerwillig und sah sich um. Till hatte die Wohnung erst im letzten Jahr komplett weiß gestrichen, worüber sie jetzt im Augenblick sehr froh war. Heute war Samstag und am Montag begann ihr Praktikum im Leonhardt, da hätte sie keine Zeit fürs Renovieren gehabt.

»Scheint ja sonst allet in Ordnung zu sein.« Der Hauswart ging mit prüfendem Blick durch die Räume und nickte hin und wieder wohlwollend.

»Sagen Sie, könnten Sie die Mitarbeiter der Hausverwaltung darum bitten, mir die Mietkaution so schnell wie möglich zurückzuüberweisen?«

»Is knapp bei Ihnen, wat Fräulein?«

Jeht Sie jar nüscht an!, antwortete Lauras innere Stimme.

»Tja nun«, murmelte sie und zuckte mit den Schultern. »Machen Sie es gut. Vielleicht sieht man sich ja mal.«

»Janz sicher, janz sicher«, hörte sie den Hauswart sagen.

»Bis bald.« Laura verließ fluchtartig die Wohnung. Sie wollte nur noch raus. Zwei Treppenstufen auf einmal nehmend, schluckte sie den Abschiedskloß, der ihr im Hals steckte, hinunter. Sollte Till jemals zurückkommen wollen, würde er hier niemanden mehr vorfinden. Sollte er doch zur Hölle fahren. Er hatte ihr Herz gebrochen, mehr als einmal. Jetzt war Aufbruch angesagt. Aufbruch in ein neues Leben.

Machs gut, altes Haus, verabschiedete sie sich im Stillen, als sie auf die Straße trat. Sie setzte sich ins Auto und schnallte sich an. »Kann losgehen«, sagte sie mit tränenerstickter Stimme. Melle hakte sie stumm unter und streichelte tröstend ihren Arm. Mike ließ das Auto an. Keiner sprach. Nur die Stimme von Adel Tawil dröhnte durch die Lautsprecherboxen: »*Ist da jemand, ist da jemand?*« Eine Frage, die sich Laura auch stellte. Würde es noch einmal jemanden für sie geben, der ihr alles bedeutete und für den auch sie die Welt war?

Zehn Minuten später hielten sie vor der neuen Wohnung. Zwei Kisten auf einmal schleppend, drückte sie mit dem Ellenbogen den Klingelknopf, woraufhin mit einem Summen geöffnet wurde. Sie stieg schnaufend in die dritte Etage, wo Anton schon in der Tür stand.

»Wir sind da«, grüßte sie, so fröhlich sie konnte, und lugte seitlich hinter den Kartons hervor, weil sie ihr die Sicht versperrten.

»Hallo«, brummte Anton. Sein Gesicht war blass, nur seine Augen stachen rot und geschwollen hervor.

»Hey, alles in Ordnung mit dir?« Laura schob sich an ihm vorbei, stellte die Sachen in den Flur und wendete sich ihm zu. Er sah mitgenommen aus.

»Schon gut, ich bin nur etwas erkältet. Kann ich beim Tragen helfen?«

»Nee, lass mal, vielen Dank. Meine Freunde packen mit an. Leg dich lieber ins Bett und kurier dich aus, damit du schnell wieder auf die Füße kommst.«

Anton nickte widerstandslos. »Okay, wenn doch was ist, gib einfach Laut, ja?« Ohne eine Antwort abzuwarten, drehte er sich um, ging zurück in sein Zimmer und zog die Tür hinter sich zu. Hm, dachte Laura, wenn er Glück hatte, war es tatsächlich nur eine Nahtoderfahrung mit der sagenumwobenen Männergrippe. Falls nicht, kam ihr der Zustand, in dem sich Anton gerade befand, seltsam bekannt vor. Einer inneren Eingebung folgend, ging sie in die Küche und schaute zur Kühlschranktür, von der sie ein einsamer Smiley anlächelte. Ein Lächeln, das plötzlich einen bitteren Nachgeschmack trug. Das Foto von Anouschka war verschwunden. Laura lief ein Schauer des Unbehagens über den Rücken.

»Wohin damit?«, schnaufte Mike hinter einem beachtlichen Stapel Kartons hervor.

»Dahin.« Sie zeigte den Flur hinunter auf ihr neues Zimmer.

BALLADE POUR ADELINE

»Hattest du Spinat im Döner, oder was?« Murat, der seit Antons Umzug nach Berlin sein Chef und gleichzeitig bester Freund war, stützte sich mit den Ellenbogen aufs Klavier und musterte ihn.

»Wieso?« Unbeirrt ließ Anton die Finger über die Tasten des Klaviers gleiten.

»Also erstens siehst du aus, als hättest du die Nacht durchgezecht, und zweitens ... Clayderman? Wirklich? Mir läuft schon das Schmalz aus den Ohren.«

Die *Ballade pour Adeline* spielte Anton seit Jahren aus dem Gedächtnis. Er hatte sie oft für Anouschka gespielt, weil sie das Stück über alles geliebt hatte, das wurde ihm in dem Augenblick bewusst.

»Wieso nicht Clayderman?«, fragte er nun erst recht betont gleichgültig. »Wusstest du, dass Clayderman schon im Alter von zwölf Jahren aufs Konservatorium durfte?«

Murat rollte mit den Augen. »Schon gut, spiel, was du willst, die Gäste haben sowieso bereits fluchtartig den Saal verlassen.«

Anton blickte sich um. Murat schien recht zu haben. Merkwürdig. Im Vergleich zu anderen Tagen wirkte der Saal beinahe wie leer gefegt. Es saßen nur noch zwei Paare an den Tischen, wie er erstaunt feststellte. Wann waren die Leute

46

gegangen? Und lag das wirklich an seinem Klavierspiel? Abrupt nahm er die Finger von den Tasten.

»Oh, ich wusste nicht, dass ich so schlecht spiele.« Er blickte entschuldigend zu Murat.

»Spielst du nicht. Die Gäste sitzen nebenan, hier wird gleich für eine Hochzeit eingedeckt.«

Anton kam ein verächtliches Schnauben über die Lippen. »Eine Hochzeit. Na bravo!«

»Ey, Alter! Jetzt erzähle mir endlich, was los ist! Ein Blinder mit Burka-Vollmontur sieht, dass dir was quersitzt.«

Antons Fassade begann zu bröckeln. Er musste nur für einen Augenblick an Anouschka denken, schon spürte er Tränen aufsteigen. Sechs Wochen lang hatte er sie so sehr vermisst, nur um am Ende doch noch den Laufpass zu kriegen. Die Welt war grausam und er vermutlich das größte männliche Gefühlsweichei, das auf ihr wandelte.

»Nichts ist los. Aber geht heute noch ein Flug nach Moskau?«

Murat fasste sich in sein dichtes schwarzes Haar. »Hay Allah, ich wusste gleich, dass Moskau dahintersteckt. Und ich weiß längst, dass dir diese Zicke nur Ärger macht.«

»Ist ja gut. Ich gebe es zu! Anouschka hat mit mir Schluss gemacht«, flüsterte Anton kleinlaut.

»Hay Allah!«, stieß Murat erneut aus. »Im Ernst?«

»Im Ernst.«

»Warte«, sagte Murat mit sarkastischem Unterton, »wir meinen doch dieselbe Perle, die dir auch erzählt hat, dass eine Fernbeziehung funktionieren kann, wenn beide es nur wollen. Und wir reden doch von derselben jungen Frau, die sagte, wenn sie zurückkommt, dass dann geheiratet wird. Aber Moment!« Murat hob den Zeigefinger und setzte nach: »Wir tun ihr unrecht. Sie hat wortwörtlich geäußert: Dann wird geheiratet! Allerdings hat sie nicht erwähnt, wer wen.«

Murat hatte Anouschka noch nie leiden können. Zu dürr, zu groß und immer ein bisschen zu gereizt fand er. Anton hatte sie ihm gegenüber stets in Schutz genommen, eben weil er auch andere Seiten an ihr kannte.

»Ja, gib's mir ruhig«, murmelte er, »ich hab's ja verdient. Ich habe die Zeichen nicht gedeutet.«

»Hat sie dir denn einen Grund genannt?«

Antons Mundwinkel bebten und er nickte verhalten.

»Warte, lass mich noch mal raten.« Murat tat so, als würde er angestrengt nachdenken, und tippte sich mit dem Zeigefinger gegen die Stirn. »Sie hat einen anderen! Vermutlich den omnipotenten Oleg Stepanowitsch, der natürlich ihr Tanzpartner am großen Bolschoi ist und ihr ständig aus Versehen an die nicht vorhandenen Hupen greift. Und dann ist es plötzlich passiert. Liebe!«

Anton schmunzelte, denn Murat traf ja ins Schwarze. Zum einen hatte Anouschka so gut wie keine Brüste und zum anderen hatte sie tatsächlich mit ihrem neuen Tanzpartner angebandelt.

»Du solltest Kristallkugelleser werden. Denn es stimmt. Laut ihren Aussagen hat sie sich in ihren neuen Tanzpartner verliebt, allerdings heißt der nicht Oleg Stepanowitsch, sondern Cheslav Gerassimow. Ich habe ihn sogar gegoogelt, wie so 'n liebeskranker Stalker. Er ist genauso dürr wie sie, aber tanzt bereits seit drei Jahren in der Elite. Tja nun, da reicht ein namen- und brotloser Pianist wie ich nicht ran. *No chance!*«

»Komm schon!« Murat klopfte ihm freundschaftlich auf die Schulter. »Heute nach Feierabend stoßen wir darauf an, dass du sie los bist. Sieh dich doch um, die Frauen fliegen nur so auf dich, was willst du mit einer, die keine Titten hat?«

»Du bist echt doof. Aber der Umtrunk nachher steht.«

»Du kannst sogar schon früher mit Betrinken anfangen. In einer Stunde geht's hier los und die haben überraschend eine Band bestellt.«

»Na toll«, stöhnte Anton, »da hätte ich ja gar nicht erst zu kommen brauchen.«

»Den Ausfall bezahlt man dir«, erklärte Murat, »weil es so kurzfristig ist.«

»Oh, prima, dann will ich nichts gesagt haben.«

»Übrigens, wenn du dachtest, du hast Probleme, kann ich dir nur sagen: Sei froh, dass du nicht in meiner Hose steckst.«

»Haut«, verbesserte Anton.

»Haut. Hose. Dies. Das. Egal.« Murat winkte ab und verdrehte die Augen.

»Meine Familie ist verrückt geworden. Sie glauben wirklich, dass sich meine Cousine ändern wird. Nesrin hat hier heute ihre praktische Ausbildung begonnen. Sie ist das furchtbarste Mädchen der gesamten Verwandtschaft, ach, was sag ich, der Welt. Ein Teufel. Sie hört auf niemanden, ist aufmüpfig und hat schon drei Mal die Schule geschmissen. Jetzt hat mir die Familie auferlegt, dafür zu sorgen, dass sie wenigstens diese Ausbildung beendet. Junge, ich bin so was von geliefert.«

Anton musste lachen. »Du Armer. Aber so wie ich dich kenne, hast du die Lehrlinge gut im Griff. Meine neue Mitbewohnerin fängt heute übrigens auch hier an.«

»Was? Wie heißt sie denn?«

»Laura Schönbrunn.«

Murat nickte wissend. »So ein Zufall. Genau die beiden sind mir zugeteilt worden.«

»Mit Laura wirst du keinen Ärger haben«, sagte Anton zuversichtlich. Er sah sich im Saal um, der sich inzwischen komplett geleert hatte. Die anderen Gäste hatte man vermutlich in den Frühstückssalon, der nur geringfügig kleiner war als dieser Saal, umgeleitet, damit man die Hochzeit in Ruhe vorbereiten konnte. Es hatte also wenig Sinn, hier weiter fürs Publikum zu spielen. Deshalb stimmte Anton das »Concerto No. 2« von Rachmaninow an. Es war ein ebenso wehmütiges Stück wie das vorherige und auch dieses hatte er Anouschka immer wieder vorspielen müssen – zur Einstimmung auf Russland. Rachmaninow hatte schon im Alter von vier Jahren begonnen, Klavier zu spielen, studierte später in Moskau und kam als Dirigent ans Bolschoi-Theater. Während Anton die ersten Takte anschlug und Murat mit einem genervten Kopfschütteln verschwand, musste er daran denken, wie oft Anouschka, das Gesicht in die Hände gestützt und mit verträumtem Blick an diesem Klavier gestanden hatte, um seinem Spiel zu lauschen, meist abends, kurz bevor die Bar geschlossen wurde. Es war ihnen ein liebes Ritual geworden und sie durfte sich immer ein oder mehrere Stücke von ihm wünschen. Einer ihrer liebenswerten Vorzüge war es gewesen, dass sie sich genauso sehr für Klassik begeistern konnte wie er. Anton spielte noch eine Weile, bis er sich von den Aufbauarbeiten für die Hochzeit gestört fühlte. Er blickte hoch und entdeckte Laura an der Bar. Neben ihr stand ein Mädchen, das allem Anschein nach Murats Nichte war. Sie hatte kurz geschnittenes schwarzes Haar und ein hübsches Gesicht. Das Temperament, von dem sein Freund gesprochen hatte, konnte er auf die Entfernung nicht beurteilen. Beide Frauen waren damit beschäftigt, Gläser zu polieren, was sie sehr gewissenhaft taten. Laura hielt sie immer wieder gegen das Licht, um nachzuprüfen, ob auch wirklich keine Schlieren mehr zu sehen waren. Als er das Stück beendete, schaute sie zu ihm herüber, lächelte und winkte zum Gruß.

Anton klappte das Klavier zu, stand auf und ging zu ihr hinüber.

»Hey! Erster Tag heute?«

»Genau! Und dann gleich eine Hochzeit. Ich hoffe, alles geht glatt.« Ihre Wangen glühten vor Aufregung. Allein bei dem Wort Hochzeit musste Anton schwer an sich halten, um nicht die Fassung zu verlieren.

»Das schaffst du schon«, machte er ihr Mut, »aber es wird sicher spät werden. Wer passt denn auf Mia auf?«

Laura winkte ab. »Keine Sorge, meine Mutter hat sie aus dem Hort geholt, sie schläft heute Nacht bei meinen Eltern.«

»Dann ist ja gut. Da hast du aber nette Eltern.«

»Die besten, die es gibt. Ohne sie wäre ich komplett aufgeschmissen. Das Jahr wird hart werden, gerade, was die Kleine angeht, aber dann ist die Ausbildung endlich abgeschlossen.«

»Yallah, du wirst gar nichts abschließen, wenn du weiter so herumtrödelst. Warte nur, bis disch der Kameltreiber beim Bummeln erwischt.« Nesrin sah mit wütendem Blick und tiefer Stirnfalte in Murats Richtung.

Anton verkniff sich ein Grinsen. Murat sollte wohl recht behalten, was Nesrins Temperament anging. Laura schmunzelte. »Darf ich vorstellen? Das ist Nesrin Gürbüz, meine Mitstreiterin, und das ist Anton Fischer, mein Vermieter.«

»Mitbewohner«, korrigierte Anton und gab Nesrin die Hand zum Gruß. »Außerdem bin ich der Hauspianist, der soeben Feierabend macht.«

»Und das da drüben ist mein Privataufseher. Der wird misch Hölle machen die ganze Zeit. Isch hasse ihm.«

»Der wird dir das Leben zur Hölle machen«, korrigierte Laura. »Und du hasst *ihn*. Akkusativ.«

»Ich kann dich hören, Kürbis«, rief Murat quer durch den Saal.

»Gürbüz heiße isch, du Esel«, flüsterte Nesrin. »Guck, hab isch gleich gesagt, der macht misch Hölle. Glaubt, er ist hier Pascha!« Sie hielt ein Glas gegen das Licht des Deckenstrahlers. »Was würd isch geben für Zigarette jetzt!«, murmelte sie entnervt.

Anton sah, dass sich Laura schwerlich ein Grinsen verkniff. Er schnappte sich einen Hocker und setzte sich zu ihnen an die Bar.

»Übrigens, ich wollte dir anbieten, wenn du mal Hilfe brauchst und ich Zeit habe, kann ich gern auch mal einspringen und deinen Floh hüten.«

Laura sah ihn überrascht an.

»Was denn?«, fragte er.

Sie schüttelte den Kopf. »Ach nichts. Danke für das Angebot, aber das musst du nicht tun. Du bist mein Vermieter, das kann ich wirklich nicht annehmen.«

»Mitbewohner«, verbesserte er erneut. »Wir sind gleichberechtigt, gewöhne dich daran. Und wenn ich dir Hilfe anbiete, darfst du sie auch annehmen. Keine große Sache. Außerdem ist Mia klasse.«

Über Lauras Gesicht huschte ein verlegenes Lächeln. »Danke«, flüsterte sie und polierte nur noch intensiver die Gläser.

»Darfst du denn eigentlich schon den Ausschank bedienen?«, fragte er. Ein Bier hätte seine Stimmung ganz bestimmt gehoben. Laura sah sich hilfesuchend nach ihrem Chef um. Sie entdeckte ihn nirgends.

»Was willst du trinken?«, fragte Nesrin forsch. »Ich kann mixen, was willst du. Sag einfach.«

»Was du willst«, korrigierte Laura, »aber Murat hat gesagt, wir sollen nur die Gläser polieren, bis er wiederkommt«, protestierte sie. Lauras Korrektheit rührte Anton und machte ihn sogar ein bisschen traurig, weil er wusste, weshalb sie sich so sehr an die Regeln hielt. Für sie stand alles auf dem Spiel.

Nesrin zuckte die Schultern. »Der hat mir gar nichts zu sagen. Wenn der glaubt, der kann misch bestimmen, hat er geschnitten. Willst du Bier oder was?«, fragte sie in Antons Richtung. Er stand auf und schob den Barhocker zurecht. Er wollte Laura keinen Ärger machen und sich auch nicht in Murats Angelegenheiten einmischen, weshalb er lieber woanders einen Drink nahm. Zwei Seitenstraßen weiter gab es ein kleines Lokal namens *Jaspers Garage*, in das er oft einkehrte, auch weil dort hin und wieder unbekannte Gruppen auftraten, die zum Teil gar nicht mal schlecht waren. Wenn er Glück hatte, spielte heute auch jemand, oder aber der Flügel war frei, dann würde er dort weiterspielen können. Manchmal gab ihm Jasper grünes Licht und ein kleines Geld, wenn er sich zwei Stunden hinsetzte und spielte. Es gab nur eine Bedingung. Was er zum Besten gab, durfte nichts mit klassischer Musik zu tun haben. Fingerübungen konnte er allerdings auch mit Popmusik machen, von daher coverte er so gut wie alles, was Rang und Namen hatte.

»Lasst gut sein, ich geh zu Jasper. Könntet ihr das Murat ausrichten, falls er nachkommen will?«

»Klar, mach ich«, sagte Laura.

»Isch kann auch Cocktails oder Zapfenbier«, rief ihm Nesrin hinterher.

Anton hob die Hand zum Gruß, ohne auf Nesrins Angebot zu reagieren. »Macht's gut ihr beiden und viel Glück für die Hochzeit!«

KÜÜÜSSEN KANN MAN NICHT ALLEINE ...

Laura war mehr als nervös, nachdem Anton sich verabschiedet hatte. Sie fühlte sich, als würde man sie gleich ins kalte Wasser werfen.

»Guckt doch beide nicht so angespannt«, nörgelte Murat. »Wir kriegen das schon hin.« Wie zur Bekräftigung betraten plötzlich zehn weitere Kellner den Saal. Sie schienen auf Knopfdruck zu funktionieren und deckten im Eiltempo die Tische ein. Jeder Handgriff saß, was Laura beeindruckend fand.

»Die Gäste merken, wenn ihr Angst vor ihnen habt. Ihr müsst lächeln, dann sind sie euch immer gut gesonnen. Vier Leute kümmern sich um die Getränke und die anderen machen den Service an den Tischen, verstanden?«

»Gott sei Dank«, stieß Laura aus.

»Was denn? Dachtest du, du müsstest zweihundert Gäste allein bewirten?«

Laura schüttelte den Kopf. »Natürlich nicht«, log sie. Die Wahrheit war, Nesrin und sie waren erst vor einer Stunde vor vollendete Tatsachen gestellt worden und beide wussten überhaupt nicht, was auf sie zukam. Bisher hatte ihre Ausbildung lediglich aus Theorieblöcken und dem Housekeeping bestanden.

Das hier war ihr erster praktischer Tag im Restaurant. Dazu kam, dass die Hochzeit kurzfristig eingeschoben worden war und man verlangte, dass sie nach offiziellem Dienstschluss Überstunden leisteten, bis die Feierlichkeiten beendet waren. Laura hatte nicht gewagt, schon am ersten Tag zu mosern, aber es war nicht leicht gewesen, ihre Eltern zum Babysitten zu überreden, da sie Theaterkarten hatten, die sie nun verschenken mussten. Ihr schlechtes Gewissen würde sie den ganzen Abend begleiten wie ein ungebetener Gast.

»Gut, hat einer von euch schon mal Getränke gemixt? Und Kürbis, ich meine nicht nur Cola Wodka oder Krümeltee«, schob Murat nach.

Nesrin verdrehte die Augen. »Isch mix dir alles, was willst du.«

»Oh Mann!«, stöhnte Murat. »So siehst du schon aus. Und bitte, arbeite an deiner Grammatik!«

»Wieso? Was gibt auszusetzen?«

»Du hörst dich an wie ein verdammter Autoverkäufer am Beusselmarkt.«

Insgeheim gab Laura Murat recht. Andererseits, dafür, dass Nesrin erst so kurz in Deutschland lebte, fand sie deren Sprachschatz gar nicht schlecht. Sie selbst hätte in derselben Zeit niemals so gut Türkisch lernen können.

»Was soll heißen?«, fragte Nesrin angespannt. Laura konnte förmlich spüren, dass sie ihrem Cousin an die Gurgel springen wollte.

»Das heißt, du polierst heute nur Gläser und schenkst maximal Bier aus. Die Cocktails, Liköre und den Schnaps überlässt du den Profis. Außerdem verlange ich von euch beiden, dass ihr jeden zweiten Tag das Mixen eines neuen Cocktails lernt. Hier ist unsere Karte, die Rezepturen könnt ihr entweder bei den festen Bartendern oder beim Barmanager erfragen. Wichtig ist, dass ihr euch die Zutaten einprägt, ich kann euch jederzeit abfragen und ich rate euch eines: Ihr solltet lernen, lernen und nochmals lernen.«

»Natürlich.« Laura nickte dienstbeflissen, während Nesrin die Augen verdrehte.

Inzwischen wuselte der ganze Saal und im Handumdrehen erstrahlte er in festlichem Glanz. Die Tische waren mittlerweile mit hellrosafarbenen Tüchern eingedeckt, feinstes Porzellan arrangierte man fachmännisch zwischen kitschigem Blumentischschmuck in derselben Farbe. An den Wänden wurden pastellfarbene Luftballons befestigt und quer durch den Saal ein Banner mit der Aufschrift: »Just married Paul & Janine« gespannt. Auf der Bühne spielte sich inzwischen die Band ein.

»Habt ihr Anton gesehen?«, fragte Murat zwischendrin, sich suchend umblickend.

»Ach so, ja. Ich soll Ihnen ausrichten, dass er noch in Jaspers Garage gegangen ist, falls Sie nachkommen möchten.«

Murat nickte. »Danke. Und übrigens, du kannst mich Murat nennen und du sagen. Nur wenn der große Boss kommt, bin ich Herr Aydin für dich, klar?« Der große Boss hieß Ansgar Leonhardt. Unter den Angestellten handelte man ihn als äußerst strengen, dennoch fairen und auch großzügigen Chef. Man sagte über ihn, er lobe nur, wenn er außerordentlich zufrieden sei, ansonsten sei sein Schweigen Lob genug. Laura kannte ihn bis jetzt nur von Fotos auf der Website des Hotels und aus der Presse und hoffte, sie würde ihn erkennen, wenn er eines Tages vor ihr stehen sollte.

Laura nickte. »Und wofür bin ich heute Abend eingeteilt?«

»Komm mal mit«, bedeutete Murat ihr mit einem Wink. Laura folgte ihm zu einem kleinen Stand, der von außen mit grünen Limetten bedruckt war. Auf der Front prangte ein großer roter Schriftzug, auf dem »Caipi-Bar« stand.

»Weißt du, was in einen Caipirinha gehört?«

Laura nickte lächelnd. Ihr Vater hatte ihr einiges über das Mixen von Getränken beigebracht. Einen Caipi konnte sie im Schlaf zaubern.

»Ich vermute, wir nehmen dafür die Gibraltargläser?«, fragte sie und griff sich eines.

Murat nickte wohlwollend und Laura zeigte, wie sie üblicherweise vorging. Sie nahm eine Limette, viertelte sie, gab sie zusammen mit zwei Barlöffeln Rohrzucker ins Glas und zerstieß alles routiniert mit einem Stößel. Kurz schaute sie zu Murat auf, um sich zu vergewissern, ob er das, was sie tat, guthieß. Sein Gesicht verriet nichts.

»Jetzt fülle ich das Glas mit gecrushtem Eis auf und zum Schluss kommen fünf Zentiliter Cachaça darüber. Fertig ist der Caipirinha.«

Sie steckte einen Strohhalm ins Glas und überreichte es Murat zusammen mit einer Serviette. »Vor dem Trinken würde ich ihn noch ein paar Mal umrühren, damit sich der Zucker verteilt.«

Murat lächelte und rührte den Drink um, bevor er einen Schluck probierte.

»Eigentlich wollte ich zwei Leute für den Stand einteilen, aber ich glaube, das bekommst du allein hin. Was meinst du?«

Laura wusste nicht, ob sie sich ärgern oder freuen sollte, weshalb sie lediglich ein Nicken zustande brachte. Klar, wer etwas gut konnte, war nicht auf Hilfe angewiesen. Murat nahm einen weiteren Schluck und lächelte zufrieden. »Auch wenn sie sonst noch kaum durchblicken, wo es langgeht, wie man Caipis mixt, das wissen sie. Der ist gar nicht mal schlecht. Es fehlt nur Minze.« Er deutete auf vier Töpfe frischer Minze, die seitlich neben Laura standen, zupfte ein Blatt ab und tat es in seinen Drink.

»Verstehe.«

»Okay, dann bereite hier alles vor. Sobald die Gäste kommen, muss es schnell gehen. Sie werden nach der offiziellen Zeremonie nach Alkohol lechzen, das kann ich dir versprechen.«

»Gut, dann mach ich mich an die Arbeit.« Murat, der das Glas nicht zurückgab, ging wenig später im Gewusel der Vorbereitungen für die Feierlichkeiten unter. Es dauerte nicht lange, bis die ersten Gäste eintrafen. Die Band hatte aufgehört, die Instrumente zu stimmen, und begann ruhige Musik zu spielen. Eine Stunde später saßen alle an ihren Plätzen, aßen und unterhielten sich angeregt. Die Stimmung schien fröhlich und ausgelassen, wie man es von einer Hochzeit erwartet. Die Braut und der Bräutigam saßen nebeneinander und warfen sich hin und wieder verliebte Blicke zu.

»Sieht das Brautpaar nicht toll aus?« Laura wurde aus ihren Gedanken gerissen. Vor ihrem Stand hatte sich ein junger Mann mit dem Rücken zu ihr postiert, den Blick direkt aufs Brautpaar gerichtet. Er war groß, breitschultrig, hatte dunkles Haar und trug einen edlen Smoking. Soweit sie sehen konnte, hatte er die Arme vor der Brust verschränkt.

»Brautpaare sehen immer toll aus«, gab Laura lakonisch zurück. »Das ist der Tag, auf den ein Paar für gewöhnlich lange Zeit hinarbeitet. Alles muss perfekt sein. Ich finde, sie sehen in der Tat fantastisch aus.«

Mit neugierigem Blick drehte sich der Mann zu ihr herum. Seine braunen Augen, die feine, gerade gewachsene Nase, das sonnengebräunte, markante Gesicht und dieser sinnliche Mund gehörten einem Model und wenn nicht, war es pure Verschwendung. Angesichts derart offensichtlicher äußerer Makellosigkeit räusperte sich Laura schüchtern. Wieso nur plapperte sie immer gleich drauf los? Und kannten sie sich? Der Typ kam ihr irgendwie bekannt vor, allerdings gelang es ihr auf die Schnelle nicht, ihn einzuordnen.

Mit hochgezogener Augenbraue fragte er: »Arbeiten Sie auch auf Ihren großen Tag hin?«

»Was? Wie?«, stammelte sie. Was war das denn für eine seltsame Frage?

»Ob Sie auch auf Ihren großen Tag hinarbeiten? Den Tag, an dem Sie Ihre große Liebe, oder das, was man gemeinhin dafür hält, heiraten.« Er machte eine verächtliche Miene, samt wegwerfender Geste mit der Hand. Was war dem denn für eine Laus über die Leber gelaufen?

»Die große Liebe hat sich aus dem Staub gemacht«, rutschte es ihr einfach so heraus, noch bevor sie realisieren konnte, dass sie einem Wildfremden das Furchtbarste, das ihr in jüngster Zeit widerfahren war, einfach so vor den Latz geknallt hatte. Verärgert über sich selbst, biss sie sich auf die Unterlippe. Offenbar hatte sie zu viele Dämpfe des kostbaren Rums eingeatmet.

»Einen Caipi?«, schob sie rasch nach, in der Hoffnung, er werde auf ihre Bemerkung nicht weiter eingehen.

»So, so! Der hat sich also aus dem Staub gemacht«, machte ihr Gegenüber ihre Hoffnung zunichte. Er beugte sich vor und begutachtete ihr Namensschild.

»Sie sehen aus, als könnten Sie Alkohol gebrauchen«, unternahm Laura einen weiteren Versuch, das Thema zu wechseln.

»Das auf jeden Fall, liebe Laura Schönbrunn, aber wie kann man eine Frau wie Sie einfach so sitzenlassen? Machen Sie mir gern einen. Oder zwei. Später wahrscheinlich auch noch einen dritten. Ich vertrage einiges.« Er grinste selbstgefällig, während er sich zwischendurch immer wieder zum Brautpaar umdrehte. Er schien nervös zu sein, denn er schaffte es nicht, ruhig auf der Stelle zu stehen. Außerdem löste er erst den Knoten seiner Krawatte, dann zog er ihn wieder fest.

Laura, froh, endlich ihre Hände beschäftigen zu können, begann mit der Arbeit. Sie war noch nie der Typ Frau gewesen, der nervös wurde, nur weil ihr die Optik eines Mannes zusagte, aber der hier – so stellte sie missmutig fest – verursachte aus irgendeinem Grund, vielleicht war es seine direkte Art, ein leichtes Zittern ihrer Hände. Fehlte nur noch, dass er es mitkriegte. Sie atmete tief durch und versuchte, sich zu entspannen.

»Und? Wie kam es, dass er Sie verlassen hat?«, stocherte er weiter in der Wunde, die noch lange nicht verheilt sein würde, wie sie beim Gedanken an Till wieder feststellen musste. Was antwortete man einem Wildfremden auf eine so private Frage? Sie hielt kurz inne, dann sagte sie: »Es war anscheinend doch nicht die große Liebe.« Sie folgte seinem Blick, den er schon wieder zum Brautpaar richtete. »Und?«, fragte sie neugierig. »Sie sind ein Freund des Brautpaares?«

Er wandte sich ihr wieder zu und für den Bruchteil einer Sekunde war da etwas in seinen Augen, das sie selbst schon im eigenen Spiegelbild gesehen hatte: eine Mischung aus Schmerz, Verletzlichkeit, um sich nur eine Sekunde später in Eiseskälte zu verwandeln.

»Wie man's nimmt. Paul, der Bräutigam, ist mein Rechtsverdreher. Na ja, und er ist auch ein guter Freund.«

Laura nickte. »Und sie? Was ist mit der Braut?«, hakte sie nach. Wenn sie sein Auftreten, seine Mimik und den nun wiederum losen Krawattenknoten richtig deutete, so musste sie davon ausgehen, dass er in sie verliebt war. Oder irrte sie sich? Was war los mit diesem Typen?

»Die Braut ist nun seine Frau«, sagte er mit einem Lächeln, das keines war, womit er Lauras Vermutung nur noch befeuerte. Sie goss den Cachaça ins Glas und sah ihm in die Augen. Mit einem Fingerzeig bedeutete er ihr, nicht sparsam zu sein. Begierig nahm er ihr das Glas aus der Hand, noch bevor sie vorschriftsmäßig das Minzeblatt dazugeben konnte. Er prostete ihr zu. »Auf die großen Lieben, die manchmal gar keine sind.«

»Auf so was trinke ich nicht«, murmelte Laura.

Ohne abzusetzen leerte er das Glas. Mit großen Augen verfolgte sie das Geschehen. Als er fertig war, wischte er sich mit der Serviette über den Model-Mund.

»Ihr Freund ist ein verdammter Idiot, wissen Sie das?«, verkündete er und Lauras Herz fing bei genau diesem Satz an zu stolpern. Vor Freude. Oder vor Bejahung. Oder vor irgendwas. Es war ein gutes Gefühl, dass es mal jemand aussprach.

»Na, da sagen Sie was«, bekräftigte sie und nickte zustimmend. Bis jetzt konnte sie mit dem Schönling nicht viel anfangen, aber das, was er gerade gesagt hatte, war Balsam für ihr angekratztes Ego.

»Wie siehts aus, Laura Schönbrunn, kriege ich noch einen?« Er deutete mit den Augen auf die Schnapsflasche.

»Sicher doch …, äh …«

»Verzeihen Sie, ich habe mich noch gar nicht vorgestellt. Mein Name ist Christian Bergmann.«

»Gern, Herr Bergmann.« Laura begann, den nächsten Caipirinha anzumixen.

»Für dich Christian, okay?«

Oh nein, so ging das nicht. Das war unprofessionell. Es war ihr untersagt, die Gäste zu duzen. Und dieser Typ war zweifelsfrei ein Gast und sie hatte zu arbeiten. Vielleicht war er ein Spitzel, den man auf sie angesetzt hatte, um sie zu testen? Gab es so was? Spitzelnde Lehrlingstester? Warum, um alles in der Welt, machten sie erste Tage in einer neuen Stelle nur immer so nervös?

»Herr Bergmann«, begann sie, »es tut mir leid, aber mir ist es untersagt, Gäste zu duzen oder mich mit ihnen anzufreunden.« Oh Gott, sie klang wie ein Paragrafenreiter mit Stock im Hintern und eine innere Stimme verhöhnte sie … *mir ist es untersagt, Gäste zu duzen oder mich mit ihnen anzufreunden.* Sie traute sich kaum mehr, ihm ins Gesicht zu sehen. Er musste sie für vollkommen übergeschnappt halten! Sie nahm eine Schippe

61

gecrushtes Eis aus dem Gefäß, und beim Umfüllen ins Glas fiel die Hälfte daneben. *Verdammt,* fluchte sie innerlich. Konnte das jetzt mal aufhören?

»Chris, alter Junge, machst du das Personal wieder wuschig?« Am Stand tauchte ein älterer Herr auf, bei dessen Anblick Christian sofort seine Körperhaltung veränderte. Er versteifte sich geradezu und schaltete auf professionell und unnahbar.

»Robert! An welchen Tisch hat man dich denn gesetzt?«

»Ich sitze dort drüben mit Isabell, komm uns doch Gesellschaft leisten, wir drehen bald durch vor Langeweile. Hochzeiten kommen gleich nach Beerdigungen und Taufen, findest du nicht auch?« Der Mann, der offenbar Robert hieß, drehte sich zu Laura um und bestellte: »Einen Doppelten bitte oder machen Sie gleich zwei.«

»Zwei Doppelte?«, fragte Laura. Er drehte sich abermals zu ihr herum und grinste. »Genau, einfach weniger Eis und mehr Schnaps und das zweimal. Der junge Mann hier neben mir sieht so aus, als könne er auch einen Doppelten vertragen.«

Laura, der es unangenehm war, nachgefragt zu haben, mixte die Drinks und gab eine extragroße Portion Rum ins Glas. Sie war dankbar, dass dieser Christian endlich abgelenkt war. Als hätten sie sich niemals miteinander unterhalten, beobachtete Laura, wie er sich mit dem Herrn ins Gespräch vertiefte. Bemüht unauffällig reichte sie ihnen die Drinks hinüber und wandte sich ohne Zögern an andere Gäste. Der Schlange, die sich langsam an ihrem Stand bildete, geschuldet, verschwanden Christian und sein Freund irgendwann in der Menschenmenge. So voll, wie es plötzlich wurde, hatte sich offenbar herumgesprochen, dass die Drinks steifer waren als die Sahne auf der Hochzeitstorte. Christian und die seltsame Begegnung mit ihm war nur eine Stunde später vergessen. Ohne Unterlass mixte Laura Caipirinhas. Von den Feierlichkeiten, den Festreden, dem Brauttanz oder dem Wurf des Brautstraußes bekam sie nichts mit. »Ich soll dich ablösen«, vernahm sie nach einer gefühlten Ewigkeit eine Stimme hinter sich. Ein fremder junger Mann klopfte ihr dabei auf die Schulter.

»Oh Mann, endlich«, stöhnte Laura. »Ich spüre meine Füße kaum noch.« Sie wischte sich die Hände an der Schürze ab und überließ dem jungen Mann das Schlachtfeld. Erst als sie sich vom Stand entfernte, und sich durch die tanzende und zum Teil herumstehende Menge einen Weg nach draußen bahnte, merkte sie, dass nicht nur ihre Füße müde waren, auch ihr Rücken schmerzte und ihr Nacken war verhärtet vor Anspannung. Sie trat über einen Flur hinaus in den Hinterhof, der tagsüber zum Beliefern des Hotels diente. Es war inzwischen Nacht und auf der Laderampe saß Nesrin, eine Zigarette rauchend.

»Und? Wie läufts bei dir?«, fragte Laura und setzte sich neben sie. Eigentlich wollte sie nach all dem Trubel im Saal nicht reden, aber Nesrin und sie waren in derselben Situation, was sie irgendwie zu Verbündeten machte.

Nesrin verdrehte die Augen. »Wie wohl? Murat macht misch wahnsinnig. Isch glaube, isch hab poliert zweitausend Gläser heute Nacht und kein Tunnel im Licht. Ätzend!«

»Kein Licht am Ende des Tunnels«, half Laura aus. Sie klopfte Nesrin schwesterlich auf die Schulter. »Hey, komm schon, das gehört zur Ausbildung. Betten machen finde ich, ehrlich gesagt, anstrengender als Gläser polieren.«

»Das sagt die an der Schnapstheke.« Nesrin zog ein enttäuschtes Gesicht und nahm noch einen Zug von der Zigarette.

»Hey, nächstes Mal bist du bestimmt dran und ich werde dann die Gläser polieren. Und glaube mir, die Schnapstheke ist auch nicht so toll, wie du denkst.«

»Wie lange brauchst du denn, Kürbis?«, donnerte urplötzlich Murats Stimme durch die sternenklare Sommernacht.

Nesrin erschrak heftig und drückte Laura ihre Zigarette in die Hand. Mit einem Blick, der ihr bedeutete, besser den Mund zu halten, schoss das Mädchen hoch und eilte ihrem Cousin entgegen. Dafür, dass sie so tat, als würde es sie nicht interessieren, was er dachte, machte sie einen ziemlich verängstigten und ergebenen Eindruck. Als die Tür hinter Nesrin zufiel, war es endlich still. Laura atmete tief durch und genoss den Augenblick der Ruhe. Es war kaum vorstellbar, dass drinnen eine Hochzeit tobte, während es hier draußen beinahe gespenstisch geräuschlos war. Nicht mal Straßenlärm drang über die hohen Hofmauern. Dafür, dass der Herbstanfang kurz bevorstand, war es auch ungewöhnlich mild zu so später Stunde. Sie brauchte nicht mal eine Jacke. Plötzlich ging erneut die Tür auf. Laura war so müde und geschafft, dass sie sich nicht einmal umdrehte, um nachzusehen, wer da herauskam. Es interessierte sie schlicht nicht.

»Sie rauchen?«, fragte eine Männerstimme, die sie nun doch hellhörig werden ließ.

»Keineswegs«, sagte Laura und wusste, dass der Glimmstängel in der Hand sie Lügen strafte. Sie erkannte die Stimme sofort, weshalb sie aufstand und irrationalerweise die Zigarette hinter ihrem Rücken versteckte. Als sie sich aufgerappelt hatte, stand Christian Bergmann direkt vor ihr. Zielgerichtet griff er nach ihrem Arm, holte ihn hervor und nahm ihr die Zigarette aus der Hand.

»Dann ist ja gut, Rauchen verursacht nämlich Krebs, Gefäßkrankheiten und sorgt für 'ne Menge faltiger Haut«, sagte er und nahm einen langen Zug. Die Glut tauchte die schwarzen Schatten ihrer Körper für einen kurzen Moment in ein diffuses Licht. Christian blies den Rauch direkt in ihr Gesicht. Wie ferngesteuert atmete sie tief ein und erinnerte sich an das zweifelhafte Glück, das man empfand, wenn das Nikotin sein Gift in den Arterien und Venen entfaltete und Arme und Beine schwer werden ließ. Laura hatte das Rauchen aufgegeben, nachdem sie von ihrer Schwangerschaft erfahren hatte, jedoch konnte sie sich gut an den kurzen Kick erinnern, der von der ersten Zigarette des Tages ausging.

»Deshalb habe ich es mir ja auch abgewöhnt«, stammelte sie.

»Ich auch«, sagte Christian Bergmann und verzog seinen Mund zu einem süffisanten Grinsen.

»Als ob«, sagte Laura und merkte daraufhin selbst, dass sie mit dem Wortschatz ihrer Tochter geantwortet hatte. Peinlicher ging es wohl nicht. Sie machte einen Schritt zur Seite, um sich an ihm vorbeizustehlen. Irgendwas an diesem Typen machte sie nervös. Auch wenn sie liebend gern noch länger Pause gemacht hätte, animierte sie ihr Bauchgefühl zur Flucht. Plötzlich schnellte Christians Hand vor und umschlang ihre Taille. Hey! Was dachte der sich?

»Warum so eilig?«, fragte er.

»Was erlauben Sie sich?« Laura versuchte, sich aus seinem Griff zu winden. Ihr Herz schlug plötzlich bis zum Hals. Was hatte er vor? War er vielleicht ein Triebtäter oder Vergewaltiger? Sollte sie schreien? Und wieso roch er so gut? Ihre Gedanken wirbelten in ihrem Kopf umher.

Noch bevor sie sich aus seinem Griff befreien konnte, senkten sich seine Lippen auf ihre. Sie wollte zurückweichen, jedoch hielt er mit der anderen Hand ihren Hinterkopf fest. Als seine Lippen auf ihren Mund trafen, rechnete sie fest damit, dass er sie hart küssen würde, doch was jetzt geschah, zog ihr förmlich den Boden unter den Füßen fort. Seine weichen Lippen küssten sie sanft und der Druck seiner Hand ließ in dem Moment nach, als sich ihre Zungen wie von selbst berührten. Er schmeckte nach Tabak und Rum. Lauras Herz schlug bis zum Hals. Verdammt, er sah nicht nur irre gut aus und roch fantastisch, auch seine Lippen waren weich und so einladend. Das jedenfalls dachte Laura, kurz bevor die Tür mit einem harten Knall aufschwang und sie urplötzlich von einem Blitzlichtgewitter überrascht wurden. Nur eine Sekunde später bombardierte man sie mit Fragen.

»Christian Bergmann, ist das Ihre neue Freundin? Wo haben Sie sich kennengelernt? Wie lange kennen Sie sich schon? Was ist mit Carmen Schulte? Wurden Sie von ihr verlassen? Oder haben Sie ihr den Laufpass gegeben? Wer ist die junge Dame in Ihren Armen? Sind Sie frisch verliebt?«

Noch völlig benebelt von den letzten Sekunden fragte Laura: »Christian Wer?« Dann spürte sie, wie er sie durch eine Menschentraube von Reportern zog.

KATERSTIMMUNG

Verflixt. Seit wann war sein Bett so hart? Anton griff blind um sich, in der Hoffnung, das Kopfkissen zu erwischen, das sich offensichtlich heute Nacht von selbst aus dem Staub gemacht hatte. Doch alles, was er willkürlich ertastete, war entweder hart oder kalt. Außer jetzt. Er berührte plötzlich etwas Weiches, etwas, das er eindeutig als warm und menschlich einzuordnen wusste. Es atmete sogar unter seiner Hand und fühlte sich seltsam vertraut an. Nanu?

»Spinnst du?«, nuschelte eine weibliche Stimme neben ihm, seine Hand fortschiebend. Blinzelnd versuchte er, sich zu orientieren, und erkannte nun, dass seine Hand auf einer weiblichen Brust gelandet war. Mit einem Schlag war er hellwach. Mit einem Ruck setzte er sich auf, wobei sein Kopf an etwas Hartes stieß.

»Verdammt«, schimpfte er und rieb sich den ohnehin brummenden Schädel. Über ihm hing ein Waschbecken.

»Oh mein Gott«, raunte die Stimme neben ihm.

»Laura?«, fragte er und sah auf sie hinunter. Sie sah fürchterlich aus. Eigentlich, wenn er sie genau betrachtete, sah sie genau so aus, wie er selbst sich fühlte. Als er sich umsah, registrierte er, dass sie beide im Badezimmer rechts und links neben der Toilette geschlafen hatten. Und jetzt, ganz langsam, kamen die ersten bruchstückhaften Erinnerungen hoch. Anouschka hatte mit ihm Schluss gemacht. Aua. Er musste seinen Kummer begießen. Er war in Jaspers Garage gegangen und irgendwann floss der Tequila in Strömen. Noch mehr Aua. Anton erinnerte sich, dass er schon ziemlich betrunken war, als der Chef ihm Hausverbot androhte, falls er nicht gleich abhauen würde. Zum Glück kam Laura kurz darauf in die Garage, woraufhin Jasper umschwenkte und eine weitere Flasche Tequila und vermutlich auch das Taxi spendierte, mit dem sie nach Hause gefahren waren. Wobei, angesichts seiner Kopfschmerzen, konnte man wohl kaum von Glück sagen. Aua. Aua. Aua.

»Weißt du noch, wer von uns beiden wen hier hochgeschleppt hat?«, überlegte Anton flüsternd.

»Kannst du aufhören zu schreien?«, röchelte eine fast astreine Imitation der Stimme von Bonnie Tyler neben ihm. Gequält setzte Laura sich auf und hielt sich die Stirn. »Mein Kopf fühlt sich an wie ein Gemälde von Picasso … das mit den asymmetrischen Gesichtern. Kann es sein, dass mein Mundwinkel hängt?« Sie schaute zu ihm hinüber und betastete ihre Lippen. Das Handy, das zwischen ihnen auf dem Boden lag, leuchtete hell auf. Sie hatte es offenbar auf lautlos gestellt, denn es zeigte das Bild einer jungen, lächelnden Frau und den Schriftzug: »Melle ruft an«.

»Ich glaube, dein Typ wird verlangt?« Er deutete mit dem Blick auf ihr Smartphone.

Laura griff danach und nahm, ihre Nasenwurzel massierend, das Gespräch an.

»Hallo?«

»Sag mal, bist du verrückt geworden?«, hörte sogar Anton eine weibliche Stimme durchs Telefon zetern.

Laura versuchte, ruhig zu atmen, während sie die Augen geschlossen hielt und einen grummelnden Laut von sich gab.

»Fuck«, entfuhr es ihr einen Augenblick später. Vermutlich wurde ihr gerade bewusst, weshalb sie sich gestern so maßlos betrunken hatte.

»Fuck ist alles, was du dazu zu sagen hast?«, schrie die andere Stimme.

»Melle, es tut mir leid, alles. Wirklich. Aber hör auf, so herumzuschreien. Mein Kopf ist pures Nitroglyzerin und kann sich jeden Moment selbst entzünden – und dann brennt hier alles ganz schnell lichterloh.«

»Wirklich Laura? Christian Bergmann?«

Anton beobachtete, wie Laura versuchte, die blutunterlaufenen Augen offenzuhalten. Dann, und jetzt wusste er nicht, ob er lachen oder weinen sollte, hörte er sie tatsächlich fragen: »Wer oder was zum Teufel ist eigentlich dieser Christian Bergmann? Kann mich mal jemand aufklären?«

Anton schüttelte fassungslos den Kopf. Das war einfach zu viel. Sollte ihre Freundin ihr erklären, wer dieser Typ war.

»Oh Mann, du angelst dir den bestaussehenden und reichsten Junggesellen Deutschlands, der zum Fußballer des Jahres gewählt wurde, und weißt nicht, wen du da abschleckst?«, donnerte die Stimme auf der anderen Seite berechtigterweise, wie er fand.

»Was? Reicher Junggeselle? Fußballer? Abschlecken? Wovon sprichst du überhaupt?«

Anton unterdrückte ein Schnauben, hielt sich am Waschbecken fest und zog sich hoch. In dem Moment klingelte es an der Tür. Was war das hier? Ein verdammter Bahnhof? Er hörte noch aus der Ferne, wie Laura »Nein, Melle, du brauchst nicht herzukommen. Es ist alles in Ordnung. Wirklich. Nein. Komm nicht!« in den Hörer jammerte, dann öffnete er die Tür.

Vor ihm stand ein älteres, adrettes Pärchen, das ihn neugierig beäugte. Hinter ihnen kam Mia zum Vorschein. »Oma,

Opa, das ist Anton, unser Vermieter. Er ist sehr nett und hat zwei Waschmaschinen.«

»Ah, Sie sind Lauras Eltern? Ich bin Anton, der Mitbewohner«, korrigierte er Mias Aussage und streckte der Frau, die große Ähnlichkeit mit Laura hatte, die Hand entgegen.

»Lydia Schönbrunn, stellte sie sich vor. »Dürfen wir eintreten? Wir müssen mit unserer Tochter sprechen.« Mit einem »Dringend« verlieh sie ihrer Bitte Nachdruck.

Anton nickte und bedeutete ihnen, hereinzukommen.

»Toralf Schönbrunn«, begrüßte der Vater ihn mit festem Handschlag.

»Äh …« Anton räusperte sich. »Ich glaube, Laura ist gerade noch im Badezimmer. Ich gebe ihr Bescheid, dass Sie hier sind. Gehen Sie doch einfach durch in die Küche.«

»Und sagen Sie ihr bitte auch, es sei zwecklos, sich verstecken zu wollen. Die ganze Nation weiß über ihr schändliches Benehmen Bescheid.« Lauras Mutter wedelte mit einer Zeitung vor seinem Gesicht herum, die Anton sofort als die *Knorke*, ein Berliner Käseblatt, identifizierte. Er griff danach und brauchte sie nicht einmal aufzuschlagen, denn Laura und der Fußballer hatten es mit ihrem Kuss auf die Titelseite geschafft.

»Fuck«, entfuhr es ihm.

»Das sagt man aber nicht«, rügte Mia und Lydia warf ihm einen tadelnden Blick zu.

Er betrachtete das Foto und fand, dass Laura extrem gut getroffen war. Der Kuss sah aus wie aus einer Filmszene, in der sich die Protagonisten nach langem Hin und Her endlich das erste Mal in den Armen lagen. Er hielt zärtlich ihren Hinterkopf und sie hatte lasziv die Augen geschlossen und die Lippen leicht geöffnet. Ihm konnte keiner erzählen, dass dieser Kuss nicht echt war. Laura musste ihn letzte Nacht angelogen haben, denn ihre Version klang nicht nach dem, was das Foto ganz offensichtlich zeigte. Wie lange sich die beiden wohl schon kannten?

Er spürte einen kleinen Stich bei dem Gedanken daran, dass seine Mitbewohnerin schon nach so kurzer Zeit der Trennung von ihrem Lebensgefährten ein neues Glück gefunden hatte.

»Bad publicity is better than no publicity?«, versuchte er, für Laura die Kohlen aus dem Feuer zu holen.

Im nächsten Moment betrat diese auch schon die Küche, murmelte ein »Guten Morgen« und steuerte direkt auf die Kaffeemaschine zu. Lydia blickte mit hochgezogener Augenbraue auf ihre Armbanduhr. Sie hatte kurzes schwarzes Haar, Anton vermutete, dass es gefärbt war. Ansonsten besaß sie dieselben filigranen Gesichtszüge wie die Tochter und die Enkelin. »Wohl eher Mahlzeit«, moserte sie stiefmütterlich. Lauras Vater hatte es sich auf einem der Küchenstühle bequem gemacht und schien, im Gegensatz zu seiner Frau, in sich zu ruhen.

»Du weißt doch, dass ich Nachtschicht hatte«, sagte Laura mit unbedarftem Blick. »Wollt ihr auch einen Kaffee?«

»Möchtet heißt das«, korrigierte Mia, die sich mit ihrem Malzeug an den Küchentisch gesetzt hatte.

»Möchtet«, wiederholte Laura und blickte ihre Eltern fragend an. Toralf nickte und Laura ließ die Kanne voll Wasser laufen. Anton überlegte, wie und ob er ihr ein Zeichen geben konnte, jedoch hatte seine Mitbewohnerin nur eines im Sinn: Kaffee. Der Menge Kaffeepulver nach zu urteilen, die sie in den Filter schaufelte, versuchte sie, eine Kanne Espresso zu kochen. Als sie fertig hantiert hatte, drehte sie sich um. »Warum seid ihr denn alle so still? Habt ihr euch schon miteinander bekannt gemacht?« Anton wusste, dass es Laura mächtige Überwindung kostete, so zu tun, als ginge es ihr gut. Ihm selbst brummte der Schädel und ihn überkam in regelmäßigen Intervallen immer wieder ein Brechreiz, den er nur mit Mühe unterdrücken konnte. Er schwor sich, nie wieder solche Mengen an Schnaps in sich hineinzuschütten, und goss sich ein Glas Wasser ein, in das er zwei Brausetabletten Aspirin fallen ließ.

»Dein Mitbewohner heißt Anton, das wissen wir schon. Aber deswegen sind wir nicht hier. Deine Nachtschicht scheint ja wirklich anstrengend gewesen zu sein.«

Laura zog ratlos die Stirn kraus. »Ja, Mama, das war sie auch und danke noch mal, dass ihr auf den Spatz aufgepasst habt. Auch dafür, dass ihr für mich die Theaterkarten geopfert habt. Ich werde mich dafür bald revanchieren. Versprochen.« Sie streichelte Mias Kopf und gab ihr einen Kuss auf die Stirn.

Die Situation wurde aus Antons Sicht immer grotesker. Laura schien tatsächlich überhaupt keine Ahnung zu haben, in welch prekäre Lage sie sich gebracht hatte. In der Nacht hatte sie ihm vorgeheult, dass man sie praktisch aus der Schicht geworfen hatte, nachdem man sie bei einem – wie sie es nannte – erzwungenen Kuss mit einem ungehobelten Hochzeitsgast erwischt hatte. Allerdings vergaß sie, zu erwähnen, wer dieser Gast gewesen war und dass man sie obendrein dabei abgelichtet hatte – ganz abgesehen davon, dass es keineswegs den Anschein machte, irgendetwas wäre erzwungen gewesen. Das würde großen Ärger im Hotel geben, so viel war sicher. Leonhardt würde toben. So gut kannte er seinen Chef. Anton hoffte nur, dass Lauras Ausbildung nicht auf dem Spiel stand.

»Toralf«, jammerte Lydia, »nun sag doch auch mal was!«

Lauras Vater räusperte sich, nahm die Zeitung auf und hielt sie seiner Tochter direkt unter die Nase. Mit zerknirschter Miene fragte er: »Meinst du, ich könnte ein Autogramm von ihm kriegen?«

»Also, das schlägt dem Fass doch den Boden aus«, schimpfte Lydia. »Warum habe ich einen Idioten wie dich geheiratet?«

»Hey, er ist nicht irgendwer! Es geht hier immerhin um Christian Bergmann!«, entschuldigte sich Toralf bei seiner Frau.

»Was ist das? Verdammt noch mal?« Laura nahm die Zeitung und starrte auf die Titelseite.

»Bin das etwa ich?« Erschrocken hielt sie sich die Hand vor den Mund. Und plötzlich schien es bei ihr »Klick« zu machen. »Oh. Mein. Gott!«, hauchte sie voller Entsetzen.

»Na, das will ich meinen!«, schnaubte Lydia.

»Jetzt weiß ich endlich, was Melle meinte! Oh nein! Wie bitte? Was steht da?« Laura begann, laut vorzulesen: »Adrette Azubine aus dem Hause Leonhardt angelt sich den begehrtesten Junggesellen des Jahres. Nicht nur die Hochzeit von Paul Degenhardt und seiner On-/Off-Freundin Janine Kahn kam für viele überraschend, auch die Trennung von Christian Bergmann und Carmen Schulte scheint hiermit besiegelt. Nur stellt sich die Frage, was hat Laura Schönbrunn, was Carmen Schulte nicht hat?«

Laura ließ die Zeitung sinken und starrte ins Leere. »Was für eine verdammte Sch…«

»Anton, Sie besitzen also zwei Waschmaschinen«, fiel Toralf Schönbrunn seiner Tochter, mit Blick auf Mia, ins Wort, als es zum wiederholten Mal an der Tür läutete.

BLUMENGRÜSSE

War das zu fassen? Passierte ihr das wirklich? Und konnte es noch schlimmer kommen? Diese drei Fragen waberten durch Lauras Kopf, während sie für einen Moment ziellos ins Leere starrte. Und schon eine Sekunde später sollte ihr das Universum drei passende Antworten liefern:

1. Nein, was in der Zeitung stand, war ganz und gar nicht zu fassen.

2. Ja, das passierte trotzdem.

3. Zu allem Pech – und das war der härteste Schlag in ihren ohnehin rebellierenden Magen – war das Ende der Fahnenstange längst nicht erreicht.

Denn Anton schob plötzlich und unerwartet Till in die Küche. Ihr Freund oder besser gesagt ihr Exfreund oder noch besser ausgedrückt: *der Erzeuger ihrer Tochter* trug ein pinkfarbenes T-Shirt sowie ein pinkfarbenes Basecap mit der Aufschrift: *Flowerpower – Ihr freundlicher Blumenlieferant*. In der Hand hielt er einen gigantischen Strauß roter Rosen. Hätten die Village People einen Floristen im Team gehabt, genauso hätte er wohl ausgesehen.

»Papa!«, rief Mia aus, sprang vom Stuhl und warf ihre Arme um Tills Hüften. Gleichzeitig rollte der rote Malstift, mit dem sie eben noch Herzen auf ein weißes Blatt Papier gezeichnet hatte, wie in Zeitlupe vom Tisch und knallte mit der Spitze voran auf den Küchenboden. Die Münder der Eltern standen offen und Laura wurde schlecht, während in ihrem Kopf »Y.M.C.A.« spielte. Bis jetzt hatte sie den Brechreiz einigermaßen erfolgreich in Schach halten können, aber nun spürte sie, wie der Alkohol der letzten Nacht mit aller Kraft nach draußen drängte, auf demselben Weg, den er in ihren Körper genommen hatte. Aufgeregt schluckte sie ein paar Mal, bis sie den Würgereiz beherrschte. Gleich einer Fremden, die eine Situation oder ein Bild von außen betrachtete, beobachtete sie, wie Till mit der einen Hand die Rosen in die Höhe hielt und mit der anderen den Kopf seiner Tochter, den sie selbst eben noch geküsst hatte, streichelte. Mia umschlang ihren Vater wie ein Krake seine Beute, offenbar nicht bereit, ihn je wieder loszulassen. Was man hat, hat man! Laura beobachtete, wie ihre Mutter nach den richtigen Worten suchte – ihr Mund öffnete und schloss sich dabei immer wieder wie der eines Goldfisches im Glas –, während ihr Vater seine allseits gefürchtete Zornesfalte zur Schau stellte. Im Augenwinkel registrierte Laura, dass Anton, an die Küchenspüle gelehnt, mit neugieriger Miene und mit vor der Brust verschränkten Armen das Geschehen verfolgte. Spannender würde keine Daily Soap jemals sein. Dann schien Lydia doch noch die richtigen Worte gefunden zu haben, ihre Stimme durchbrach schrill die groteske Szenerie.

»Wirklich Till? Jetzt kriechst du zu Kreuze? Jetzt, wo Laura den angesagtesten aller Junggesellen Berlins datet.«

Ja, was nun, dachte Laura. Hatte sie sich nun schändlich verhalten oder datete sie tatsächlich diesen Bergmann? Entscheide dich mal, Mutter!

»Deutschlands! Lydia! Deutschlands!«, verbesserte Toralf mit erhobenem Zeigefinger, was ein Wunder war. Denn auch wenn ihre Eltern seit Jahrzehnten miteinander kommunizierten, schien es oft, als wenn jeder von ihnen ein Selbstgespräch führte, ewig redeten sie aneinander vorbei, als ob der andere gar nicht da wäre. So wurden in einem Gespräch immer unabhängig voneinander zwei völlig unterschiedliche Themen abgehandelt.

»Deutschlands«, bekräftigte Lydia. »Und Rosen? Wirklich? Meinst du, dass die alles wiedergutmachen?« In ihrer Stimme schwang eine angemessene Portion Empörung mit. Till kratzte sich einen Moment lang an der Stirn, dann fing er zu sprechen oder vielmehr zu stottern an. »Hallo, Lydia, hallo, Toralf.« Er wandte sich an Laura und bedachte sie mit einem Kopfnicken. »Ich ..., also, was ich sagen will, es ... tut mir leid, also sehr leid. Alles.« Er tätschelte weiterhin den Kopf seiner Tochter, während sein Blick scheu von einem zum anderen wanderte. »Aber eigentlich, also, was ich sagen will, ... im Grunde genommen bin ich rein zufällig hier.«

»Zufällig?«, fragte Lydia. Laura schwieg, unfähig etwas zu sagen.

»Ja, zufällig. Ich habe heute Morgen diesen Auftrag hereinbekommen. Ich sollte einen Strauß roter Rosen an eine gewisse L. Schönbrunn ausliefern. Ihr könnt euch vorstellen, wie neugierig ich geworden bin. Ich habe mich natürlich gleich gefragt, ob das L für Laura steht, konnte mir aber auf die Adresse keinen Reim machen. Nichtsdestotrotz war ich natürlich angefixt und wollte unbedingt wissen, ob Laura und Mia umgezogen sind und wie es ihnen geht. Um es kurz zu machen: Die Rosen sind nicht von mir. Ich bin nur der Überbringer. Was nicht heißen soll, dass sie sie nicht verdient hätte. Genau genommen hätte dieser Strauß von mir kommen müssen.«

»Du bist Blumenlieferant?«, fragte Laura und erst jetzt wurde ihr bewusst, weshalb er so seltsam angezogen war. Dazu kam, er hatte also überhaupt nicht nach ihr oder Mia gesucht. Er war rein zufällig in diese Wohnung gestolpert. Und aus blanker Neugier. Der erste Moment, in dem sie tatsächlich

Erleichterung darüber empfunden hatte, dass der Vater ihrer Tochter offenbar endlich zur Vernunft gekommen war, verwandelte sich von einer Sekunde auf die nächste in dieselbe Wut, die sie seit Wochen antrieb. Mit Mühe hielt sie Tränen der Enttäuschung zurück.

»Du lieferst Blumen aus?«, fragte Lydia und schüttelte fassungslos den Kopf.

»Ja, schon. Trotzdem bin ich natürlich froh, euch alle wiedergefunden zu haben.«

Till drehte sich zu Laura. Sie spürte selbst, dass ihre Miene schockgefroren war. Jetzt bloß nicht heulen, spornte sie sich selbst an. Bleib cool! Sie konnte es nicht fassen. So lange Zeit hatte sie weder etwas von ihm gehört noch gesehen und jetzt stand er plötzlich in ihrer WG-Küche und lieferte Blumen an sie aus. Aus Versehen. Dieser Holzkopf! All ihre Hoffnung auf einen Neuanfang ihrer kleinen Familie und ein damit verbundenes Happy End zerschlug sich in diesem Moment. Selbst wenn er jetzt auf die Knie gegangen wäre, was er natürlich nicht tat, hätte sie ihn nicht mehr zurückgenommen. Niemals!

»Dann weißt du ja jetzt, wo wir wohnen«, sagte sie zornig. »Und jetzt kannst du auch gleich wieder verschwinden«, donnerte sie wutentbrannt. Immer noch keine Tränen!

»Papa, wir haben jetzt zwei Waschmaschinen. Mama und du, ihr müsst nicht mehr streiten«, erklärte Mia ihrem Vater, sich immer noch an ihn klammernd. Der Anblick, wie Mia um die Aufmerksamkeit und Gunst ihres Vaters bettelte, brachte Laura fast um den Verstand.

»Laura, es tut mir leid. Alles. Ich will es wiedergutmachen. Ich will, dass wir wieder eine Familie werden. Deshalb habe ich mir doch diesen Job gesucht. Ich will für euch da sein und euch auch finanziell unterstützen.«

Toralf schnaubte. »Du spinnst wohl. Meine Tochter hat etwas Besseres verdient als so einen … einen … Tagelöhner!«

Laura warf ihrem Vater einen Blick zu, der ihn zum Schweigen brachte. Auch wenn sie nicht bereit war, Till eine zweite Chance einzuräumen, so hatte ihr Vater noch lange kein Recht, den Vater ihres Kindes zu beleidigen. Das war allein ihre Sache.

»Ich glaube, ich habe mich deutlich genug ausgedrückt. Es ist besser, wenn du jetzt gehst«, sagte sie mit kalter Stimme. »Wenn du es wirklich ehrlich gemeint hättest, wärst du längst zurückgekommen und hättest mir unter die Arme gegriffen oder dich um Mia gekümmert. Du bist und bleibst ein egoistischer Holzklotz!«

»Das meine ich wohl«, knurrte Lydia unterstützend.

Till nahm das pinkfarbene Basecap ab und knautschte es in der Hand hin und her. »Laura, versteh mich doch. Ich konnte nicht einfach mit nichts vor der Tür stehen. Ich wollte wenigstens ein Monatsgehalt verdient haben, bevor ich mich wieder bei dir oder besser gesagt bei euch blicken lasse. Kannst du das nicht verstehen?« Er legte den Blumenstrauß auf dem Tisch ab, beinahe so, als würde er ihn auf ein Grab legen, vielleicht das Grab ihrer vergangenen Beziehung. Dann fiel ein rotes Kärtchen heraus.

Lydia griff danach und fragte: »Von wem kommen die Blumen eigentlich?«

Laura machte einen Satz nach vorn und zog ihrer Mutter den Umschlag aus der Hand.

»Mama, sei mir nicht böse, aber das geht dich nun wirklich nichts an. Nehmt es mir nicht krumm, aber ich würde jetzt gern allein sein und in Ruhe über alles nachdenken.«

Neugierig, von wem die Blumen kamen, drehte und wendete sie den Briefumschlag in ihren Händen, ohne ihn zu öffnen. Das würde sie machen, sobald sie allein war. Einen so großen Strauß hatte sie in ihrem ganzen Leben noch nicht geschenkt bekommen, der musste ein Vermögen gekostet haben. Von wem war der nur?

Lauras Bitte, endlich zu gehen, ignorierend, wandte sich Till plötzlich an Anton: »Wer bist du eigentlich?«

»Er ist mein Vermieter«, erklärte Laura, bevor Anton etwas sagen konnte. »Aber auch das geht dich nichts mehr an.«

»Mitbewohner«, korrigierte Anton mal wieder, wobei er zum ersten Mal genervt die Augen verdrehte, wie Laura feststellte. Vielleicht sollte sie sich doch langsam damit abfinden, in dieser Wohnung gleichberechtigt zu sein? Es schadete sicher nichts, es sich vorzunehmen.

»Mitbewohner! Anton ist mein Mitbewohner«, korrigierte sie sich schließlich, kämpferisch das Kinn nach vorn reckend.

»Ich wette, die Blumen sind von Christian Bergmann«, meldete sich Lauras Vater erneut zu Wort.

»Sind sie nicht, Papa. Der Kuss war kein Kuss. Das war ein … ein … ein Missverständnis«, stotterte Laura, wobei ihr leider selbst niemand anderes einfiel, der ihr einen solchen Strauß schenken würde.

»Welcher Kuss?«, fragte Till neugierig.

»Das war doch kein Missverständnis«, sagte Toralf kopfschüttelnd. Er nahm die Zeitung zur Hand und hielt die Titelseite in die Höhe. »Oder findet ihr, das sieht aus wie ein Missverständnis?«

Lauras Geduld war erschöpft. Zum einen wollte sie nicht mehr über diesen Kuss reden, zum anderen wollte sie nicht mehr mit Till sprechen und überhaupt wollte sie sich vor niemandem mehr wegen irgendetwas rechtfertigen. Genau das ging ihr durch den Kopf, als plötzlich ihr Handy klingelte. Für einen kurzen Moment überlegte sie, den Anruf zu ignorieren, weil sie die Telefonnummer nicht kannte, andererseits war es eine willkommene Möglichkeit, sich mit dem Gespräch zurückzuziehen, auch wenn nur die Marktforschung dran war.

Sie wischte über das Display. »Laura Schönbrunn, guten Tag.«

»Frau Schönbrunn. Hier ist Ansgar Leonhardt.«

»Oh mein Gott«, rutschte es Laura heraus und ihr Herz in die Hose. Der große, sagenumwobene Ansgar Leonhardt war höchstpersönlich am Telefon. Ob er auch gerade die *Knorke* vor sich liegen hatte? Falls ja, würde das ihre sichere Kündigung bedeuten. Mit wackeligen Knien ging sie zum einzig freien Küchenstuhl und ließ sich darauf nieder.

»Ja. Oh. Mein. Gott. Das können Sie wohl laut sagen«, donnerte die Stimme des Hotelchefs durchs Telefon. Sie hatte noch nie etwas mit diesem Mann zu tun gehabt, aber dass er hier bei ihr anrief, konnte nur eines bedeuten. Bitte. Keine. Tränen. Nicht vor Till! Sie schluckte.

»Herr Leonhardt, hören Sie! Es tut mir wirklich leid, was da gestern vorgefallen ist. Es ist alles ein großes Missverständnis.« Sie warf ihrem Vater einen kurzen vielsagenden Seitenblick zu. Er sollte es nur ja nicht wagen, noch einmal an ihrer Aussage zu zweifeln. Widerwillig nickte er, verdrehte allerdings die Augen. Ihre Mutter erkannte den Ernst der Lage und legte ihr mitfühlend die Hand auf die Schulter.

»Ich gehe recht in der Annahme, dass Sie Ihren Ausbildungsvertrag sorgfältig gelesen haben?«, fragte Herr Leonhardt.

»Gehen Sie«, antwortete Laura. »Ich meine, in dieser Annahme gehen Sie recht. Entschuldigung«, schob sie nach. »Und ich weiß selbstverständlich, dass jedwede intimen Kontakte mit Hotelgästen unangebracht und strengstens untersagt sind.«

»Aha, das wissen Sie also?« Ansgar Leonhardts Stimme hallte im tiefsten Bass durchs Telefon. Borrr, war der sauer!

»Ja, natürlich. Ich sage doch, es ist alles ein Missverständnis.« Lauras Stimme nahm einen weinerlichen Tonfall an. »Herr

Bergmann hat mich ohne mein Einverständnis geküsst«, sagte sie und betrachtete dabei das Foto in der *Knorke*. Leider sprach das Bild seine eigene Sprache. Dieser Kuss war filmreif. Wieso nur hielt sie die Augen geschlossen? Hatte man das vielleicht gephotoshopt?

»Nicht, dass ich Ihnen das abnehme, Frau Schönbrunn. Im Gegenteil, ich kann mir sehr gut vorstellen, wie ein Mann wie Christian Bergmann auf Frauen wie Sie wirkt.«

Was heißt denn hier *auf Frauen wie mich?*, dachte sie zornig.

»Ich kann Ihnen versichern, dass Herr Bergmann überhaupt nicht auf mich wirkt. Im Gegenteil. Mein gesamtes Augenmerk liegt auf der erfolgreichen Absolvierung meiner Ausbildung in Ihrem Hause. Wenn ich nur wüsste, wie ich Sie überzeugen könnte. Ich würde alles tun«, flehte Laura. Sie ließ den Blick hilflos in die Runde schweifen. Alle Augen waren erwartungsvoll auf sie gerichtet.

»So? Wirklich alles?«, rückversicherte sich Ansgar Leonhardt.

»Alles«, hauchte Laura ängstlich in den Hörer.

»Gut«, sagte der große Boss versöhnlich, die Stimme senkend, so als hätte er diesen Plan seit Anbeginn des Telefonats verfolgt. »Ich hätte da eine Idee, wie Sie es wieder hinbiegen könnten. Wenn Sie es zu meiner Zufriedenheit meistern, wäre ich gern bereit, Ihnen noch eine Chance einzuräumen.«

In derselben Intensität, in der Angst durch ihren Bauch flutete, erfasste ihren Körper eine Art Erleichterung. Sie würde noch eine Chance bekommen, ihren Fehler, der im Grunde nicht ihr Fehler gewesen war, wieder auszumerzen.

»Was kann ich tun?«, fragte Laura und streckte den Rücken durch. Sie hoffte nur, dass er ihr nicht irgendein unmoralisches Angebot unterbreitete, denn das müsste und würde sie schlichtweg ablehnen.

»Also schön. Meine Schwester heiratet morgen. Im Leonhardt.« Ihr Boss machte eine gewichtige Kunstpause. Sollte sie etwas sagen? Vielleicht sogar gratulieren?

»Wie schön. Dann wünsche ich Ihrer Schwester alles Gute zur Vermählung?«, sagte Laura und formulierte die Gratulation als Frage.

»Wie man's nimmt«, wägte Leonhardt ab. »Jedenfalls ist soeben die Assistentin der Wedding-Planerin ausgefallen.«

»Es gibt Wedding-Planerinnen, die Assistentinnen haben?«, fragte Laura erstaunt.

»Genau genommen hat die Assistentin der Wedding-Planerin auch noch eine Assistentin. Ich wünschte, Sie würden meine Schwester kennen. Nun ja ... jedenfalls wird es Ihre Aufgabe sein, die erste Assistentin zu vertreten, zumindest heute. Für morgen lasse ich mir etwas anderes einfallen.«

»Heute?«, hauchte Laura in den Hörer. »Es ist Sonntag und meine Tochter ist gerade erst vom Sitten nach Hause gekommen. Ich kann sie doch nicht schon wieder ...«

»Ich kümmere mich um sie«, flüsterte Anton von der Seite, sicher weil er der Einzige war, der wusste, wer am Telefon war und was auf dem Spiel stand.

»Wirklich?«, formte Laura mit den Lippen.

Anton nickte. Ihre Eltern und Mia nickten auch. Nur ein einziger Anwesender zog widerwillig die Stirn kraus. Aber derjenige hatte sich jegliches Mitspracherecht verwirkt.

»Auch wenn ich nicht weiß, was die Assistentin einer Wedding-Planerin zu tun hat, ich werde in einer Stunde im Hotel sein und versuchen, alles wiedergutzumachen und mein Bestes geben, Herr Leonhardt. Danke für die Chance.«

»Danken Sie mir nicht zu früh«, sagte Leonhardt mit aalglatter Stimme und legte auf.

ARAMSAMSAM

»Dank ihm nicht zu früh«, sagte Anton, mitleidig dreinblickend, denn er hatte schon furchtbare Sachen über Leonhardts Schwester gehört.

Laura zog die Augenbrauen hoch. »Seltsam, dasselbe hat der Leonhardt auch eben gesagt. Was meint ihr nur damit?«

»Du sollst für Constanze Leonhardt arbeiten, richtig?«, vergewisserte sich Anton.

Laura nickte. »Ja, na und?«

Wie nur sollte er Laura darauf vorbereiten, dass sie bald eine Art Grenzerfahrung machen würde? Denn nichts anderes würde es werden.

»Nun, wie soll ich sagen? Kennst du die Protagonistin aus dem Film ›Der Teufel trägt Prada‹?«

»Ja, wieso?«

»Gut. Und kennst du den Film ›Das Schwiegermonster‹?«

»Ja klar, aber wieso willst du das alles wissen? Komm mal auf den Punkt«, sagte sie ungeduldig und trank einen Schluck Kaffee.

»Wenn du die beiden Filme jetzt noch mit dem ›Club der Teufelinnen‹ multiplizierst, dann hast du eine dunkle Vorstellung von Constanze Leonhardt.«

»Oh Gott.« Lauras zuversichtliche Miene wich endlich angemessener Besorgnis.

Toralf winkte großmütig ab. »Laura, mach dich nicht verrückt. Wenn ich das so höre, beschreibt das auch das Wesen deiner Mutter. Und die hast du auch knapp überlebt, obwohl du siebzehn Jahre von ihr verzogen wurdest.«

Lydia verdrehte die Augen und knuffte ihren Mann in die Rippen. »Eines Tages wird mich der Richter fragen, wie das Arsen in deinen Kartoffelbrei kam. Und ihr alle werdet dann für mich aussagen.« Sie zeigte mit dem Finger in die Runde.

Anton schmunzelte. Er mochte ihre Art von Humor und sogar Laura rang sich ein halbherziges Lächeln ab, obwohl sie tatsächlich überhaupt keinen Grund dazu hatte. Er hätte das über Constanze Leonhardt auch für sich behalten können, aber Laura war ihm inzwischen so sehr ans Herz gewachsen, dass er sie so gut vorbereitet wie nur möglich in den Kampf schicken wollte. Denn genau das würde es werden: ein Kampf.

»Und der da soll auf meine Tochter aufpassen, oder wie?«, brachte sich Till in Erinnerung und zeigte auf ihn. Anton wurde mulmig. Lauras Ex war zwar kleiner als er, aber wer wusste schon, wie jähzornig so ein verschmähter Vater Schrägstrich Liebhaber werden konnte? Merkte der eigentlich gar nicht, dass Laura gerade andere Sorgen hatte?

»Wenn du Zeit hast, kannst du das auch gern selbst übernehmen«, bot Anton großmütig an. Till trug – wenn auch fragwürdige – Arbeitskleidung, war also ganz offensichtlich im Dienst. Natürlich würde er jetzt nicht auf Mia aufpassen können, aber es schadete auch nicht, es ihm freizustellen.

»Sehr witzig«, maulte Till. »Aber glaub mir eines, ich habe dich im Auge, Freundchen!«, versuchte er, Anton einzuschüchtern.

Hatte der ihn gerade *Freundchen* genannt?

»Jetzt mach mal halblang«, fuhr Laura dazwischen. »Ich glaube kaum, dass du in der Position bist, irgendwelche Drohungen auszustoßen oder Forderungen zu stellen. Das Recht hast du dir verwirkt, als du einfach abgehauen bist und uns im Stich gelassen hast. Ich möchte, dass du gehst.« Lauras Stimme wurde mit jedem Wort energischer. Anton wollte jetzt nicht in Tills Haut stecken. Es kostete ihn sogar Mühe, in diesem Moment keinen Applaus zu klatschen.

»Mia ist auch meine …«, begehrte Till auf.

»Sofort«, schnitt sie ihm das Wort ab. »Du verlässt sofort diese Wohnung. Ich will nichts mehr hören. Und das Beste ist, du lässt dich auch nicht mehr hier blicken. Es sei denn, du willst deiner Tochter ein guter Vater sein. Dann handeln wir ein Besuchsrecht aus. Ansonsten erwarte ich, dass du mich in Ruhe lässt.« Anton beobachtete, wie sich Lauras Wangen vor Zorn röteten. Till und dem Rest der Schönbrunn-Dynastie verschlug es diesmal die Sprache. Keiner wagte mehr, etwas zu sagen.

Laura stand kurzerhand auf. »Leute, es ist besser, wenn ihr jetzt alle geht. Mama, Papa, ich bin euch wirklich dankbar, dass ihr mir mal wieder aus der Bredouille geholfen habt. Aber jetzt muss ich noch schnell unter die Dusche springen, bevor ich ins Hotel fahre.«

Wortlos drückte Till seiner Tochter einen Kuss auf den Scheitel. Dann verschwand er endlich ohne einen weiteren Gruß. Als er die Küche verließ, war seine Miene gefroren und aus seinen Augen sprühte blanke Wut. Der Pegel seines Zorns war proportional am Knall messbar, den alle vernahmen, als er die Tür hinter sich zuschmetterte. Es krachte recht ordentlich. Davon unbeeindruckt und träge murmelnd erhoben sich auch Lauras Eltern und verabschiedeten sich, friedlich und sogar versöhnt. Lydia strich Mia sanft über den Kopf. »Wir sehen uns bald wieder, Kleines.«

Mia nickte. »Klar, Oma.«

Anton schloss die Haustür, nachdem alle gegangen waren. Als er zurück in die Küche kam, saß Mia am Tisch. Sie spitzte den heruntergefallenen Buntstift an, so als wäre nichts geschehen.

»Mia, was hältst du davon, wenn wir der Mama ein Müsli zubereiten?« Irgendwie wollte er dem Kind Normalität vermitteln.

Das Mädchen schaute vorwurfsvoll. »Müsli? Das ist was zum Frühstücken. Eigentlich ist schon Zeit für Mittagessen«, sagte sie mit verständnisloser Miene.

»Richtig«, stimmte er ihr zu. »Aber die Mama hat heute ein bisschen länger geschlafen als sonst, weil sie doch bis in die Nacht gearbeitet hat.«

»Ja, ich weiß. Sie hat außerdem einen Fußballer geküsst.«

Es war doch erstaunlich, wie viel eine Sechsjährige nebenher aufschnappen konnte. Ganz bestimmt war es gar nicht gut, wenn sich alle derart frei heraus vor ihr unterhielten und stritten. Sie hing ganz sicher an ihrem Vater und wünschte sich eine intakte Familie. Anton setzte sich zu ihr an den Tisch. »Weißt du, Mia, das alles ist ein großes Missverständnis. Deine Mama liebt dich über alles und dein Papa genauso. Irgendwie renkt sich das schon wieder ein. Und deine Mama hat diesen Fußballer überhaupt nicht geküsst, sondern nur er sie. Da gibt es einen großen Unterschied.« Als er das sagte, erkannte Anton zum ersten Mal, dass er überhaupt nicht meinte, was er sagte. Im Grunde wollte er überhaupt nicht, dass Tills und Lauras Beziehung sich einrenkte. Dieser Typ war ihm unsympathisch, schon allein, weil er seine zauberhafte kleine Familie im Stich gelassen hatte. Wie konnte er nur? Was jedoch Christian Bergmann anging, hatte er die Kleine nicht angelogen. Er wünschte sich sehr, dass dieser Kuss nur ein Missverständnis war, so recht glauben konnte er es jedoch nicht. Irgendetwas in ihm rumorte, wenn er daran dachte, wie Laura jemanden küsste. Die Vorstellung, dass sie ihn küssen würde, hingegen, weckte ein irrationales Verlangen in ihm. Was war nur los? Schon vorhin, als seine Hand auf ihrer Brust gelegen hatte, hatte er sich seltsam stark zu ihr hingezogen gefühlt. Auch eben, als die Familie in seiner Küche saß, miteinander diskutierte, Zusammenhalt demonstrierte, natürlich abgesehen von Till, war ihm bewusst geworden, wie sehr er sich genau danach sehnte.

Mia zuckte die Schultern, ohne ihn direkt anzublicken. »Karl hat mich auch schon mal einfach geküsst und der hat auch nur noch eine Mama und findet das nicht schlimm.«

Anton schmerzten die Worte, die Mia so leichtfertig von sich gab, stellvertretend. Kein Kind sollte so gleichmütig über das Getrenntsein seiner Eltern sprechen. Er vermutete, sie hatte sich schon eine ziemlich stabile Fassade des scheinbaren Gleichmuts zugelegt. So wie er selbst seiner Familie gegenüber auch.

»Wer ist denn dieser Karl?«, fragte er.

»Karl ist mein Freund. Ich sitze in der Schule neben ihm und manchmal tauschen wir die Brote.«

»Und Küsse«, schmunzelte Anton und schüttete Müsli in eine Schüssel. Er stellte sie zusammen mit der Milch auf den Tisch. »Hast du denn eine Idee, was du heute gern anstellen würdest?«

Mia sah auf und grinste. Ohne groß zu überlegen, sprudelte es aus ihr heraus: »Spielplatz, Zoo, Eis essen, McDonald's und Kino.«

Anton lachte aus vollem Hals. »Hey, nur nicht so bescheiden. Komm schon, da geht noch was!«

Mia kicherte und hielt sich vergnügt die Hand vor den Mund. »Na ja, wenn noch Zeit ist, können wir ja nach Paris ins Disneyland.«

»Du weißt ziemlich genau, wie man sich einen schönen Tag macht, oder?«, erwiderte Anton und stupste sie an die Nase.

Eine Stunde später saß er, wie vier andere Mütter, auf einer Bank am Rand des Spielplatzes und beobachtete die herumtobenden Kinder. Mia hing kopfüber am Klettergerüst und ließ ihren Oberkörper hin und her baumeln. Anton holte seine Mundharmonika aus der Hosentasche und fing an, eine Melodie zu spielen, die er selbst vor Jahren komponiert hatte. Mia und auch andere Kinder wurden aufmerksam und scharten sich nach und nach um ihn.

»Darf ich auch mal?«, fragte ein kleiner Junge, dessen Mutter sich prompt hinter ihm postierte.

»Lieber nicht, Niklas, aber frag doch, ob du dir ein Lied wünschen darfst«, schlug sie ihrem Jungen vor. Sie lächelte Anton an und ihr Sohn machte neugierig noch einen Schritt auf ihn zu. »Kannst du ›Aramsamsam‹ spielen?«, fragte er.

»Nur, wenn du dazu singst«, erwiderte Anton. Niklas nickte eifrig und stimmte das Lied an. Die anderen Kinder machten fröhlich mit. Nachdem sie das Lied hoch und runter gespielt hatten, meldete sich Mia zu Wort: »Kannst du auch das Pippi-Langstrumpf-Lied?«

»Aber klar doch«, lachte Anton und spielte die Melodie an. Die Kinder sangen begeistert mit und jetzt, wo er so richtig in Fahrt kam, entdeckte Anton Till auf der gegenüberliegenden Seite des Spielplatzes. Mit finsterer Miene und die Hände in den Hosentaschen vergraben, beobachtete er ihn und seine Tochter. Als sich ihre Blicke trafen, bedeutete Till ihm mit einer Kopfbewegung, er wolle mit ihm sprechen. Anton spielte das Lied zu Ende und schickte die Kinder noch eine Runde aufs Klettergerüst. »Ich spiele euch später noch etwas vor. Ich brauch erst mal neue Puste.« Maulend löste sich die Gruppe auf, nur Mia setzte sich zu ihm.

»Anton?« Sie schaute ihn aus großen fragenden Augen an.

»Was ist, Kleines?«, fragte er und blickte hinüber zu Till, der ungeduldig auf der Stelle trat.

»Würdest du in meine Schule kommen und vor meiner Klasse spielen?«

»Mundharmonika?«, fragte Anton.

»Ja, unsere Musiklehrerin, Frau Hufeland hat uns gebeten, die Eltern zu fragen, ob jemand ein Musikinstrument vorstellen könnte.«

Er nickte verstehend.

»Papa kann kein Instrument. Und Mama auch nicht. Sie kocht ja nicht mal gut.«

Anton prustete los. »Hey, das darfst du deiner Mutter aber nicht direkt ins Gesicht sagen.«

Mia kicherte. »Brauch ich auch gar nicht, das sagt sie sogar selbst immer.«

»Du Frechdachs!«

»Und?«, fragte sie.

»Was und?«

»Kommst du in die Schule?«

»Klar, warum nicht. Sag mir einfach, wann, und ich werde da sein. Aber jetzt geh noch etwas spielen, okay?«

Mit zufriedener Miene rannte Mia zu ihren Freunden. Sie schien ihren Vater nicht entdeckt zu haben. Als die Kleine wieder ins Spiel vertieft war, stand Anton auf und ging hinüber zu Till, der sich hinter dem Stamm einer riesigen Eiche versteckte und nervös eine Zigarette rauchte. Anton hatte überhaupt keinen Nerv für eine Auseinandersetzung mit Lauras Ex, allerdings würde der Typ ganz sicher nicht einfach wieder verschwinden.

»Was ist los? Warum beobachtest du uns?«, fragte Anton. Er war aufgeregt, denn er hielt Till, der offenbar immer noch wütend war, für eine potenzielle Gefahr. So wie er zu ihm herübergesehen und ihn angestarrt hatte, erinnerte er ihn an einen Löwen, der sein Junges beschützen wollte und nur darauf wartete, ihn plattzumachen.

»Pass auf, Freundchen.« Till schmiss seine Zigarette ins Gras, machte einen Schritt auf Anton zu und tippte mit steifem Zeigefinger gegen seine Brust.

Anton hob abwehrend den Oberarm. »Was soll das? Wir können reden wie Erwachsene, meinst du nicht?« Er musste unbedingt versuchen, ein ruhiges Gespräch mit ihm zu führen, aber Tills Körpersprache war derart aggressiv, dass Anton sich unsicher war, ob es ihm gelingen würde.

»Alter, ich weiß, dass du es auf meine Familie abgesehen hast. Das hier ist eine letzte Warnung! Nimm die Finger von meiner Frau und von meiner Tochter. Verstanden?!«

»Frau?«, fragte Anton im Eifer des Gefechts. So viel er wusste, waren Laura und Till nicht verheiratet.

Till ballte die Fäuste und wandte sich für einen kurzen Augenblick von ihm ab, sodass Anton sich in Sicherheit wiegte. Im nächsten Moment jedoch schnellte Tills Faust auf ihn zu und traf ihn mitten ins Gesicht. Der Schmerz, der folgte, zwang ihn in die Knie. Anton gab ein ersticktes Stöhnen von sich, hielt sich die Hand vor die Nase und hob die andere Hand zum Zeichen der Resignation.

»Hast du verstanden? Pfoten weg von meiner Familie!« Das waren die letzten Worte, bevor Till verschwand.

HÄTTE, WÜRDE, KÖNNTE ...

Hätte, würde, könnte. Das alles waren Konjunktive – im Volksmund auch Möglichkeitsformen genannt –, die in ihrem Kopf seit einiger Zeit umherkreisten. Hätte Laura doch nur geahnt, was der blöde Waschmaschinenstreit für Folgen nach sich ziehen würde. Könnte sie doch nur die Zeit zurückdrehen. Würde sich doch endlich alles zum Guten wenden. Immerhin waren es Möglichkeitsformen, das hieß doch auch, dass das Mögliche nicht gänzlich unmöglich war, oder? Obwohl, wenn sie in sich hineinhorchte, glaubte sie an eine Versöhnung mit Till nicht mehr. Seine Art und sein ganzes Verhalten hatten inzwischen dazu geführt, dass ihre Gefühle für ihn nicht nur weniger geworden, sondern nahezu erloschen waren. Das Einzige, woran ihr Herz vermutlich noch hing, war die Illusion dessen, was sie unter einer intakten Familie verstand. Nur spielte Till darin überhaupt keine tragende Rolle mehr. Sicher, sie wollte irgendwann wieder in einem klassischen Familienmodell leben, aber sie träumte nicht mehr von Kompromissen oder halben Sachen mit einem Mann, der sein Glück nicht sah, obwohl es sich direkt vor seiner Nase abspielte. Sie wünschte sich eine starke Beziehung mit Liebe und Sicherheit, nicht nur leere Versprechungen. Till würde immer Mias Vater sein, wobei er diese Rolle mehr schlecht als recht ausfüllte. Im Grunde genommen hatte er auf ganzer Linie versagt. Hätte sich Anton heute nicht angeboten, auf Mia aufzupassen, hätte sie überhaupt nicht gewusst, was sie machen sollte. Ihre Eltern hatten schon in der Nacht zuvor ausgeholfen und Till wäre es ein weiteres Mal egal gewesen.

Laura strich den Rock ihrer Housekeeping-Uniform glatt und überprüfte ihr Spiegelbild. Wenn ihr Gesicht wenigstens halb so frisch gewirkt hätte, wie ihre adrette Dienstbekleidung. Schnell wandte sie sich vom Spiegel ab und eilte zur Deluxe-Maisonette-Suite, in der sich Constanze Leonhardt aufhielt. Bereits nach der ersten Minute ihrer Begegnung manifestierten sich die nächsten Konjunktive in Lauras Synapsen: Wäre sie doch heute Morgen nur nicht ans Telefon gegangen. Hätte sie doch lieber alles von vornherein hingeschmissen. Oder hätte sie sich doch in Luft auflösen können. Alles wäre besser gewesen als das, was kommen sollte.

Laura ging es überhaupt nicht gut. Sie hatte einen Kater, der pochende Kopfschmerzen verursachte, sie war außerdem dehydriert und vor allem war sie müde und unkonzentriert. Mit aufrechter Körperhaltung und hoffentlich einigermaßen gelungenem Pokerface betrat sie nach kurzem Anklopfen Constanzes Hotelzimmer. Das, was Anton ihr über die Schwester des Bosses erzählt hatte, machte die Situation nicht einfacher. Natürlich war sie vorgewarnt, auf der anderen Seite aber auch total nervös. Und das war nicht gut. Wenn man nervös war, passierten Fehler, ihr jedenfalls. Schon unter Constanzes erster Begutachtung fühlte sie sich wie ein ungeduschter Straßenflaschensammler oder eine Spinne mit Haaren an den Beinen oder zumindest irgendwas mit stinkendem Hautausschlag. Was auch immer – die Mimik dieser Frau sprach Bände und bewegte sich im Bereich angewidert bis endgenervt.

Egal, was Laura an diesem Tag auch tun würde, es würde weder in Ordnung noch genug sein. Während sie selbst unter Constanzes Blicken stetig hässlicher zu werden und zu schrumpfen schien, war jene der Inbegriff äußerer Perfektion. Laura schätzte die Braut auf einen Meter siebzig, die beste Größe für eine Frau – klein genug, um bei Männern noch den Beschützerinstinkt zu wecken, und groß genug, um in der harten Männerwelt auf Augenhöhe zu bestehen. Constanzes schmaler, beinahe androgyn wirkender Körper, der oberweiten-technisch dennoch C-Körbchen füllte, war bis ins Detail aus-trainiert. Die Arme sehnig, nicht zu muskulös, der Po klein, aber rund, der Bauch flach, die Hüften jedoch weiblich. Das blonde, lange Haar war zu einem strengen Pferdeschwanz nach hinten gebunden, sodass ihr hübsches, nein, schönes Gesicht mit seinen hohen Wangenknochen, das in dezentester Nude-Optik erstrahlte, erst so richtig zur Geltung kam. Ihr gesamtes Erscheinungsbild war makellos. Alles an dieser Frau schien per-fekt. Alles. Bis auf die Manieren.

Schon als Laura zur Tür hereinkam, verengte das blonde It-Girl, das ob ihres gebotoxten Gesichts keinen Tag älter wirkte als zweiundzwanzig, obwohl jeder wusste, sie war Mitte drei-ßig, ihre Augen zu kleinen Schlitzen. »Name?«, fragte sie forsch, aber auch gelangweilt und biss von einer rohen Möhre ab. Oh Gott, dachte Laura, die war hungrig.

»Ich heiße Laura.« Wie um sich selbst Halt zu geben, ver-hakte sie ihre Finger ineinander und zeigte sich damit vermut-lich noch verunsicherter, als sie ohnehin schon war.

»Du ersetzt das Trampeltier, ja?«, fragte Constanze kauend.

Laura verzog verstört das Gesicht. »Wenn Sie die Assistentin Ihrer Wedding-Planerin meinen, ersetze ich sie wohl.«

»Deinen Sarkasmus kannst du dir sparen. Dort drüben liegt die Liste mit den Sachen, die zu erledigen sind. Du verlierst besser keine Zeit – und eines sag ich dir, Schätzchen: Wenn irgendetwas schiefgeht, bist du gefeuert. Dann kann dir mein

Bruder auch nicht mehr helfen. Verstehen wir uns?« Sie zeigte mit dem Möhrenstummel in Richtung Tisch.

»Sehr wohl«, antwortete Laura und spürte, wie sie beim Wort »gefeuert« ein Unwohlsein übermannte. Alles, nur das nicht. Wer wohl das Trampeltier war und warum sie die Frau so bezeichnete, erschloss sich Laura nicht, aber sie würde einen Teufel tun, dem nachzugehen. Am besten sprach sie nur, wenn sie direkt gefragt wurde. Laura ging hinüber zum Tisch und nahm die Liste zur Hand. Während sie diese überflog, hielt sie gespannt die Luft an. Sie war dafür zuständig, alle Zimmer der Gäste, die morgen eintrafen, mit diversen Sachen auszustaffieren, hauptsächlich ging es dabei um Gastgeschenke und spezielle Alkoholika. Soweit sie erkennen konnte, waren es nicht immer dieselben, sie musste genau auf die Zuordnung achten, was nicht weiter schwierig sein sollte.

»Bekomme ich einen Generalschlüssel für die Zimmer?«, fragte Laura.

Constanze schnaubte: »Natürlich nicht, du bekommst einen Dietrich und musst dir zu jedem Zimmer selbst Zutritt verschaffen.«

Und ich soll mir meinen Sarkasmus sparen, dachte Laura grummelnd. Sie blickte über die Liste zu Constanze, die nun von einem Stangensellerie abbiss. Im selben Moment betrat eine weitere Frau das Hotelzimmer. Vielleicht ihre Rettung? War das Trampeltier doch noch spontangenesen?

»Julia. Na endlich. Könntest du deiner neuen Assistentin wohl sagen, was ihre Aufgaben sind? Sie bringt mich schon mit bloßer Anwesenheit zur Weißglut. Nimm sie weg!«

Laura spürte, wie sie rot wurde. Wie konnte diese Zicke nur derart abgehoben sein?

»Wie heißt du denn?«, fragte Julia und trat näher.

»Laura Schönbrunn.« Laura streckte ihr die Hand entgegen, um sie zu begrüßen und auch ein wenig, um sicherzustellen, dass Julia, auch wenn sie in Constanzes Diensten stand, dennoch ein menschliches Wesen war.

Julia zog im ersten Moment zwar eine Augenbraue hoch, schüttelte dann aber kurz ihre Hand. Dann angelte sie die Generalschlüsselkarte aus ihrer Gesäßtasche und überreichte sie ihr. »Damit kommst du in alle Zimmer.« Sie deutete auf Lauras Notizen: »Hier siehst du, welches Zimmer mit welchem Gastgeschenk ausgestattet wird. Hast du noch Fragen?« Julia musterte sie abwartend und Laura schüttelte rasch den Kopf. Sie wollte nur noch raus aus diesem Zimmer. Das Arbeiten selbst machte ihr nichts aus, aber wer wurde schon gern schikaniert?

»Moment mal …« Julia trat noch einen Schritt näher und betrachtete sie von oben bis unten. Laura fasste sich nervös ins Gesicht. Hatte sie etwa noch Zahnpasta am Mund, Müsli zwischen den Zähnen oder ihre Tagescreme nicht richtig verrieben?

»Bist du nicht das Mädchen, das sich den Bergmann geangelt hat?«

Lauras Herz begann schneller zu klopfen und sie spürte, wie sie rot wurde. Genau in diesem Moment wurde ihr bewusst, dass die ganze Nation oder zumindest der Teil, der die Regenbogenpresse las – und das waren sicher nicht wenige –, sie jederzeit erkennen konnte. Das war ja grauenvoll.

Während sie panisch den Kopf schüttelte, horchte Constanze interessiert auf. »Was? Wie?« Sie stand auf, kam auf sie zu und musterte die haarige Spinne eindringlich. Laura wollte nur noch im Erdboden versinken. Ihr wurde übel, auch weil der Sellerie seinen urtümlichen Geruch verströmte. Sie hasste Sellerie.

»Jetzt verstehe ich es. Deshalb hat dich mein Bruder zu mir geschickt. Er will dich bestrafen.« Constanzes Grinsen verwandelte sich urplötzlich in ein fieses lautes Lachen. »Oh, er ist wirklich gut, der liebe Ansgar. Allerdings frage ich mich, was dieser Bergmann an dir findet.« Constanze schärfte ihren Blick und ließ ihn über Lauras Körper wandern. »Null Ausstrahlung. Null trainiert. Blasser Teint und stinkt nach Alkohol. Da hat doch jede Straßennutte mehr Sexappeal.« Sie rümpfte die Nase und ging wieder zu ihrem Schminktisch. Laura schluckte. Sie konnte kaum noch an sich halten, so sehr setzten ihr die Beleidigungen dieser Frau zu. Julia sagte zu alledem nichts. Constanze drehte sich ein letztes Mal zu ihnen um. »Was ist? Wie lange wollt ihr hier noch Maulaffen feilhalten? Ich meine, es ist genug zu tun. Wenn das Fußballerflittchen mit den Zimmern fertig ist, kann es mein Brautkleid aus dem KaDeWe abholen und herbringen. Julia, gib ihr die Adresse!«

Fußballerflittchen? Was erlaubte sich diese Kotzkuh? Laura schluckte und Julia nickte. »Natürlich. Komm jetzt«, bedeutete sie Laura, »wir machen uns an die Arbeit.« Julia schob sie aus dem Zimmer und Laura war froh, dieser Person und der feindseligen Atmosphäre endlich zu entkommen. Noch mehr Beleidigungen hätte sie nicht ertragen können. Eine einzige Frage waberte durch ihr Hirn. Wer um Himmels willen heiratete eine solche Bestie? Sie folgte Julia den Gang hinunter, in einen Raum, in dem alle Gastgeschenke bereitlagen. Durch Ziffern war die Zuordnung der Zimmer gekennzeichnet, sodass theoretisch alles schnell und reibungslos vonstattengehen konnte.

»Ich weiß, die Kotztante ist echt gewöhnungsbedürftig, aber wenn man aufhört, die Beleidigungen persönlich zu nehmen, geht's eigentlich. Und die Leonhardts zahlen fantastisch.«

Laura schnaubte. »Du hast gut reden. Du musst hier nur eine Hochzeit bewerkstelligen. Ich muss noch ein Jahr lang in diesem Hotel meine Ausbildung absolvieren und du kannst dir vorstellen, dass seit dem gestrigen Abend alles auf der Kippe steht.«

Julia nickte. »Oh ja, aber wie ist es denn überhaupt dazu gekommen? Christian Bergmann, was für ein Typ.« Sie geriet ins Schwärmen.

Die junge Frau war ihr völlig fremd, deshalb ging Laura auf die Nachfrage nicht weiter ein. Sie winkte ab. »Das ist alles ein Missverständnis. Ich habe mit diesem Bergheini überhaupt nichts zu tun. Der Kuss war seinerseits ganz sicher eine Verwechslung. Lass uns nicht mehr drüber reden. Ich will so schnell wie möglich mit meiner Arbeit fertig werden und den Rest des Tages mit meiner Tochter verbringen.«

»Also schön, dann spuck mal in die Hände. Und wenn du fertig bist, fährst du zum KaDeWe.« Julia drückte ihr einen Abhol-Beleg der Änderungsschneiderei in die Hand. »Pass gut darauf auf, das Kleid kostet zwölftausend Euro. Wenn der Schnipsel weg ist, muss die Kotztante persönlich ins Zentrum fahren und wir beide wissen, wer dann keinen Job mehr haben wird.«

»Schon gut!«, sagte Laura, verstaute den Beleg sorgfältig in der Rocktasche und zog den Reißverschluss zu. Dann machte sie sich an die Arbeit. Sie brauchte beinahe vier Stunden, um die Zimmer mit den Geschenken und Getränken auszustaffieren, allerdings tat sie es hoch konzentriert und mit einer Sorgfalt, die ihr selbst beinahe denkwürdig erschien. Einen Fehler konnte und wollte sie sich nach alledem nicht leisten. Als alles erledigt war, brachte sie die abgezeichneten Notizen zurück ins Lager und schrieb Julia eine Nachricht, dass sie nun ins KaDeWe fahre. Sie verließ das Hotel über den Hinterausgang und blieb für einen Moment an der Laderampe stehen, an der Christian Bergmann sie geküsst hatte. Hätte sie den Kuss irgendwie verhindern können? Und woher waren plötzlich die Journalisten gekommen? Sie waren wie aus dem Nichts einfach aufgetaucht. Wer hatte ihnen den Tipp gegeben? Irgendwas an der Sache schien faul zu sein. Das einzig Gute war, dass, wenn es sich tatsächlich um keine Verwechslung handelte, sie sich durchaus vorstellen konnte, mit Christian Bergmann anzubandeln. Sie würde das vor ihren besten Freunden Melle und Mike niemals zugeben. Aber Christian Bergmann stand für alles, was sie sich für ihre Zukunft ausmalte. Er sah fantastisch aus, hatte offenbar Geld und war obendrein noch an ihr interessiert. Die besten Voraussetzungen für eine neue Liebe. Vielleicht sollte sie auf seine Avancen eingehen?

Laura riss sich selbst aus ihren Gedanken, ging zur Bushaltestelle, fuhr vier Stationen und stieg direkt am KaDeWe aus. Sie musste nur noch das Kleid holen und es ins Hotel bringen, dann hatte sie, wenn sie Glück hatte, endlich Feierabend. Wobei sie sich das so recht auch nicht vorstellen konnte. Die Kotztante, den Namen fand sie wirklich passend, würde ihrem Namen bestimmt alle Ehre machen und ihr noch mehr Strafarbeit aufbrummen. Bei dem Gedanken daran dröhnte Lauras Kopf noch intensiver und ihr Magen machte sich bemerkbar. Das Müsli, das sie heute Morgen hinuntergeschlungen hatte, war offenbar verpufft und Hunger machte sich breit. Laura betrat das Kaufhaus, hielt für einen kurzen Moment inne und atmete den typischen Duft des Konsumtempels ein, in dem von Haus aus schon immer alles freundlicher, gediegener, exklusiver, extravaganter und auch teurer war als anderswo. Hierher kamen entweder Menschen, die Geld besaßen, oder Touristen, die auf ein exklusives Shoppingerlebnis gespart hatten. Und dann spazierte auch noch das einfache Volk herein, das schlicht neugierig war und sich einen Latte macchiato in der Feinschmeckeretage gönnte, um das Flair und den wunderbaren und unverwechselbaren Ausblick aus der sechsten Etage zu genießen. Laura straffte die Schultern. Besser, sie würde sich von nichts ablenken lassen. Schließlich hatte sie einen Auftrag, einen wichtigen! Das Brautkleid! Sie orientierte sich an einer großen Übersicht und sah, dass sich das Änderungsatelier in der dritten Etage befand. Über die Rolltreppen ließ sie sich dorthin befördern und betrat das exklusive, mit schweren Teppichen ausgelegte Atelier. Am Empfang saß eine junge Dame mit schwarzem, gerade geschnittenem Bob, stark überschminkt und in eine Stickerei vertieft. So entspannt hätte sie auch gern gearbeitet.

»Guten Tag«, grüßte Laura und merkte, dass ihre Stimme von den exklusiven Teppichen und den festen Stofftapeten an den Wänden beinahe verschluckt wurde.

»Sie wünschen?« Die Entspannte sah von ihrer Stickerei auf und lächelte sie freundlich an. Laura überreichte ihr den Abhol-Beleg, den sie von Julia bekommen hatte. »Ich soll das Brautkleid für die K…, entschuldigen Sie, für Frau Leonhardt abholen. Es soll hier bereit liegen.«

»Aber natürlich. Warten Sie einen Moment. Es ist fertig, ich hole es. Vielleicht trinken Sie einen Schluck Evian?« Der Pagenkopf deutete auf einen Besucherbereich, der mit feinstem Wasser und obendrein kleinen Snacks ausgestattet war. Bei diesem Anblick brachte sich prompt Lauras Magen mit einem lauten Knurren in Erinnerung. Rasch räusperte sie sich. Ob ihr Gegenüber das Geräusch gehört hatte? Sie musste an Mia denken, die, als sie sprechen lernte, einmal zu ihr gesagt hatte, immer wenn sie Hunger habe, würde ihr Magen pupsen. Bei dem Gedanken daran huschte Laura ein Schmunzeln übers Gesicht. Wie gern wäre sie jetzt bei ihr gewesen. Was Anton wohl gerade mit ihr anstellte? Während Laura ihren Gedanken nachhing, verschwand die junge Frau hinter einem schweren roten Vorhang. Laura goss sich überschwänglich ein Glas Wasser ein und trank es in einem Zug leer. Dann griff sie in die Schale mit den Snacks und nahm sich drei Schokoriegel heraus. Einen stopfte sie sich gierig in den Mund. Wer wusste schon, wann sie wieder Zeit haben würde, etwas zu essen? Die anderen beiden verstaute sie in ihrer Handtasche. Als die Frau zurückkam, kaute Laura immer noch auf den Nüssen herum.

»Hier ist es. Gekürzt und enger genäht, wie von Frau Leonhardt gewünscht. Wenn die Gute nicht wieder zu- oder doch noch abgenommen hat, was in drei Tagen wohl kaum der Fall sein dürfte, müsste es jetzt passen wie angegossen.«

Täuschte sie sich oder hörte sie Sarkasmus aus den Worten? Laura zuckte mit den Schultern und versuchte, mit der Zunge das Karamell zwischen ihren Zähnen herauszupulen.

»Mussten Sie es etwa schon öfter umnähen?«, fragte sie mit wissendem Blick.

Die Frau verdrehte die Augen. »Vier Mal, wenn Sie es genau wissen wollen.«

Das passt zu dieser Kuh, dachte Laura, gab jedoch ein nonchalantes Lächeln zurück. Die Frau drückte ihr das Kleid, das in einer durchsichtigen Plastikfolie eingeschweißt war, in die Hand.

»Mit den besten Empfehlungen ans Haus Leonhardt«, säuselte sie, setzte sich zurück in ihren bequemen Sessel und nahm ihr Stickzeug wieder auf. Laura hängte das Kleid über ihren Unterarm, bedankte sich und eilte zur Rolltreppe. Jetzt nichts wie ins Hotel und dann Feierabend gemacht, vielleicht konnte sie noch etwas mit Mia unternehmen. Als sie sich außer Sichtweite wähnte, griff sie gedankenverloren in ihre Handtasche und holte den zweiten Schokoriegel hervor. Sie öffnete ihn und biss genüsslich ab. Welch' Wohltat, dachte sie. Hätte sie allerdings geahnt, was sie damit auslöste, dann hätte sie mit Sicherheit hier und jetzt auf den Snack verzichtet und auf das Hochzeitskleid achtgegeben – denn was nun passierte, hätte einfach nicht geschehen dürfen. Die Rolltreppe fuhr abwärts und Laura ließ für einen klitzekleinen Moment das Kleid außer Acht. Binnen dieses kurzen Augenblicks der Unachtsamkeit verfing sich die Folie, die das Kleid umhüllte, in den Zähnen der Rolltreppe. Diese schien ebenso großen Hunger zu haben wie sie selbst und nach dem Motto »Warum mit Folie begnügen, wenn man feinste italienische Spitze haben kann« fraß die Maschinerie nun auch das Brautkleid in sich hinein.

»Oh nein, oh nein«, schrie Laura verzweifelt und versuchte es zu befreien. Ihr Herz pochte wie wild und der Schweiß brach ihr aus. Doch die Rolltreppe kannte kein Erbarmen. Unbeeindruckt setzte sie ihre Fahrt fort. Nie wieder würde Laura das Geräusch vergessen, wie die Spitze zerriss, als sie versuchte, den Stoff mit aller Macht aus den Zähnen zu befreien. Nach gefühlt tausend Stunden ruckelte die Rolltreppe endlich und gab ein lautes, quietschendes Geräusch von sich. Hatte jemand den Nothalt gezogen? Laura strauchelte, ruderte mit den Armen und landete zu guter Letzt mit geballter Faust, die Mittelhandknochen voran, auf der eisenharten gezackten Kante, und zwar mit voller Wucht. Sie stieß einen gellenden Schmerzensschrei aus und binnen Sekunden tropfte Blut von ihrem Handrücken direkt auf die weiße Spitze. »Oh nein, oh nein, oh nein!«, gellten die Rufe, die Laura als ihre eigenen erkannte. Erst als das Monster anhielt, kam ihr zur Abwechslung ein »Fuck« über die Lippen. Sie war nahe daran, ohnmächtig zu werden. Ihre Hand schmerzte höllisch und sie konnte spüren, wie sie im Bereich der Mittelhandknochen anschwoll. So mussten sich Boxer fühlen, wenn sie immer wieder mit den Fäusten auf den Sandsack einschlugen. Wie aus weiter Ferne vernahm Laura eine Männerstimme: »Was ist denn hier los?«

Sie sah sich um und bemerkte, dass die Blicke etlicher Passanten auf sie gerichtet waren. Wie unangenehm.

»Die Rolltreppe hat das Kleid zerstört«, rief Laura hysterisch. »So tun Sie doch was!«

Der Mann, der die typische KaDeWe-Serviceuniform trug, verschaffte sich einen kurzen Überblick und schüttelte ratlos den Kopf. »Ich glaube wohl eher, dass ihr Kleid die Rolltreppe zerstört hat«, erwiderte er trocken, holte ein Stofftaschentuch aus seiner Hosentasche und tupfte sich nervös die Stirn.

»Die Treppe ist futsch und der Rock da auch«, sagte er nach neuerlicher Begutachtung.

»Kleid«, verbesserte Laura mit weinerlicher Stimme. »Brautkleid.«

Der Mann zuckte die Schultern. »Vielleicht kann man noch einen Brautrock draus machen.«

Humor schien er ja zu haben, dachte Laura bei sich, in dem Bewusstsein, dass die Leonhardt sie umbringen würde. Langsam, qualvoll und vermutlich mit den eigenen Händen.

»Können Sie nicht irgendwas tun? Die Besitzerin dieses Kleides heiratet morgen! Und das da wollte sie tragen!«

Wenn Laura bis jetzt noch Haltung bewahren konnte, spätestens jetzt öffneten sich alle Schleusen und sie begann zu schluchzen. »Ich bin so was von geliefert. Was soll ich denn jetzt tun? Ich bin gefeuert, garantiert!«

Sie ließ sich auf eine Stufe der Rolltreppe sinken und schaute auf das Kleid, das mindestens zu einem Drittel zwischen den Zähnen hing und an einigen Stellen mit Blut besudelt war. Es sah aus wie ein Lappen, der zum Reinigen des Tatorts gebraucht worden war. Wie sollte sie das bloß der Braut erklären? *Frau Leonhardt, da war dieser Schokoriegel in meiner Handtasche und dann war da noch dieser Hunger in meinem Bauch. Sie wissen schon.* Hunger? Tzzz, so wie die Leonhardt aussah, hatte sie in ihrem Leben noch nie irgendeinem Gefühl nachgegeben, schon gar nicht dem des Hungers. Die Wahrheit konnte Laura auf keinen Fall erzählen. Allmählich löste sich die gaffende Menschenmenge auf. Shoppen wurde wieder wichtiger, als einer hysterischen, verzweifelten Frau beim Heulen zuzugucken. Der Mann ließ ob ihrer Tränen resigniert die Schultern sinken und sah sie mitleidig an.

»Na, na, junge Frau. So schlimm wird es schon nicht sein. Zeigen Sie mal her.«

Er nahm Lauras Hand und besah sich die Wunde. »Sieht nicht gut aus. Ist bestimmt gebrochen, so wie das anschwillt. Sind Sie Tetanus-geimpft? Wenn nicht, sollten Sie sich unbedingt eine Spritze geben lassen, ich kenne mich da ein wenig aus, meine Tochter ist Ärztin. Ich verbinde Sie notdürftig und fahre Sie dann in die Klinik, okay?«

Laura schüttelte betrübt den Kopf. »Das geht nicht. Das darf alles nicht wahr sein. Die Besitzerin dieses Kleides wird mich umbringen. Es ist besser, ich verblute gleich hier. Sie haben ja keine Ahnung. Das Kleid kostet zwölftausend Euro.«

Der Mann nickte mit mitleidigem Gesichtsausdruck. »Das mag ja sein, aber Ihre Gesundheit ist unbezahlbar. Ach, und falls es Sie tröstet – die Kosten für die Rolltreppenreparatur müssen Sie nicht zahlen, das Haus ist versichert. Und den Schaden am Kleid übernimmt vermutlich Ihre Haftpflichtversicherung. Also machen Sie sich keine Sorgen.«

Lauras Schluchzen schwoll an, denn in diesem Moment wurde ihr bewusst, dass sie keine solche Versicherung besaß, weil sie sich diese schlicht nicht leisten konnte. Wieso zum Teufel hatte sich eigentlich die ganze Welt gegen sie verschworen? Und wann würde diese Pechsträhne endlich aufhören?

VERLETZUNGEN

Wie war er da nur hineingeraten? Er wollte Laura doch nur einen Gefallen tun und Mia für eine Weile beaufsichtigen. Antons Gesicht glühte und seine Nase pochte unter dem Eisbeutel, der inzwischen nicht mehr kalt, sondern eher lauwarm war. Die Krankenschwester hatte ihm bei der Aufnahme vor etwa drei Stunden den Beutel aufs Gesicht gelegt und um Geduld gebeten. Noch nie im Leben war er in irgendeine Schlägerei geraten oder hatte etwas in der Art selbst angezettelt, schon allein, weil er Gewalt jeglicher Art verabscheute. Dass ihn nun ausgerechnet der Ex seiner neuen Mitbewohnerin niedergeschlagen hatte, machte ihn fassungslos.

»Oh, oh!«, staunte der Rettungsstellenarzt, ein kleiner, pummeliger Typ namens Dr. Rütter, der Antons Nase nun unter sein fachmännisches Auge nahm. »Es ist ganz so, wie ich es in der Ausbildung gelernt habe. Es kommt vor, dass der Mann zwei Schwellkörper hat.«

In Anbetracht dessen, dass der Witz auf seine Kosten ging, verzog Anton keine Miene. Er wollte nur, dass die Schmerzen endlich nachließen.

»Und? Möchten Sie mir erzählen, was genau passiert ist?«, fragte der Arzt.

»Er ist gegen einen Baum gelaufen«, meldete sich Mia zu Wort. Glücklicherweise hatte sie ihren Vater nicht gesehen und Anton wollte um jeden Preis verhindern, dass die Kleine den Eindruck bekam, ihr Vater wäre ein Schläger, auch wenn sein Verhalten durchaus in diese Richtung wies. Eine Krankenschwester hatte Mia mit Papier und Malstiften versorgt und an einen kleinen Tisch gesetzt, damit sie beschäftigt war. Dafür war er äußerst dankbar, denn er wusste schon nicht mehr, was er noch mit ihr spielen sollte, sie wurde allmählich zappelig und wollte nach Hause zu ihrer Mutter. Verständlich. Allerdings hatte Anton nicht vor, Laura bei der Arbeit zu stören, auch wenn das hier mehr oder minder einen Notfall darstellte. Anton wusste, was für Laura auf dem Spiel stand.

»So, so! Gegen einen Baum sind Sie also gelaufen«, sagte der Arzt mit skeptischer und auch ungläubiger Miene.

»Äh ja, genau«, stotterte Anton. »Ich war im Gebüsch … Sie wissen schon … ich hatte ein Geschäft zu erledigen.«

»Er hat Pipi gemacht«, erklärte Mia, die Augen verdrehend.

»Richtig«, bestätigte Anton, »und als ich zurückkam, hab ich nicht aufgepasst und stieß mit einem Riesenast zusammen.«

»Und dann hat seine Nase geblutet und ich habe ihn hergebracht«, verkündete Mia, als hätte sie ihn beaufsichtigt und nicht andersherum.

»Hat sie«, bekräftigte Anton.

Der Arzt blickte nun noch skeptischer drein. »Also schön, Herr Fischer. Fragen wir mal anders: Wollen Sie den Baum, der Ihnen das angetan hat, denn anzeigen? Ich würde an Ihrer Stelle zur Polizei gehen. Gibt es eigentlich Zeugen?«

Natürlich wusste Dr. Rütter, dass er log. Anton war offensichtlich nicht der erste Patient, den er mit einer derartigen Verletzung behandelte.

»Sagen wir es mal so: Der Baum ist mir bekannt und ich möchte das hier nicht zur Anzeige bringen, sondern einen großen Bogen um seine Äste machen. Ich schätze, das wird nie wieder vorkommen, weil ich zu gegebener Zeit noch einmal vernünftig mit ihm reden werde.«

Mia fing haltlos an zu kichern. »Du willst mit einem Baum reden. Das ist ja verrückt. Mama wird dich auslachen.« Sie quietschte vor Vergnügen.

»Da muss ich der Kleinen recht geben.« Der Arzt schmunzelte und tippte etwas in den PC. »Sie gehen bitte zum Röntgen, danach sehen wir uns wieder. Wenn Sie Glück haben, muss nichts begradigt werden, ich meine, zumindest ihre Nase nicht. Ich drücke Ihnen die Daumen. Und wenn Sie es sich wegen der Anzeige noch anders überlegen wollen, können Sie auch später noch Bescheid geben.«

Anton nickte. Einen Teufel würde er tun. Er wusste noch nicht einmal, ob er Laura die Wahrheit sagen würde. Irgendwie hatte sie es verdient, dass endlich mal Ruhe in ihr Leben einkehrte. Jetzt lauerte ihr auch noch grundlos der eifersüchtige Ex auf. Ihr blieb auch nichts erspart.

»Lass uns zum Röntgen gehen.« Anton und Mia erhoben sich und verließen den Untersuchungsraum. Auf dem Weg in die Röntgenabteilung kamen sie an der Aufnahme der Rettungsstelle vorbei, wo Anton seinen Augen kaum traute. War das etwa Laura? Woher wusste sie, dass sie hier waren?

»Mama«, rief Mia aus, als sie ihre Mutter sah, und rannte auf sie zu. Laura hielt erschrocken eine verbundene Hand in die Luft, damit ihre Tochter nicht dagegen stieß. Als Anton näher kam, sah er, dass Laura weinte. Mia umfasste ihre Mutter und sah besorgt zu ihr hoch. »Mama, was ist los? Hast du dir wehgetan? Soll ich mal pusten?«

Obwohl ihr weiterhin die Tränen hinunterrannen, rang sie sich ein Lächeln ab. Hörte der Wahnsinn eigentlich nie auf? Jetzt waren sie auch noch beide verletzt.

»Hey, was ist denn passiert?«, fragte Anton, der sich gerade noch zurückhalten konnte, denn sein erster Impuls war es, sie tröstend in eine Umarmung zu ziehen. Laura sah mitgenommen aus. Die schwarze Wimperntusche war über ihr Gesicht verteilt, ihre Wangen waren gerötet und ihre Augen vom Weinen verquollen. Sie musste starke Schmerzen haben. Unbeholfen streichelte Anton über ihren gesunden Arm, um sie zu trösten. Als er sie berührte, war es völlig um sie geschehen. Sie fing an zu schluchzen und versuchte zu erklären, was passiert war.

»Ich bin hingefa-hallen, auf der Roholl-tre-heppe.«

Anton nickte verstehend, obwohl er null verstand.

»Das Leonhardt hat also neuerdings eine Rolltreppe«, fragte er verunsichert.

»Neihein«, jammerte Laura, »aber das KaDeWe.«

»Ach so, ja, das KaDeWe. Aber ich dachte, du warst für die Leonhardt arbeiten.«

»Ja doch, war ich auch«, brach es entnervt aus ihr heraus.

»Ich so-hollte dort ihr verda-hammtes Brautkleid abholen.«

»Okay? Und dabei bist du auf die Hand gefallen?«, fragte Anton.

Laura schüttelte energisch den Kopf, dann jammerte sie: »Nein, also doch, ja, aber nein.«

»Was denn nun, Mama? Ja oder nein?«, fragte Mia. Offensichtlich war sie inzwischen genauso entnervt wie ihre Mutter.

»Es ist ein Desaster«, heulte Laura auf. »Zuerst hat sich das Brau-hautkleid von der Ko-hotztante in der Rolltreppe verheddert.«

»Oh Gott!« Anton hielt sich bestürzt die Hand vor den Mund. »Ist es kaputt?« Ihm wurde stellvertretend übel.

»Zerrissen und vollgeblutet.« Oh Gott, dachte Anton, sie war aufgeschmissen. Das war's dann! Das bedeutete das Aus ihrer Ausbildung.

Laura löste den Verband und ließ ihn einen Blick auf ihre blutige Mittelhand werfen. Im selben Moment kam der freundliche kleine, pummelige Arzt vorbei, der ihn eben noch untersucht hatte. Ratlos blieb er vor den Dreien stehen und sah von Antons Nase zu Lauras Mittelhandknochen. Und wieder zurück. Im selben Moment wurde Anton klar, was der Arzt dachte, und schon sprach er es aus.

»Sie haben sich aber von einem hübschen Ast k. o. hauen lassen.«

»Was? Wie bitte?«, fragte Laura verstört.

»Sieht meine Mama vielleicht aus wie ein Baum?«, reagierte Mia empört.

»Wieso wie ein Baum?«, fragte Laura noch verstörter. »Und was ist überhaupt mit deiner Nase passiert?« Sie trat noch ein Stück näher auf Anton zu und besah sich sein Gesicht. Wenigstens war sie von seinem zweiten Schwellkörper so abgelenkt, dass sie vergaß, weiterzuheulen. Jetzt musste er sich entscheiden. Sollte er ihr die Wahrheit sagen oder es lieber auf sich beruhen lassen? Er fasste den Entschluss, Laura eine Pause zu gönnen. Was brachte es, sie jetzt auch noch mit den Taten ihres Ex zu belasten?

»Das ist nichts. Ich bin gegen einen Baum gelaufen. Es war ein blöder Unfall. Frag lieber nicht. Ich muss jetzt zum Röntgen.«

»Sie gehören also zusammmen? Aber das ist nicht der Baum, gegen den sie …«, brachte sich Dr. Rütter in Erinnerung.

»Ja und nein«, sagte Anton. Das ist die Mutter der Kleinen. Er tätschelte Mias Kopf und sie schmiegte sich beinahe in seine Hand. Anscheinend fasste das Kind langsam Vertrauen zu ihm, was ihn freute, mehr sogar, als er sich selbst eingestehen wollte.

»Na gut, wenn das so ist, untersuche ich gleich noch die Hand. Ich schätze, die muss auch geröntgt werden, dann können sie gemeinsam in die Radiologie gehen. Kommen Sie mal mit.«

Wie gut, dass der Arzt auf sie getroffen war, sonst hätte Laura sicher drei weitere Stunden warten müssen, und sie sah ziemlich fertig aus. Ein Arzt mit fragwürdigem Humor, der Erbarmen hatte, vielleicht markierte er das Ende ihrer Pechsträhne? Laura folgte ihm ins Untersuchungszimmer und Anton wartete mit Mia vor der Tür. Gemeinsam gingen sie nur fünf Minuten später, wie es Dr. Rütter vorausgesehen hatte, in die Röntgenabteilung.

»Weiß Constanze Leonhardt schon von der Misere?«, fragte Anton.

Laura zuckte die Schultern. »Ich denke schon. Ich habe Julia, der ersten Assistentin, den Fetzen Stoff – mehr blieb von dem Kleid nicht übrig – in die Hand gedrückt und ihr erklärt, was passiert ist, woraufhin sie fast in Tränen ausgebrochen ist. Also eigentlich haben wir beide geweint. Die Kotztante ist die Pest, das kann ich dir sagen.«

»Du hast nicht selbst mit der Leonhardt gesprochen?«

»Wozu denn? Die wäre mir an die Gurgel gesprungen und hätte mir wahrscheinlich mit einer Möhre ein stumpfes Bauchtrauma verpasst oder die Halsschlagader durchtrennt. Hättest du das Kleid oder das, was davon übrig geblieben war, gesehen, wüsstest du, was ich meine. Ich bin sowieso gefeuert. Man wird mir die Rechnung fürs Kleid, zusammen mit meiner Kündigung schicken, und das war's dann. Die Kotztante wird eigens für mich eine Voodoopuppe kaufen und sie mit Millionen von Nadeln durchbohren. Und dann werde ich bis zum Ende meiner Tage ein Brautkleid abzahlen, das ich selbst nie getragen habe. Mein Leben ist vorbei, bevor es richtig begonnen hat. Ich lebe die Katastrophe schlechthin. Aber keine Bange, die Miete fürs Zimmer werde ich irgendwie aufbringen, denn ab morgen werde ich regelmäßig in der Wurstbude arbeiten. Ein Träumchen! So habe ich mir meine Zukunft vorgestellt.«

»Mama, der Anton spielt Mundharmonika«, warf Mia in die Schreckensvision der Zukunft ihrer Mutter ein.

»Prima«, sagte Laura, »das passt. Hol sie ruhig raus, Anton, und spiel mir ›Das Lied vom Tod‹.«

Anton schmunzelte über ihre Art von Galgenhumor, obwohl er natürlich heraushörte, wie resigniert sie war. Er spürte, Laura war mit ihren Nerven am Ende. Wie konnte er ihr nur helfen und war ihr überhaupt zu helfen? Er konnte mit Leonhardt sprechen. Bei ihm hatte er einen Stein im Brett. Anton wusste nicht, wieso, aber Ansgar Leonhardt hielt große Stücke auf ihn. Manchmal, wenn der Hotelchef Frauen zu kleinen privaten Dinners einlud, bat er Anton, am Klavier für musikalische Untermalung zu sorgen. Er zeigte sich immer großzügig mit seinem Honorar. Hin und wieder, auch wenn der Saal voll war, besuchte er ihn am Klavier und unterhielt sich mit ihm. Letztens erst hatten sie darüber gesprochen, wie man Antons Karriere vorantreiben könne, und Ansgar Leonhardt äußerte sich vage über eine Idee, die ihm im Kopf herumschwirre, aber leider noch nicht spruchreif sei.

»Um die Miete mach dir jetzt erst mal keine Sorgen. Zuallererst müssen wir versuchen, deine Lehrstelle zu retten.«

Laura stieß ein verbittertes Lachen aus. »Du hast mir eben schon zugehört, oder nicht? Ich habe ein zwölftausend Euro teures Brautkleid in einer verdammten Rolltreppe geschreddert. Hier ist überhaupt nichts zu retten!«

»Wow! Zwölftausend Euro? Verdammt!«

»Ja, genau! Verdammt! Das kannst du mal laut sagen«, schrie Laura verzweifelt.

»Mama, Anton will doch nur helfen. Du musst ihn nicht so anmeckern«, nahm Mia ihn in Schutz.

»Schon gut, Mia«, lächelte er, »ich halte das aus und deine Mama hat allen Grund zu maulen, ich täte das an ihrer Stelle auch.«

Mia legte den Kopf in den Schoß der Mutter. Laura streichelte gedankenverloren das Haar der Tochter. Gleich morgen früh würde Anton zu Leonhardt gehen und mit ihm sprechen. Es durfte nicht sein, dass die Zukunft der beiden wegen eines Unfalls – denn mehr war es nun einmal nicht, und das würde der Chef einsehen müssen – zerstört wurde.

Lauras Handy klingelte und sofort waren alle drei in äußerster Alarmbereitschaft.

Und einmal hätte ich
fast ...

Es war nach zwanzig Uhr, als Anton, Mia und Laura völlig erschöpft nach Hause kamen. Laura steckte Mia in die Badewanne und setzte für Anton und sich Teewasser auf. Dann ließ sie sich auf dem Küchenstuhl nieder und vergrub das Gesicht in den Händen. Was sie selbst anging, war es im Grunde genommen egal, trotzdem war sie froh, dass ihre Hand wenigstens nicht gebrochen war. Im schlimmsten Fall würde sie noch eine Weile geschwollen sein und schmerzen. Antons Nase war gottlob auch in Ordnung, wenn man von einer immensen Schwellung und Rötung absah. Ob sie ihm allerdings die Geschichte mit dem Baum abnahm, wusste sie nun auch nicht so recht, aber das sollte sie auch nichts angehen. Wer konnte schon sagen, was wirklich passiert war. Sie war nur froh, dass Mia von all dem nichts mitbekommen hatte, falls er doch in eine Schlägerei geraten war. War er vielleicht doch gar nicht der ruhige, besonnene Typ, für den sie ihn gehalten hatte?

Aber viel wichtiger war: Wie sollte es jetzt nur mit ihr weitergehen? Selbst wenn Anton aus purer Nächstenliebe auf eine oder zwei Monatsmieten verzichtete, war ein Job in der Wurstbude keine wirkliche Alternative, damit würden Mia und sie wohl kaum über die Runden kommen. Abgesehen davon brauchte sie dringend eine neue Idee für eine Berufsausbildung. Sie konnte sich doch nicht von Gelegenheitsjob zu Gelegenheitsjob hangeln. Wieso nur hatte sich die ganze Welt plötzlich gegen sie verschworen? Sie konnte unmöglich zwei Jahre einfach so in den Sand gesetzt haben, verfluchter Mist. Die einzige Möglichkeit, die sie momentan sah, war, zurückzuziehen zu ihren Eltern. Sie hatte dort immer noch ihr Zimmer, und ihre Familie hielt in der Not zusammen. Allerdings wäre das ein Eingeständnis gewesen, gescheitert zu sein, und das wollte sie auf keinen Fall.

Auf ihrem Handy kam eine Kurznachricht an. Sie schielte aufs Display und war nun wirklich erstaunt. Dieser Christian Bergmann hatte Nerven, schon heute Morgen hatte er ihr eine SMS geschrieben und gefragt, wie ihre Antwort laute. Sie wusste überhaupt nicht, was er damit meinte, und hatte seine Nachricht ignoriert. Immer wieder hatte er versucht, sie telefonisch zu erreichen, das letzte Mal, als sie in der Klinik war. Und jedes Mal hatte Laura seinen Anruf weggedrückt, so auch dieses Mal. Sie sah hinüber zu dem Strauß Rosen, den irgendwer, womöglich Anton, in eine der hässlichsten Vasen der Welt gestellt hatte. Der Umschlag, den zu öffnen sie morgens aus Zeitnot nicht geschafft hatte, lehnte am Gefäß. Sie machte ihn auf und zog ein goldenes Kärtchen hervor. »Liebe Laura, der Kuss tut mir nicht leid, nur, dass wir erwischt wurden. Darf ich dich als Wiedergutmachung zum Abendessen einladen? Viele Grüße, Christian Bergmann«

Laura schnaubte. Was dachte sich dieser Kerl? Sie spähte auf ihr Handy und öffnete die Message: »Morgen, neunzehn Uhr, ich hole dich ab. Keine Widerrede! Kuss Christian«

Hallo? Dachte er vielleicht mal daran, dass sie eventuell andere Verpflichtungen hatte? Und was hieß hier *Kuss*? Glaubte er im Ernst, sie habe ihn wirklich küssen wollen? Auch musste er im Grunde genommen davon ausgehen, dass sie abends arbeitete. Woher sollte er schließlich wissen ... oh Gott, hatte sie wirklich keinen Job mehr? Allein bei dem Gedanken ans Haus Leonhardt ging Lauras Fantasie mit ihr durch. Sie sah Constanze tobend durch ihre Suite fegen und Flüche und Verwünschungen auf sie ausstoßen. Ansgar Leonhardt hielt ihr vermutlich abwechselnd seine rechte und linke Wange zum Draufhauen hin. Denn eigentlich war er an dem Desaster schuld, weil er auf die unsagbar blöde Idee gekommen war, ihr Laura zur Seite zu stellen. Diese Frau musste die Pest sein. Niemals würde sie sich einer Auseinandersetzung mit dieser Familie stellen. Eher würde sie sterben, und sie hing doch relativ stark in ihrem Leben.

Das Pfeifen des Teekessels holte Laura aus ihren Gedanken. Sie stand auf und goss den Tee auf.

»Ich könnte was Stärkeres gebrauchen.« Anton betrat die Küche und schaute skeptisch auf die beiden dampfenden Teetassen, die sie nun auf den Küchentisch stellte.

»Denk mal an letzte Nacht«, zürnte sie, nahm ihr Handy auf und schrieb eine Nachricht an Christian Bergmann: »Ich habe keine Zeit. Muss mich um meine Tochter kümmern, 19 Uhr ist immer Vorlesezeit.« Ohne weiter zu überlegen, verschickte sie die Nachricht. Der würde ganz sicher Ruhe geben, wenn er erst wusste, dass sie schon Mutter und obendrein noch alleinerziehend war. So was tat sich kein Mann an. Nicht freiwillig jedenfalls.

»Alles klar bei dir?«, fragte Anton mit Blick auf ihr Handy.

»Ja, alles gut. Dieser Christian Bergmann will mich morgen zum Dinner ausführen. Was denkt der sich? Zuerst werde ich wegen dem fast gefeuert und jetzt hat er auch noch den Nerv, mich um ein Date zu bitten.«

Anton zuckte die Schultern. »Der ist doch 'ne gute Partie. Überleg's dir, ob du ihn abweist, der hat Geld wie Heu. Mit ihm wären all deine Probleme auf einen Schlag gelöst.«

Laura spürte, dass Antons Worte einen Nerv bei ihr berührten. Hatte er recht? Konnte eine Beziehung mit diesem Christian Bergmann ihr wirklich weiterhelfen? Der Typ war attraktiv, ohne Frage. Und reich. Auch ohne Frage, und er war offenbar an ihr interessiert. Sie wusste nur nicht, wie sie zu der zweifelhaften Ehre kam, aber vielleicht sollte sie sich doch auf ein Date mit ihm einlassen und das herausfinden. Sie musste an den Kuss denken, der ihr gestern Abend tatsächlich für einen Moment den Atem geraubt hatte und die Knie weich werden ließ. Aber würde sie mit einem Mann, der derart im Rampenlicht stand, ihr Glück finden? Laura konnte sich gut vorstellen, dass er schon eine Vielzahl von Frauenherzen gebrochen hatte, wollte sie sich da einreihen? Ihr Handy vermeldete erneut eine eingehende Nachricht.

»Gut, dann 20 Uhr.«

Sie schmunzelte. Hartnäckig war er, dieser Bergmann, das musste man ihm lassen. Ein kleiner Funken der Freude berührte ihr Herz. Laura nahm den Teebeutel aus ihrer Tasse und legte ihn auf eine bereitgestellte Untertasse.

»Mag sein, dass du recht hast.«

»Womit?« Anton hatte längst den Fernseher eingeschaltet und verfolgte konzentriert die Abendnachrichten.

»Sag mal, hast du morgen ab 20 Uhr schon was vor?«, sagte sie, seine Nachfrage ignorierend, und drückte sich selbst innerlich die Daumen. Anton blickte irritiert zu ihr hinüber.

»Äh nee, wieso?«

Nicht sicher, ob sie Antons Babysitterdienste ein weiteres Mal in Anspruch nehmen konnte, winkte sie kurzerhand ab. »Ach, schon gut. Vergiss es.«

»Nun sag schon!«, beharrte er und trank einen Schluck Tee. Angewidert verzog er das Gesicht. »Echt jetzt? Keinen Zucker?« Er stand auf, holte die Zuckerdose hervor und tat drei volle Löffel in den Tee.

Jetzt verzog Laura angewidert das Gesicht, wobei sie unschlüssig ihr Telefon in den Händen wiegte. »Na gut. Könntest du eventuell morgen ab 20 Uhr zu Hause bleiben und noch mal auf Mia aufpassen? Es ist eine Ausnahme. Versprochen!«

Ohne zu zögern, nickte Anton. »Ja, klar, kein Ding. Ich hab's dir doch angeboten. Eine Auszeit wird dir guttun. Und ich mach mir einen gemütlichen Fernsehabend. Hast du was Schönes vor?«

Laura zuckte die Schultern. »Ob es schön wird, weiß ich noch nicht. Aber ich werde Christian Bergmann eine Chance geben.«

»Ach wie? Jetzt doch?« Anton zog die Stirn kraus, aber nur für einen kurzen Moment, dann fasste er sich an die schmerzende Nase.

»Na ja. Vielleicht sollte ich wieder anfangen zu daten. Wenn ich schon keine Ausbildung und keinen richtigen Job habe, ist es wohl tatsächlich ratsam, sich einen Mann mit Geld und Job zu angeln.« Irgendwie beschämten sie die eigenen Worte, aber letztlich war es Anton gewesen, der sie genau aus diesem Grund zu einem Treffen ermuntert hatte.

»Wie du meinst«, sagte er knapp und wandte sich wieder den Nachrichten zu.

»Okay, morgen 20 Uhr. Holst du mich ab? Charlottenburg, Droysenstraße 16.«

Schon kurz, nachdem sie die Nachricht verschickt hatte, kam eine Antwort mit einem Erhobener-Daumen-Emoji und einem lächelnden Smiley.

Zufrieden stand Laura auf, um nach Mia zu gucken. Als sie ins Badezimmer kam, stellte sie fest, dass es leer war. Sie ging in ihr Zimmer, wo ihre Tochter in ihrem neuen Dino-Schlafanzug bereits im Bett lag und schlief. Es war das erste Mal, dass sie das selbstständig und ohne zu nörgeln gemacht hatte, auch wenn Laura bezweifelte, dass sie sich die Zähne geputzt hatte.

»Na, das ging ja fix«, flüsterte Anton über ihre Schulter blickend. Er lächelte.

»Sie ist fix und alle. Es war wohl alles ein bisschen viel für sie heute«, flüsterte Laura.

»Sie wird's verkraften. Mia ist großartig.«

»Weißt du, Anton, manchmal glaube ich, sie ist das Beste, das ich je zustande gebracht habe.« Bei ihren Worten spürte sie, wie ihre Stimme brach, und im nächsten Moment kullerte ihr auch schon die erste Träne die Wange hinunter. Unbeholfen wischte sie sie fort.

»Mia ist perfekt, und du wirst noch viele andere gute Dinge in deinem Leben zustande bringen.«

Antons Worte trafen sie mitten ins Herz. Einerseits wünschte sie sich so sehr, dass endlich alles gut würde, andererseits sah sie gerade jetzt kein Licht am Ende des Tunnels. Kopfschüttelnd verließ sie das Zimmer, um die Kleine nicht auch noch mit ihrem Ausbruch von Selbstmitleid und Zweifeln aufzuwecken.

»Ich bin wie diese Frau in dem Poetry-Slam von dieser Julia Engelmann«, jammerte sie in die Dunkelheit des Flures.

Anton blickte verwirrt.

»Na ja, sie erzählt davon, wie sie fast mal einen Marathon gelaufen wäre oder beinahe die ›Buddenbrooks‹ gelesen hätte. Klingelt's da bei dir?«

»Kenn ich nicht.«

»In dem Gedicht geht es darum, was man alles tun und erreichen könnte, wenn man nur den Hintern hochbekäme. Ich werde in meinem Leben überhaupt nichts erreichen. Ich bin viel zu früh schwanger geworden – von einem Mann, der mich im Grunde nie geliebt hat und auf ganzer Linie ein Versager ist. Jetzt habe ich keine Lehrstelle mehr und sitze auf einem Schuldenberg, der genau genommen ja nur noch anwachsen kann, wenn ich meine Ausbildung nicht beende. Verstehst du?

Verstehst du das? … Einmal hätte ich fast einen Mann dazu gebracht, mich zu lieben, und einmal wäre ich meiner Tochter fast eine gute Mutter gewesen, und dann hätte ich fast mal eine Ausbildung beendet und meiner Tochter beinahe ein Heim geschaffen und …«

»Stopp!« Antons Hand schnellte hoch und bedeutete ihr, still zu sein. Er zog Laura in die Arme und hielt ihren Kopf an seine Brust. Eigentlich wollte sie das nicht. Mitleid brachte sie hier auch nicht weiter und eine Umarmung schwächte ihr fragiles Innenleben nur noch mehr. Der Kloß in ihrem Hals schwoll an und schien explodieren zu wollen. Aber Antons harte Brust fühlte sich so gut an und er roch fantastisch.

»Aber, aber …«, wimmerte sie und wollte sich losmachen. Unaufhaltsam kullerten ihr noch mehr Tränen die Wangen hinunter und fluteten Antons Sweatshirt.

»Nix aber! Du bist die beste Mutter, die ich je live miterleben durfte. Du schuftest dich ab bis zum Umfallen und ich schätze mal, auch wenn es mir nicht gefällt, dieser Till liebt dich. Er weiß es nur nicht und ist auch nicht besonders … nennen wir es bodenständig. Seien wir ehrlich, er ist ein liebenswerter Rumtreiber, der mit seiner Masche immer durchgekommen ist.«

»Aber, aber …«, begehrte Laura erneut auf.

»Nix aber! Schieß deine Selbstzweifel endlich in den Wind. Was heute passiert ist, war nur ein blöder Unfall, für den du nichts kannst. Und was diese Engeljulia angeht … natürlich sollst du nicht nur fast etwas zustande bringen und das hast und wirst du auch nicht. Nur manchmal grätschen einem fiese Umstände, in deinem Fall fiese Menschen, in die Beine, die einem das Leben vergällen. Aber das ist doch nicht deine Schuld.«

Antons Worte taten unendlich gut. Sie sog sie auf wie ein Schwamm, so sehr wollte sie ihm glauben. Es war doch auch wirklich nicht ihre Schuld gewesen. Wie eine Ertrinkende hob sie die Arme und erwiderte die Umarmung. Sie schmiegte sich enger an ihn und ließ ihren Tränen freien Lauf.

»U-hund was ist, wehenn nichts jehe wieder guhut wird?«, schluchzte sie.

Er zog sie noch fester an sich, strich über ihren Hinterkopf, bis seine Hand ihren verspannten Nacken massierte. Die sensible Haut an ihrem Hals kribbelte unter seiner Berührung und jagte einen Schauer über ihren Körper. Abgesehen von dem letzten Kuss mit Christian Bergmann war das hier der behaglichste Moment seit langer Zeit. Laura musste sich zusammenreißen, denn um ein Haar hätte sie sich noch fester an Anton geschmiegt. Sie spürte seinen Atem auf ihrer Stirn und wusste, dass sie nur den Kopf anheben musste, um ihn zu küssen. Ob er sie fortstoßen würde? Sicher doch. Bestimmt hing er noch an seiner Exfreundin. Seine Hand strich beruhigend über ihren Rücken. Ob er wusste, welche gemischten Gefühle er in ihr wachrief? Im nächsten Moment legte er seine Lippen auf ihre Stirn. Oh Mann, eine Million widersprüchliche Gedanken schossen durch Lauras Synapsen. Nämlich wie gut sich Trost anfühlte oder eine muskulöse Männerbrust, wie bezaubernd männliche Nähe duften konnte oder wie sinnlich sich eine Berührung im Nacken anfühlte. Aber auch, wie unendlich sinnlos es war, sich für den Moment einer Sache hingeben zu wollen, die von vornherein zum Scheitern verurteilt war. Sie hob den Kopf, um sich von Anton zu lösen.

»Ich glaube …«, flüsterte sie unter größter Anstrengung, denn ihr Körper stand in Flammen. Anton schaute ihr tief in die Augen und schüttelte kaum merklich den Kopf.

»Ich kann …«, war Lauras letztes leises Aufbegehren, bevor Anton seine Lippen auf ihre legte.

Oh Gott! Küsste sie ihn gerade wirklich? Nein, er küsste sie. Oder? Und wieso fühlte es sich so gut an? Und falsch. Ja, falsch auch, aber vor allem gut. Was sie jetzt tat, war noch falscher als alles, was heute passiert war. Dennoch öffnete sie ihren Mund, um seine Zunge einzulassen. Seine Hände zogen sie noch näher, sie presste ihren Körper an seinen und spürte seine Härte. Sein Kuss wurde fordernder und ihre warmen Zungen bewegten sich im selben Takt, genau wie ihr Atem. Antons Hand wanderte ihren Rücken hinab und umfasste ihren Po. Lauras Verlangen wuchs beinahe ins Unermessliche und ihrer Kehle entrang sich ein Stöhnen. Ein Stöhnen, das sich gleichzeitig in die Stimme der Vernunft verwandelte. Das hier durfte nicht sein! Anton war der Inbegriff dessen, was sie nicht mehr wollte. Ein Mann, der mittellos war und in den Tag hinein lebte. Außerdem war er ihr Vermieter. Verdammt! Was tat sie hier? Mit letzter Kraft und obwohl die viel lautere Stimme der Unvernunft in ihrem Körper wütete, schob sie Anton von sich.

»Hör auf damit! Was soll das eigentlich?«, fragte sie nicht besonders laut, aber doch mit so viel Nachdruck, dass er sich fing. Sein Atem ging heftig, ebenso wie ihrer. In seinen dunklen Augen spiegelte sich Verlangen und er streckte seine Hände sofort wieder nach ihr aus, als es plötzlich läutete.

»Verdammt«, murrte Anton und fuhr sich mit den Fingern durchs Haar. Er sammelte sich einen kurzen Moment, dann ließ er seine Hände sinken und ging zur Tür.

Ein Deal unter Gentlemen

OH! MANN! Das war alles, was Anton die ganze Zeit über denken konnte. Und wenn er nicht OH! MANN! dachte, fragte er sich, wieso die Natur es so eingerichtet hatte, dass man sich nicht selbst in den Hintern beißen konnte. Denn genau das wollte er, sich selbst in den Hintern beißen, richtig feste sogar. Er hatte kein Auge zugetan, und das, wo er doch die Nacht davor auch kaum Schlaf bekommen hatte. Seine Gedanken hörten einfach nicht auf zu kreisen. Was, verdammte Axt, war das gewesen? Wieso hatte er Laura geküsst? Er war doch noch gar nicht über Anouschka hinweg. Oder doch? Er kratzte sich am Kopf, während er zum Hotel lief. Ein kühler Wind wehte ihm entgegen und er zog den Reißverschluss seiner Jacke bis unters Kinn. Fakt war jedenfalls, dass er seit dem Kuss nur noch an Laura denken konnte. Sogar der Schmerz über Anouschkas Betrug schien über Nacht seine Kraft verloren zu haben. Hatte er sie nie wirklich geliebt oder hatte er sich tatsächlich neu verliebt? So schnell? Das konnte doch nicht wahr sein. Und dann der Ärger darüber, dass sich Laura mit diesem Bergmann treffen wollte. Gerade, als er das Gefühl gehabt hatte, dass sie dasselbe wollte wie er, hatte es an der Tür geklingelt. Dieser Fußballer hatte doch tatsächlich den Nerv gehabt, Laura ein Kleid zu schicken, das sie beim gemeinsamen Dinner tragen sollte. Und, und das war die nächste traurige Wahrheit – als Laura das Paket mit dem Kleid geöffnet hatte, hatte er in ihren Augen ein Strahlen entdeckt, das auf keinen Fall dem Kuss zuordenbar gewesen war. Sie hatte sich tatsächlich über diese bescheuerte Geste gefreut. Na klar, Frauen freuten sich immer über Geschenke, aber doch nicht vor dem ersten Date und auch nicht von irgendeinem Dahergefußballerten. Dieser Typ fuhr schwerste Geschütze auf, dagegen konnte Anton ja nur verlieren, wenn er sich weiterhin nicht outen wollte. Und das wollte er um keinen Preis. Lauras Art, ihre Tochter und wie sie mit ihr umging und vermutlich auch der Zusammenhalt der Schönbrunn-Familie berührten eine empfindliche Stelle in ihm und er konnte es nicht leugnen, er fühlte sich zu ihr hingezogen. Wenn sie aus innerer Überzeugung das Gleiche für ihn fühlen sollte, dann auf keinen Fall wegen des Geldes seiner Familie. Am Hotel angekommen drehte er den goldenen Knauf an der kleinen Tür des Seiteneingangs. Aufgeregt ging er noch mal das Gespräch, das er gleich mit Ansgar Leonhardt führen würde, im Geiste durch. Am Office angekommen, klopfte er an die Tür der Assistentin Frau Johnson, einer eins fünfundachtzig Meter großen Giraffe, die wie ein Schießhund akribisch auf Leonhardt und die Einhaltung seiner Termine achtgab.

»Ja, bitte.«

Mit weichen Knien betrat er ihr Büro, das mit dickem rotem Teppich ausgelegt war. Ihr Schreibtisch war so schwarz wie ihre Brille und das Haar, das zu einem strengen Dutt frisiert war. Als sie ihn sah, zogen sich ihre ebenfalls perfekt geschwungenen schwarzen Augenbrauen zusammen. Sie schaute auf ihre Armbanduhr und schürzte die Lippen.

»Herr Fischer. Sie sind genau zweieinhalb Minuten zu spät. Das geht von ihrer Zeit ab. Durch mit Ihnen.« Sie zeigte auf die schwere schalldichte Tür, hinter der sich Ansgar Leonhardts

Büroräume, die eher wie eine Wohnung eingerichtet waren, befanden.

Anton räusperte sich. »Entschuldigung, Miss Johnson.«

»Entschuldigen Sie sich nicht bei mir«, murmelte sie mehr zu sich selbst.

Nach einem kurzen Anklopfen betrat er das Büro von Ansgar Leonhardt, der in einem mondänen Ledersessel saß und telefonierte. Als er Anton sah, winkte er ihn herbei und bedeutete ihm, auf der Ledercouch vor einem großen Panoramafenster, das einen bühnenreifen Ausblick über Berlin bot, Platz zu nehmen.

»Gut, Pedro, mein Freund, ich danke dir und schicke dir die Kontaktdaten meines Schützlings. Bis bald.« Leonhardt beendete das Gespräch, legte sein Handy zur Seite und begrüßte ihn.

»Danke, dass Sie sich Zeit für mich nehmen«, sagte Anton und bemerkte, wie Leonhardt beim Wort *Zeit* einen verstohlenen Blick zur großen Wanduhr warf. Sicherlich hatte er Terminstress.

»Anton, was führt dich zu mir?«, fragte er so vertraulich, als wäre er sein Vater oder Mentor. Von Anbeginn hatte sein Chef ihn geduzt, obwohl er das mit den meisten Angestellten des Hotels nicht so handhabe.

Anton kam sich plötzlich blöd vor. Er hatte sich extra für das Gespräch eine Krawatte umgebunden, deren Knoten er jetzt am liebsten lockern wollte. Bei der Arbeit trug er zwar immer ein weißes Hemd, aber nie eine Krawatte. Was hatte er sich nur dabei gedacht?

»Chef, Herr Leonhardt, ich … ich habe …« Er fuhr sich nervös durchs Haar und wurde von Sekunde zu Sekunde unsicherer. Wenn es nur um ihn selbst gegangen wäre, hätte er einfach frei heraus sprechen können, aber hier ging es um Laura. Er wollte ihr unbedingt helfen.

Leonhardt lächelte ermutigend. »Anton! Wo drückt der Schuh?«

»Genau! Der Schuh! Also eigentlich drückt eher das Kleid.« Na, das geht ja ordentlich in die Hose, schrie eine irre innere Stimme. Reiß dich zusammen und komm mal klar, Fischer!

»Was meinst du, Anton?« Leonhardt nahm einen Zug von seiner E-Zigarette und zog ein enttäuschtes Gesicht, dann legte er sie wieder auf den Tisch. Erst vor Kurzem hatte er Anton erzählt, dass er versuchte, sich das Rauchen abzugewöhnen. Die E-Zigarette war offenbar kein würdiger Ersatz.

»Ja, genau. Das Kleid. Also ich bin hier, weil ich über das Brautkleid Ihrer Schwester reden möchte.« Anton traute sich kaum, seinem Chef ins Gesicht zu blicken.

Leonhardts Mimik sah aus, als würde er Zahnschmerzen kriegen. Seine Kiefer mahlten vor Anspannung.

»Nun, so viel ich weiß, gibt es momentan kein Brautkleid, und meine Schwester ist über Nacht um fünf Jahre gealtert, weil sie morgen vermutlich in einem Nullachtfünfzehn-Ensemble ein ›Ja, ich will‹ hauchen wird. Es sei denn, Guido Kretschmer fällt auf die Schnelle noch etwas ein, aber der ist ja ständig im Fernsehen unterwegs. Was hast du überhaupt mit dem Brautkleid meiner Schwester zu tun, wenn ich fragen darf?«

Antons Kehle entfuhr ein undefinierbarer Laut, der gleichzeitig Schmerz, Unwohlsein und Angst ausdrückte. Er fasste sich ein Herz und mit dem Gedanken daran, dass man bekanntlich ja nur einen einzigen Tod sterben konnte, rückte er mit der Sprache heraus.

»Laura Schönbrunn ist meine Mitbewohnerin und gleichzeitig eine sehr gute Freundin von mir.« Jetzt war es raus und er lebte. Noch jedenfalls.

Leonhardt sprang auf. »Wie bitte? Reden wir hier über dieselbe Laura Schönbrunn, die mit dem Hochzeitskleid meiner Schwester das KaDeWe gefeudelt hat?«

»Also, wenn das die Version ist, die Ihnen Ihre Schwester erzählt hat, dann ist sie falsch«, machte sich Anton für Laura stark.

Leonhardt schüttelte den Kopf. »Hast du den Fetzen mal gesehen, nachdem die Schönbrunn damit fertig war?«

»Nein. Leider. Also nein, nicht leider, sondern Gott sei Dank«, stotterte Anton beklommen. »Aber ich habe eine ungefähre Vorstellung, wie das Kleid ausgesehen haben könnte, denn ich habe Lauras Verletzung gesehen.«

Leonhardt sprang auf und öffnete eine kleine Truhe, die Anton ursprünglich für eine Art Accessoire gehalten hatte. Obenauf lag ein Stofffetzen, der womöglich einmal weiß gewesen war. Rote Blutflecken und schwarze Spuren, vermutlich Dreck oder Öl, ließen diesen Fetzen nicht mal mehr als Putzlappen gelten.

»Oh«, machte Anton. Mehr wusste er nicht zu sagen. Das, was er sah, würde man definitiv niemals mit einem Brautkleid in Verbindung bringen.

»Ja. Oh!«, sagte Leonhardt. »Meine Schwester ist außer sich. Auch wenn ich ihr hin und wieder die Pest an den Hals wünsche, weil sie wirklich eine Oberzicke ist, das hat sie nicht verdient.«

»Herr Leonhardt, bitte. Lassen Sie mich das erklären. Es war doch ein Unfall. Laura hat das Kleid doch nicht mutwillig zerstört. Die Folie, die über das Kleid gespannt war, hat sich in den Zähnen der Rolltreppe verfangen und dann nahm das Verhängnis seinen Lauf. Dafür kann Laura aber nichts. Das war einfach Pech!«

»Ziemlich teures Pech!«, echauffierte sich Leonhardt und nahm einen weiteren Zug aus der E-Zigarette.

»Ich weiß, Laura hat mir erzählt, dass das Kleid zwölftausend Euro kostet, wofür sie nun aufkommen muss.«

Leonhardt winkte ab. »Das Mädel hat doch überhaupt kein Geld. Das sehen wir nie wieder. Da lohnt sich die Klage nicht mal.« Sein Chef beruhigte sich langsam und setzte sich wieder hin. »Anton, was willst du eigentlich? Wieso bist du hier?«

Anton räusperte sich und lockerte endlich den verdammten Krawattenknoten.

»Genau. Ich wollte fragen, ob wir einen Deal machen können.«

»Einen Deal?«, forschte Leonhardt. »Was für einen Deal?«

»Darf ich offen sprechen?«

»Natürlich.«

»Gut.« Anton streckte nervös den Rücken durch. Jetzt ging es um alles. »Sie wissen, dass ich schon ziemlich lange in Ihrem Hotel arbeite. Und Sie wissen auch, dass ich gute Kontakte zum Großteil des Personals pflege, weshalb ich Ihnen sagen kann, dass Sie unter den Mitarbeitern als anständiger und vor allem fairer Boss gehandelt werden.« Anton hoffte, dass das kurze Hohelied auf seinen Chef dabei half, ihn für seine Idee zu gewinnen.

»So? Ist das so?« Leonhardt blickte ihn skeptisch an und Anton glaubte, etwas wie Freude und auch Stolz in seinem Gesicht zu entdecken.

»Ja, das ist so. Und ich sage das, weil ich mir erhoffe, dass Sie dieses eine Mal, wo ich Sie um etwas bitte, auch Fairness walten lassen.«

Leonhardt nickte überlegen. »Was willst du, Anton?«

Anton griff in seine Jackentasche, holte einen Umschlag heraus und legte ihn neben die E-Zigarette.

»Was ist das?«

»Das sind zwölftausend Euro.«

Leonhardt zog die Stirn kraus. »Anton, du hast doch keine Dummheiten gemacht, oder?«

»Nein, natürlich nicht. Das Geld ist sauber.«

»Aber woher hast du es?«

»Das spielt keine Rolle.«

Leonhardt wiegte den Kopf hin und her. »Ich würde schon gern wissen, woher dieses Geld stammt. Und was soll das alles?«

Anton nickte. »Also gut. Ich habe nur eine Bitte. Wenn ich Ihnen erzähle, woher das Geld stammt, müssen Sie mir versprechen, das Geheimnis für sich zu behalten. Laura darf es niemals erfahren.«

»Also schön. Ich denke, darauf kann ich dir mein Wort geben.«

»Danke. Ich weiß Ihre Diskretion zu schätzen. Es ist so: Ich bin aus reichem Elternhaus und meine Mutter schickt mir monatlich ein kleines Vermögen, weil sie davon ausgeht, ich komme hier in Berlin nicht über die Runden.«

Auf ein erstes kurzes, ungläubiges Grinsen, folgte ein lautes, bassiges Lachen. »Das ist doch nicht wahr, oder?«

Anton fand das überhaupt nicht komisch. »Doch, ist es. Aber Laura darf davon nichts erfahren. Und auch die anderen nicht. Keiner soll es wissen. Ich will es aus eigener Kraft und mit meinem Können schaffen, was auf die Beine zu stellen. Ich will nicht nur Papas Sohn sein. Und außerdem wünsche ich mir, dass Laura ihre Ausbildung hier beenden kann.«

Leonhardts Lachen erstarb abrupt. »Anton, ich mag dich wirklich, aber jetzt gehst du zu weit!«

»Chef! Herr Leonhardt! Ich bitte Sie! Haben Sie ein Herz! Laura hat doch noch ihre kleine Tochter, die sie versorgen muss.«

»Laura Schönbrunn ist Mutter?« Leonhardt wurde hellhörig.

»Ja, ist sie. Ihre Tochter ist sechs Jahre alt und gerade zur Schule gekommen. Ein reizendes Mädchen. Leider hat sich ihr Vater aus dem Staub gemacht. Laura muss sich ganz allein durchschlagen. Wenn sie nun auch noch ihre Ausbildung verliert, ist sie gezwungen, wieder von vorn anzufangen. Sie hat es doch schon schwer genug.«

Leonhardt nickte. »Jetzt verstehe ich. Deshalb hat sie sich auch an den Hals dieses reichen Fußballers geschmissen. Kein Wunder!« Damit traf der Chef einen empfindlichen Nerv bei Anton. Sollte er das jetzt auch noch aufklären oder reichten seine Darlegungen aus, um Leonhardt umzustimmen? Genau genommen hatte Anton keine Ahnung, ob Laura nicht doch auf Bergmanns Geld aus war. Im Grunde wusste er null, außer das, was er fühlte, und dass er den starken Wunsch verspürte, für Laura und Mia möge diese leidige Geschichte mit gutem Ende ausgehen.

»Sagen wir es mal so! Ich weiß nicht, was da genau vorgefallen ist mit diesem Christian Bergmann, aber ich vertraue Laura und sie sagte mir, dass er mehr oder weniger über sie hergefallen ist.«

»Hm. Ich weiß nicht so recht. Aber dass sie sich allein mit ihrer kleinen Tochter durchschlagen muss, macht mich ehrlich gesagt schwach.«

»Wirklich? Wie schwach?« In Anton keimte Hoffnung auf.

»Richtig schwach!«

»Gut.« Anton grinste. »Und was heißt das?«

Leonhardt lehnte sich zurück.

»Sie darf aber nicht erfahren, dass du die Summe ausgelöst hast, nein?«

»Nein, bitte. Das will ich nicht.«

»Und was soll ich ihr sagen?«

Anton überlegte einen Moment, dann hob er den Zeigefinger. »Ich hab's, sagen Sie ihr doch einfach, ein anonymer Wohltäter hätte sich um das Problem gekümmert. Das ist zum einen nicht gelogen und zum anderen ist es eben nur nicht die ganze Wahrheit. Und dann sagen Sie ihr, dass sie deshalb noch mal ein Auge zudrücken und sie ihre Ausbildung hier beenden darf.«

Leonhardt nickte bedächtig. »Das könnte funktionieren. Aber was mache ich mit meiner Schwester? Wenn ihr das Mädchen noch einmal über den Weg läuft, flippt sie aus und bekommt einen Herzinfarkt.«

»Das glaube ich nicht«, lachte Anton. »Laura hat mir erzählt, dass Ihre Schwester in Topform ist und sich sehr gesund ernährt. Sie ist so weit entfernt von einem Herzinfarkt wie ich vom Festspielhaus Berlin. Außerdem kann ich Laura sagen, sie soll sich von Ihrer Schwester fernhalten. Das wird wohl kein Problem sein. Denn nach allem, was passiert ist, wird sie alles daransetzen, Constanze Leonhardt kein weiteres Mal über den Weg zu laufen.«

»Abgemacht«, sagte Leonhardt. »Ich werde mit Frau Schönbrunn sprechen und sie wieder einstellen.«

Leonhardt nahm den Briefumschlag, stand auf und legte ihn auf den Schreibtisch.

Antons Herz raste vor Freude. »Ich wusste, ich kann mich auf Ihre Fairness verlassen. Ich danke Ihnen von Herzen.« Auch er erhob sich.

»Moment, setz dich noch mal.«

Was konnte sein Chef noch von ihm wollen? Er setzte sich wieder hin.

»Ich habe dir doch neulich erzählt, dass ich Kontakte zur Künstlerszene habe.«

Anton nickte. »Ja, Sie haben da eine vage Andeutung gemacht.«

»Als ich heute gesehen habe, dass du um einen Termin mit mir gebeten hast, rief ich meinen alten Freund Pedro an.«

»Okay?!«

»Pedro schuldet mir noch den einen oder anderen Gefallen. Es ist nicht das Festspielhaus Berlin, aber ...« Leonhardt machte eine Kunstpause und lächelte großspurig.

»Aber?«, fragte Anton vorsichtig. Sein Herz raste nun im Galopp.

»Was fällt dir zu Hamburg ein?«

»Hamburg?« In Hamburg lebte seine Familie, dort war seine Heimat. Er war extra nach Berlin gekommen, um diesem Ort zu entfliehen, auch weil er dort nicht weitergekommen war.

»Zu Hamburg fallen mir Reeperbahn, Sankt Pauli, Außenalster und Fischbrötchen ein.«

»Denke größer!«, sagte Leonhardt und griff erneut zur E-Zigarette. Nach einem weiteren Zug verzog er erneut das Gesicht, als hätte er furchtbare Schmerzen.

»Wie viel größer?«, fragte Anton.

»Was fällt dir beispielsweise zur HafenCity ein?«

»Ach du großer Gott, Sie meinen aber nicht die Elphi?«

»Du Banause!«, lachte Leonhardt. »Aber, ja, wenn du mit *Elphi* die Elbphilharmonie meinst, liegst du goldrichtig.«

»Ach du großer Gott!«, entfuhr es Anton. Jetzt war es um ihn geschehen. Was hatte das alles zu bedeuten?

»Beruhige dich! Es ist noch nichts raus, aber Pedro hat mir erzählt, dass sie einen festen Pianisten fürs Konzerthaus suchen. Das wäre eine Riesenchance für dich. In vierzehn Tagen ist dort ein offenes Vorspielen. Wenn dich die Intendanten für so begabt halten wie ich, dann hast du die besten Chancen, ein festes Engagement zu bekommen.«

Anton war wie erschlagen. Wenn das klappen würde, könnte er endlich seinen Traum leben. Und er würde mit seinem Traum Geld verdienen. Aber Hamburg? Wo sollte er wohnen? Bei seinen Eltern – das kam nicht mehr infrage.

»Das wäre der Hammer!«, sagte Anton, seine gemischten Gefühle Hamburg betreffend ignorierend, die Freude über die Chance überwog eindeutig.

»Ich werde dir für das Vorspielen ein Zimmer im Hamburger Leonhardts zur Verfügung stellen, da kannst du umsonst wohnen, einverstanden?«

Anton wurde hellhörig. »Sie haben in Hamburg auch ein Hotel?«

Leonhardt lachte wieder sein lautes, bassiges Lachen. »Hamburg, München, Kassel, Usedom. Wusstest du das nicht? Was meinst du wohl, warum ich dich jetzt bitten muss, zu gehen? Termine. Termine. Termine.«

Anton sprang auf. »Ich weiß gar nicht, was ich sagen soll. Nur eines: Danke. Auch wegen Laura und vor allem wegen der Chance in Hamburg. Ich werde Sie nicht enttäuschen.«

»Ich verlass mich drauf. Mach mir keine Schande, Junge.« Mit einem jovialen Schulterklopfen entließ ihn Leonhardt in die Freiheit. Anton hatte dieses Büro mit weichen Knien betreten, nun verließ er es mit noch weicheren Knien, dazu zittrigen Beinen, feuerrotem Gesicht und feuchten Händen. Aber auch mit sehr viel Hoffnung.

HALLO HIRN! ANTON IST TABU!

»Ey, keinen Job mehr haben, aber Versace tragen.« Melle schüttelte fassungslos den Kopf.

Laura zuckte mit den Schultern. Sie war es leid, zu heulen und zu jammern. Sie musste jetzt nach vorn blicken. Skeptisch betrachtete sie ihr Spiegelbild.

»Meinste echt, ich kann das tragen?« Das rote Kleid, das Christian Bergmann ihr geschickt hatte, saß wie eine zweite Haut. Der seidene Stoff umschmeichelte ihre Brüste und die schlanke Taille. Konnte sie ein solches Geschenk überhaupt einfach so annehmen? Im Leben hatte sie so was noch nicht besessen, geschweige denn spendiert bekommen.

»Wieso denn nicht? Wenn ich deine Modelmaße hätte, würde ich von früh bis spät ausschließlich in solchen Fummeln rumlaufen, auch zu Hause, und schlafen würde ich auch drin. Die Natur ist ein so launiges Miststück. Wie kann es sein, dass du den ganzen Tag über Süßigkeiten in dich hineinstopfst und trotzdem kein Gramm zunimmst?«, greinte Melle mit neidvoller Miene. Im Vergleich zu Laura war sie einen ganzen Kopf kleiner und wirkte dadurch etwas untersetzter, was ihrer schlanken und sportlichen Figur jedoch keinen Abbruch tat. Laura beneidete ihre Freundin hingegen um die rote Lockenpracht, denn ihre eigenen straßenköterblonden, glatten Haare machten nur dann

Eindruck, wenn sie sich regelmäßig hellblonde Strähnchen hineinfärben ließ. Aber das schien wohl das Problem der weiblichen Bevölkerung des Planeten Erde. Immer wollte Frau genau das, was sie nicht hatte.

»Ich finde ja, mein Karma ist ein noch viel launigeres Miststück. Wie kann es mir einen wunderbaren Schokoriegel in den Weg legen und wenn ich zugreife, ein Kleid für zwölftausend Euro in Fetzen reißen, hm?«

»Das ist nicht dein Karma. Das war Pech«, sagte Melle.

»Ich finde das Kleid trotzdem sehr gewagt. Außerdem frage ich mich, wie er so genau meine Konfektionsgröße erraten hat. Wir haben uns höchstens fünf Minuten miteinander unterhalten, wovon er eigentlich die meiste Zeit nach den Hochzeitsgästen Ausschau gehalten hat. Ich verstehe das alles nicht.«

»Ist doch egal. Vielleicht hat er gut recherchiert oder er hat eben das perfekte Augenmaß, einmal abscannen und sofort checken, was Sache ist. Vermutlich hätte er auch die richtige BH-Größe erwischt.«

Laura lachte laut auf. »Du spinnst. Es gab genau einen Kuss, meine Brüste hat er weder berührt noch zu Gesicht bekommen. Der hat einfach nur richtig geraten.«

»Jedenfalls eines muss man ihm lassen«, bemerkte Melle, »Geschmack hat er, dieser Bergmann.«

»Das will ich wohl meinen«, ertönte eine männliche Stimme. Laura fuhr herum. Im Türrahmen lehnte Anton, den sie seit dem gestrigen Abend, nachdem er ihr den Karton mit dem Kleid übergeben hatte, nicht mehr gesehen hatte. Als sie es geöffnet und entdeckt hatte, was darin verpackt gewesen war, war sie kopflos und verlegen in ihr Zimmer geeilt. Antons Blick wanderte nun an ihr hinab und sie meinte, so etwas wie Bewunderung in seinen Augen zu entdecken. Sie spürte, wie ihr Gesicht rot anlief, und drehte sich schnell weg.

»Hallo, Anton«, begrüßte ihn Melle. »Laura glaubt, sie kann so was nicht tragen. Du bist ein Mann. Sag du ihr, dass sie heiß aussieht.«

Oh Gott, Laura hatte das Gefühl, ihr Kopf würde jeden Moment vor Verlegenheit platzen.

»Melle, hör auf damit. Was soll das?«, sagte sie. Oh Gott, klang das zickig? Bestimmt! Jetzt dachte er, sie wäre 'ne Zicke. Na toll. Nur wegen Melle!

»Wieso?«, fragte die Freundin, nicht wissend, was sie damit anrichtete. Noch peinlicher ging es ja kaum. »Er ist der einzige Mann in der Nähe. Er wird mir doch wohl recht geben dürfen.«

Laura warf Anton einen kurzen entschuldigenden Blick zu, den er mit einem amüsierten Lächeln, das seine Augen erreichte, quittierte.

»Du siehst hinreißend aus. Jeder, der dich in diesem Kleid ausführen darf, kann sich glücklich schätzen.«

Okay, jetzt platzte ihr bestimmt gleich wirklich eine Ader im Kopf oder sie fiel einfach um. Oder besser, es tat sich bitte der Boden unter ihr auf. Und wieso freute sie sich so bescheuert über sein Kompliment? *Hallo Hirn, Anton ist tabu!* Auch wenn er gerade total süß aussah und ganz wunderbar küssen konnte. Und auch wenn sie die ganze Nacht davon geträumt hatte, es wieder zu tun. Und vor allem, weil sie ihn am liebsten sofort und auf der Stelle noch mal geküsst hätte.

»Sag ich doch!«, holte Melle sie aus ihren Gedanken.

»Ich lass die Damen dann mal allein.« Anton setzte an zu gehen, drehte sich aber noch mal um. »Ach so, eine Frage, wo ist denn Mia? Es bleibt doch dabei, dass ich heute ihr Date bin, oder?«

Die Situation war so unsäglich peinlich. So vieles war in den letzten Stunden passiert, vor allem dieser Kuss, und nun passte Anton auch noch auf Mia auf, damit Laura sich mit einem anderen Kerl treffen konnte. Nein, das war nicht nur peinlich, das war absolut absurd!

»Wenn das Angebot deinerseits noch besteht«, druckste sie nervös. Ob ihr Gesicht je wieder seine gewohnte vornehme Blässe annehmen würde?

Anton nickte.

»Okay, danke. Das ist echt nett von dir. Mia ist mit Karl auf dem Spielplatz. Sie kommt in einer Stunde nach oben. Ist das okay für dich?«

»Klar.« Antons freundliche Augen hinter der Nerdbrille verrieten nichts. Zumindest schien er nicht sauer auf sie zu sein. Ob sie ihn irgendwann auf den Kuss ansprechen sollte? Oder war es besser, so zu tun, als wäre nie etwas passiert?

Anton winkte noch kurz in die Runde, bevor er in sein Zimmer verschwand.

Nur eine Sekunde später sprang Melle auf und schloss die Tür.

»Oha, du kleine Geheimniskrämerin, du!« Sie lief mit erhobenem Zeigefinger auf sie zu und blieb ganz nah vor ihr stehen. Mit wachem Blick musterte sie Laura eingehend, so als würde sie den Braten riechen. Noch nie konnte sie vor ihrer Freundin etwas verheimlichen, doch dieses Mal hatte sie ganz stark gehofft, Melle würde nichts mitbekommen haben. Fehlanzeige! Jetzt würde es wieder eine Verhörstunde geben und darauf hatte Laura so überhaupt keine Lust. Sie wollte sich schließlich für das Date zurechtmachen, auf das es wirklich ankam.

»Lass es, Melle, du bildest dir was ein«, winkte sie ab und setzte eine gleichgültige Miene auf.

»Klar, *dein* Kopf hat die Farbe eines Halloweenkürbisses, aber *ich* bilde mir was ein. Los! Erzähl! Sofort!« Melle sprang auf der Stelle auf und nieder, als hätte sie ein Springseil in der Hand.

»Hör schon auf, du siehst ja Gespenster«, lachte Laura. Und das war fast noch schlimmer. Wenn sie lachen musste, wusste Melle erst recht, dass sie log.

»Ey, du lachst doch! Ihr hattet Sex! Du und dein Vermieter, ihr hattet heißen Sex. Und du erzählst es mir nicht? Was bist du für eine schlechte Freundin?« Melle zog einen Flunsch.

»Quatsch, ich hatte doch keinen Sex mit ihm. Es war nur ein Kuss!«, brach es aus Laura heraus. Verdammt! Jetzt hatte sie sich ja doch verraten.

»Ha-ha-ha-ha-ha-ha! Ein Kuss also!« Melle sprang weiterhin albern auf der Stelle herum, als wäre sie Rumpelstilzchen und hätte Lauras elbischen Namen erraten.

»Ich hasse dich!«, lachte Laura und setzte sich an ihren kleinen Schminktisch, der in erster Linie als Mias Mal- und Hausaufgabentisch fungierte. Sie öffnete ein kleines Kästchen und holte ihr Make-up heraus. Normalerweise trug sie keines, aber für ein Date schminkte sie sich immer.

»Und?« Ihre Freundin beruhigte sich allmählich und setzte sich neben sie auf die Kante des Stuhls. »Erzähl! Wie war er?«

»Mensch, Melle. Wie soll ein Kuss wohl sein?«

»Ja, sag du es mir! War es besser, schlechter oder gleich im Vergleich zum stinkreichen Ballakrobaten.«

»Das spielt überhaupt keine Rolle. Anton hat mich in einem sehr schwachen Moment erwischt.«

»Wann denn?«

»Gestern Abend, als ich völlig fertig wegen des Kotztantenkleids und meiner Kündigung war. Er war einfach da und hat mich getröstet. Und irgendwie ist es dann zu diesem Kuss gekommen. Das hätte einfach nicht passieren dürfen. Und es wird sich auf gar keinen Fall wiederholen!«

Melle zog die Stirn kraus. »Ich muss das alles nicht verstehen, oder? Der Typ, der dir den ganzen Mist eingebrockt hat, nämlich der Bergmann, der darf mit dir ausgehen? Und

136

der Mann, der dir eine Schulter zum Anlehnen bietet und auf Mia aufgepasst hat, während du deinen Karriere-Popo retten wolltest, den schickst du in die Wüste, weil der kein Geld hat?«

»Ach, Melle, das siehst du völlig falsch«, spielte Laura das Thema herunter, obwohl ihr klar war, dass ihre Freundin mit ihrer These genau richtig lag. Nachdem sie Make-up aufgelegt hatte, tuschte sie sich ausgiebig die langen Wimpern. »Außerdem sieht dieser Bergmann fantastisch aus. Ich glaube, in den könnte ich mich verlieben, so richtig. Ich werde es heute Abend herausfinden. Bitte gönn mir doch meinen Spaß. Mir steht das Wasser gerade bis zum Hals, vermutlich wird es der letzte schöne Abend sein, bevor ich eine Dauerkarriere bei McDonald's beginne.«

Laura hörte sich selbst reden und hasste sich für das, was sie sagte. Die Wahrheit war, dass sie tausendmal lieber mit Anton ausgegangen wäre als mit diesem Bergmann, aber sie musste jetzt an ihre und Mias Zukunft denken.

»Wo du McDonald's sagst …« Melle biss sich auf die Unterlippe.

»Was ist? Hast du Hunger? Du weißt, ich kann nicht kochen, aber ein Brot kann ich dir allemal machen«, erbot sich Laura.

Melle schüttelte bekümmert den Kopf. »Nee, ich muss dir was erzählen, ich weiß nur nicht, ob ich mir da was einbilde oder an meiner Vermutung etwas dran ist.«

Laura bekam ein schlechtes Gewissen. Immer ging es nur um sie selbst. Sie hatte überhaupt nicht mitbekommen, dass Melle etwas bedrückte.

»Erzähl! Was ist los?«, drängte sie und legte die Wimperntusche aus der Hand.

»Es ist verrückt und ich weiß, du wirst mir nicht glauben, aber ich bin mir sicher, Mike betrügt mich.«

Melles Miene nach zu urteilen, war das, was sie sagte, nicht einfach nur eine Vermutung, sondern ein belegbarer Fakt. Nach dem ersten impulsiven Auflachen wurde Laura ernst.

»Mike! Soll dich betrügen?«, fragte sie mit ungläubigem Gesicht. »Ich glaube, jetzt gehen sie wirklich mit dir durch! Wie kommst du nur auf eine so abstruse Idee?«

Sie wollte ihre Freundin wirklich ernst nehmen, aber bevor Mike Melle betröge, würde jemand Schokolade ohne Kalorien erfinden oder Stroh zu Gold spinnen, irgendetwas in der Art, aber Mike und Betrug? Niemals!

»Laura, glaub mir, ich bilde mir das nicht ein. Es gibt so viele Indizien.«

»Was denn für Indizien?«, forschte Laura. Ihr wurde ganz übel bei der Vorstellung, ein Traumpaar wie Mike und Melle würde auseinandergehen.

»Mehrere. Zuerst mal kommt er neuerdings ständig später nach Hause.«

»Ja, aber vielleicht muss er Überstunden machen. Das kennst du doch! Und was meinst du denn, mit wem er dich betrügt? Mit McDonald's oder was?«

»Ob du's glaubst oder nicht. Wir sind in den letzten drei Wochen drei Mal an McDonald's *vorbei*gegangen, ohne auch nur einen Blick hineinzuwerfen.«

Jetzt wurde Laura doch hellhörig. »Wie bitte?« Man konnte Mike nichts Schlechtes nachsagen, aber eine seiner Leidenschaften war es, dass er jeden Tag Junkfood aß, am liebsten bei McDonald's. Wenn Laura in der Wurstbude arbeitete, kam Mike auch regelmäßig vorbei, um Currywürste und Fritten mit Mayonnaise zu essen.

»Siehste. Kommt dir doch auch komisch vor, oder nicht?«

Laura nickte gedankenverloren. Welchen Grund konnte es geben, dass Mike aufgehört hatte, sich ungesund zu ernähren?

»Möglicherweise ist er krank oder zur Vernunft gekommen? Du musst zugeben, dass sein Essverhalten nicht normal ist. Es könnte doch sein, dass er endlich etwas für sich tun will.«

»Was ist schon normal? Ich habe mich damit abgefunden, dass er ein dicker Teddybär ist. Ich bin mir sicher, es kann nur einen Grund geben, warum er abnehmen will.«

»Und?«, fragte Laura.

»Er will einer anderen Frau imponieren.«

»Das ist doch Unsinn. Er liebt dich wie blöd. Niemals würde er etwas mit einer anderen Frau anfangen.«

»Doch, ich weiß es ganz genau. Das ist nämlich noch längst nicht alles.«

Laura wurde ganz heiß. Sie fächelte sich mit der flachen Hand Luft zu. »Oh Gott, was ist denn noch? Melle, du machst mir wirklich langsam Angst.«

»Abgesehen davon, dass er bestimmt schon zehn Kilogramm abgenommen hat, gibt es da einen neuen Kontakt in seinem Handy. Und ja«, sie hob ihre Hand, als würde sie ein Stoppschild hochhalten, »ich gebe es zu, ich habe in seinem Handy herumgeschnüffelt.«

»Das hast du nicht!«, echauffierte sich Laura. »Oh Mann, wirklich, das ist das Allerletzte!«

»Meinst du, ich wollte das? Ich wusste mir keinen anderen Rat mehr. Er verhält sich in letzter Zeit so seltsam. Was hättest du denn an meiner Stelle getan? Ich habe ihn dabei erwischt, wie er heimlich etwas ins Handy getippt hat. Und als ich nachgucken wollte, was es war, hatte er es schon gelöscht. Das ist doch verdächtig, oder nicht?«

»Wie heißt denn dieser neue Kontakt?«

»Keine Ahnung. Ich weiß nur, er ist unter QG abgespeichert.«

»QG?«

Melle nickte.

»Mal ehrlich, kennst du einen Frauennamen, der mit »Q« anfängt? Also ich nicht.«

Wie aus der Pistole geschossen, begann Melle Namen aufzuzählen: »Qamar, Qitur, Quanah, Quandra, Qudsia, Queena, Queenie, Quella.«

»Ist ja schon gut«, fuhr Laura lachend dazwischen. »Wo hast du diese Namen her? Das sind maximal Küchengewürze oder Bestandteile von Antifaltencremes, aber doch keine Frauennamen!«

Melle rollte genervt mit den Augen. »Schon mal was von Google gehört?«

»Trotzdem. Ich glaube, es ist eher unwahrscheinlich, dass Mike eine Frau mit »Q« datet. Dahinter steckt sicher etwas anderes. Ich gebe zu, sein Verhalten und seine Gewichtsabnahme geben mir zu denken, aber dass das etwas mit einer Frau zu tun hat, wage ich zu bezweifeln.«

Es klingelte.

»Oh Gott«, stieß Laura aus und schaute zur Uhr. »Er ist zehn Minuten zu früh!«

Melle betrachtete sie ein letztes Mal kritisch und lächelte. »Er kann es nicht erwarten, dich zu sehen. Ist doch ein gutes Zeichen. Nun mach dir einen netten Abend und angle dir den Millionär.«

Laura legte sich ihre Mohair-Stola um, die farblich hervorragend zum Kleid passte, und fiel ihrer Freundin um den Hals. »Danke, dass du immer für mich da bist. Über Mike reden wir morgen noch mal in Ruhe. Ich habe ja jetzt alle Zeit der Welt.«

Melle erwiderte die Umarmung. »Alles gut, Laura. Viel Spaß euch beiden und tue nichts, das ich nicht auch tun würde.«

FIRST DATE

Mit gemischten Gefühlen trat Laura auf die Straße. In einiger Entfernung entdeckte sie Christian Bergmann, eine rote Rose in der Hand. Erst das Kleid, jetzt eine Rose. So was hatte wirklich noch nie jemand für sie getan. Nicht einmal Till, obschon er der Mann war, mit dem sie am längsten zusammen gewesen war. Gedanklich mit ihrem schlechten Gewissen noch bei Anton, der sich ein weiteres Mal um Mia kümmern würde, entlockte ihr Christians Anblick dennoch ein Lächeln.

»Ist die für mich?«, fragte sie, als sie vor ihm stand.

»Eine Rose für eine schöne Frau«, antwortete Christian galant und überreichte sie ihr.

Verträumt schloss Laura die Augen und atmete das süßliche Aroma der Blüte ein. Sie duftete herrlich – nach Frühling, lauer Sommernacht und nach einer Romanze.

»Danke schön.«

Hinter Christian kamen Mia und Karl zum Vorschein.

»Hui, Mama, du siehst aus wie eine richtige Prinzessin«, sagte Mia ehrfürchtig.

»Das finde ich auch«, fand Karl, der seine vom Spielen schiefe Brille zurechtrückte.

»Das will ich wohl meinen«, pflichtete auch Christian ihnen mit einem schelmischen Grinsen bei. »Wenn das deine

Tochter ist, ist heute die Neunzehn-Uhr-Lesestunde wohl ausgefallen, oder?«

Mia zog die Stirn kraus. »Anton liest mir vor.«

»Anton?«, fragte Christian.

Laura beobachtete, wie sich sein bis jetzt entspanntes Gesicht verdunkelte.

»Unser Mitbewohner«, erklärte Mia. Laura küsste ihre Tochter auf den Scheitel.

»Er ist unser Vermieter, Schätzchen, und jetzt macht euch beide einen schönen Abend. Wenn ich nach Hause komme, schaue ich noch mal nach dir, okay?«

Nachdem Mia sich von Karl verabschiedet hatte und im Haus verschwunden war, hielt Christian ihr seinen Ellenbogen hin.

»Darf ich bitten?«

Laura hakte sich unter und Christian schaute neugierig auf ihre verbundene Hand.

»Mit wem hast du dich denn angelegt?« Er führte sie zu einer Limousine, in deren Fahrerkabine ein Chauffeur saß. *Na klar, Limo mit Chauffeur, was sonst?*, dachte Laura. Sie stieg ein und überlegte, was dieser Aufwand für den Abend wohl kostete, vermutlich noch mehr als das Kleid, das sie trug.

»Das mit der Hand ist eine lange Geschichte«, sagte Laura, als Christian neben ihr Platz genommen hatte.

»Willst du sie mir erzählen?«, fragte er.

Der Chauffeur fuhr los, ohne dass Christian ihm ein Ziel nannte. Nur zwanzig Minuten später hielten sie auf dem Kurfürstendamm vor dem *Balthazar*, einem angesehenen Gourmettempel. Laura kannte das Restaurant nur von außen, weil sie sich so viel Exklusivität nicht leisten konnte. Christian führte sie hinein und Laura wunderte es nicht, dass »Herr Bergmann« mit Namen begrüßt und in eine diskrete, lauschige Ecke geführt wurde. Laura ärgerte sich über sich selbst, weil sie vor Nervosität während der Fahrt hierher kaum ein Wort herausbekommen hatte. Wenn das weiter so ging, würde der Abend sicher bald damit enden, dass Christian vor Langeweile urplötzlich ins Koma sackte. Sie überlegte, was genau sie eigentlich so nervös machte und was für sie auf dem Spiel stand? Wenn sie Christian nicht für sich gewinnen konnte, würde ihr Leben dennoch weitergehen, egal wie. Irgendwie ging es immer weiter. Sie atmete tief durch und entspannte sich langsam. Christian sah umwerfend aus. Sein weißes Hemd stand in perfektem Kontrast zu seiner sonnengebräunten Haut. Er hätte direkt von einem Covershooting für ein namhaftes Männermagazin kommen können. Die Frage war nur: Was wollte dieser smarte Typ ausgerechnet von ihr?

»Einen Penny für deine Gedanken«, sagte Christian und holte sie damit zurück in die Realität.

»Ich denke an gar nichts«, log Laura und lächelte verlegen. Sie war schlecht in Small Talk, weshalb der Faden gleich wieder abriss. Worüber redete man, verdammt noch mal, wenn man sich in seinen Kreisen bewegte? Sorgen und Nöte, insbesondere solche, die sie hatte, kannte er doch gar nicht. Im Unterbewusstsein hörte sie Melles höhnende Stimme: Frag doch nach seinem Kontostand. Sie schüttelte den Kopf, um ihre Freundin aus den Gedanken zu verbannen.

»Und? Du bist wirklich nur hingefallen?«, fragte er, griff über den Tisch und streichelte beinahe zärtlich ihren Verband.

Und plötzlich drehte sich ein Schalter. Sie hatte wenig zu gewinnen und überhaupt nichts zu verlieren. Das Beste und auch Einfachste lag doch auf der Hand: Sie würde die sein, die sie war. Alles andere wäre sowieso Blödsinn, denn wie lange wollte sie sich verstellen?

»Nun«, begann Laura, »ich hatte nicht vor, dir davon zu erzählen, aber wieso eigentlich nicht.«

»Wovon?«, fragte Christian und lehnte sich zurück. Seine Miene war hübsch und ausdruckslos.

»Im Grunde bist du schuld an allem«, sagte sie kurz und knapp.

Ein überraschtes Auflachen kam über seine Lippen. »An wirklich allem?«

Sie stimmte in sein Lachen ein. »Nein, nicht an allem. Du kannst sicherlich nichts dafür, dass dieser gelbhaarige Verrückte die USA regiert oder dass die GEZ Geld eintreibt, obwohl nur noch der ›Tatort‹ mit Nora Tschirner und Christian Ulmen wirklich sehenswert ist. Aber an dieser Verletzung, dem Verband und meiner momentanen Misere trägst allein du die Schuld.«

»Wie das? Erzähl!«, forderte Christian mit einem ungläubigen Schmunzeln. Seine Augen betrachteten sie neugierig, aber immer noch freundlich.

Zwanzig Minuten später, nachdem sie ihm die Geschichte über ihre Beinahe-Kündigung wegen des Kusses auf der Titelseite der *Knorke*, die Story über die Farce mit Constanze Leonhardt und vom Unfall mit dem Hochzeitskleid erzählt hatte, schloss Laura ihre Ausführungen mit den Worten: »Verstehst du jetzt, warum ich sagte, du trägst die Schuld an allem?«

»Puh!« Christian atmete laut hörbar aus. »Das ist ja eine Katastrophe!« Er fuhr sich nervös durch sein akkurat geschnittenes, leicht gewelltes Haar und kratzte sich an der Stirn.

»Katastrophe trifft es genau.«

»Ich weiß gar nicht, was ich sagen soll. Nur, dass es mir unendlich leidtut, was dir meinetwegen alles widerfahren ist. Das ist ja eine Verkettung von Vorkommnissen, so was gibt es doch eigentlich nur im Nachmittagsprogramm von RTL.«

Laura schmunzelte, obwohl ihr nicht nach Lachen zumute war. Nachdem der Kellner an den Tisch getreten war und die Bestellung aufgenommen hatte, lehnte sich Christian zurück. »Und was machen wir jetzt?«

Laura zuckte die Schultern. »Ganz ehrlich? Keine Ahnung.« Sie suchte seinen Blick, der für einen Moment ins Leere zu starren schien. »Ich dachte, dir wird schon was einfallen, wenn du die ganze Geschichte hörst.«

Der Kellner servierte eine Karaffe Rotwein und zwei Gläser. Während Christian eingoss, schwieg er. Er nahm eines der Gläser und reichte es Laura.

»Für den Abend muss Alkohol reichen. Aber für deine Misere werde ich mir wohl etwas einfallen lassen müssen. Das alles habe ich so nicht gewollt.«

Was sagte Christian da? Er hatte das alles so nicht gewollt? Das hörte sich beinahe so an, als hätte er mit Vorsatz gehandelt. Was natürlich völliger Blödsinn gewesen wäre, weil letztlich nicht der Kuss folgenschwer war, sondern die Titelzeile in der *Knorke*. Und dafür konnte er ja nun wirklich nichts. Oder?

»Mir ist schon klar, dass du das nicht wolltest. Und es stimmt auch nur zum Teil, dass ich dir die Schuld an allem gebe. Wie du schon sagtest, es ist eine Verkettung von unglücklichen Ereignissen, die dieser Kuss nach sich zog. Aber darf ich dich etwas fragen?«

Christian nickte. »Klar.«

»Wir kennen uns nicht. Du hast dir genau zwei Caipirinhas von mir mixen lassen. Wie kamst du auf die Idee, mich zu küssen?«

Christian wich ihrem Blick aus und schien verlegen zu sein. Sein sonst so weltmännisches Auftreten passte überhaupt nicht zu der Befangenheit, die er nun demonstrierte. Irgendwas stimmte hier nicht. Er antwortete nicht und schaute nur auf Lauras Hand. Sie hob sie und griff nach seiner. Im ersten Moment zuckte er erschrocken zurück, doch im nächsten Augenblick griff er nach ihrer und hielt sie behutsam fest.

»Entschuldige«, sagte er. »Ich weiß, dass es seltsam klingt, aber du warst mir auf den ersten Blick sympathisch. Ich glaube, wir sind uns sehr ähnlich.«

»Ähnlich? Wie meinst du das?«, fragte sie, während er weiterhin ihre Hand hielt. Ein Gefühl, das zwar ungewöhnlich vertraut war, aber trotzdem nichts gemein hatte mit den Gefühlen, die Anton gestern in ihr ausgelöst hatte.

»Ich weiß, dass wir an dem Abend der Hochzeit kaum miteinander geredet haben, aber dennoch hat mich das, was und vor allem wie du es gesagt hast, berührt.«

»Inwiefern?«

»Ich weiß nicht.« Er zuckte mit den Achseln und lächelte mit seinem schönen Mund. »Du hast ganz einfach keinen Hehl aus deiner Verletzlichkeit gemacht. Du hast mir auf den Kopf zugesagt, dass sich deine große Liebe aus dem Staub gemacht hat.«

»Ja, so ist es ja auch«, erwiderte Laura und blickte ihm in die dunklen Augen, die ihrem Blick nun standhielten.

»Und dann hat mich die Klarheit fasziniert, mit der du behauptet hast, dass es wohl doch nicht die große Liebe gewesen sein konnte.«

Laura nickte. »Ich meinte, was ich sagte.«

»Ja, aber du hättest es mir nicht sagen müssen. Ich war … bin doch ein Wildfremder für dich.«

»Das mag sein, Christian, aber ich war noch nie ein Freund von Small Talk. Ich trage mein Herz und meinen Verstand auf der Zunge. Ich weiß, dass das nicht immer gut ist, aber ich mag es ehrlich und geradeaus.«

Christian schmunzelte. »Genau das imponiert mir.«

Laura lächelte. »Und mir gefällt, dass du mir schmeichelst. Aber das musst du gar nicht.«

»Ich will es aber. Mir gefällt deine direkte Art. Sicherlich wirst du inzwischen wissen, wer ich bin.«

»Man weiß nie, wer jemand anderes ist. Man kennt einen Menschen nie ganz genau. Immer sind sie für Überraschungen gut. Für gute, aber oft auch für schlechte.«

»Siehst du, Laura, genau das meine ich. Du schleuderst mir deine Gedanken direkt ins Gesicht. Weißt du eigentlich, wie viele Frauen sonst was dafür geben würden, hier mit mir zu sitzen, sich mit mir ablichten zu lassen, nur um zu zeigen, dass sie mit dem großen Christian Bergmann ausgehen? Sie würden hier sitzen, über schlechte Witze zu laut lachen und ihr Dekolleté in Stellung bringen. Du nicht. Du bist anders. Du bist echt. Und ehrlich.«

Laura nickte mit hochgezogener Augenbraue. »Lass es mich so sagen: Ich kann mir vorstellen, welche Sorte Frauen du meinst. Aber zu denen gehöre ich wahrlich nicht. Und nun sitzt du mit mir hier und willst keinen Small Talk machen, genau wie ich. Mir gefällt das, weil ich darin wirklich schlecht bin. Ich habe weder Zeit noch Lust auf Rendezvous, bei denen ich mich anbiedere oder vorgebe, etwas zu sein, das ich nicht bin. Also: Was willst du von mir, Christian?«

Christian erhob sein Weinglas. Laura auch. Während sie einander zuprosteten, ließen sie sich nicht aus den Augen. »Du bist nicht nur hübsch, du bist auch klug. Das gefällt mir«, sagte er, bevor er einen Schluck nahm.

»Also?« Sie trank ebenfalls einen Schluck, ließ ihn aber nicht aus den Augen. »Was willst du von mir?«

Christians Handy, das neben ihm auf dem Tisch lag, vibrierte und zeigte eine Textnachricht an. Laura warf einen kurzen Blick darauf, ohne irgendetwas Genaues erkennen zu können. Er nahm es auf, entschuldigte sich und las die Nachricht, bevor er es zurücklegte.

»Ich will dich näher kennenlernen. Wie klingt das für dich?«, fragte er, während der Kellner das Essen servierte. Halb volle Teller mit adrett zurecht drapierten Tagliatelle in Sahnesoße mit Trüffeln und Parmesan. Beim Anblick des Gerichts lief Laura das Wasser im Munde zusammen. Allerdings fragte sie sich, wie sie von einer so kleinen Portion satt werden sollte.

»Es klingt okay, solange du dir bewusst bist, dass ich nicht eine von den Frauen bin, die alles dafür tun würden, um mit Christian Bergmann im Balthazar zu sitzen und Miniportiönchen Trüffeln zu vertilgen, die ein Schweinegeld kosten.«

Christian lachte auf. »Gerade, weil mir das bewusst ist, lade ich dich gern zu einem exklusiven Dinner ein.«

»Das musst du nicht. Mir wäre es lieber, wir würden in ein Restaurant gehen, in dem dich niemand kennt.« Gedanklich fügte sie hinzu: *und in dem ich satt würde.*

Er lachte und zog die Mundwinkel nach unten. »Du bist ganz schön naiv, Laura. Glaubst du, das würde ich nicht auch gern tun?«

»Ich weiß es nicht. Ich glaube, dir gefällt es, Edward Lewis zu mimen, aber ich bin nicht Pretty Woman.«

»Ihr nehmt euch nichts. Pretty Woman war mindestens genauso schlau wie du.«

»Vielleicht, aber sie hatte keine Tochter, auf die sie achtgeben musste. Christian, mich interessiert nicht, was in den Zeitungen oder im Internet über dich steht. Ich lese keine Klatschpresse. Allerdings weiß ich, dass ein Großteil der Bevölkerung das tut, weshalb ich dich bitte, in Zukunft, wenn es denn für uns etwas in dieser Art gibt, diskret zu sein, schon allein wegen meiner Tochter. Ich kann es mir nicht leisten, so in der Öffentlichkeit zu stehen wie du. Ich, aber vor allem Mia, wären dem schutzlos ausgeliefert, verstehst du das?«

»Natürlich!«

»Nein, verstehst du das wirklich? Ich werde ab morgen in der Wurstbude, einem Stadtimbiss arbeiten, um meine Tochter und mich über Wasser zu halten. Ich möchte nicht, dass dort irgendwelche Reporter auftauchen und nach der Story des Jahres suchen. Mein Leben ist kompliziert genug. Und du trägst eine gewisse Mitschuld daran.«

Christian ließ die Gabel auf den Teller sinken und schob den Teller weg.

»Du wirst in einem Imbiss arbeiten?«

Laura schnaubte. »Tja, ich habe keinen Ausbildungsplatz mehr, wurde nicht mit dem goldenen Löffel im Mund geboren und habe kein gottbegnadetes Balltalent so wie du. Was meinst du wohl, wie ich mich und meine Tochter durchbringen soll? Natürlich werde ich in einem Imbiss arbeiten, wenn ich essen will. Das hier alles …«, Laura zeigte auf ihr Kleid, den edlen Rotwein, das teure Essen, »kostet vermutlich so viel, wie meine Tochter und ich in drei Monaten zum Leben brauchen. Und wir würden gut davon leben, verstehst du das?«

Christian trank noch einen Schluck Wein. Sein Blick wirkte beschämt und doch ehrlich interessiert. »Es tut mir leid, wenn ich dich mit all dem hier in Verlegenheit gebracht habe. Ich habe gedacht, du freust dich über das Kleid. Jede Frau freut sich doch über Geschenke.«

»Natürlich«, raunte Laura beschwichtigt, »ich freue mich auch über das Kleid, obwohl es eine absolut übertriebene und unangemessene Geste ist. Unsere Leben sind wohl schlicht und einfach nicht miteinander kompatibel.«

»Verstehe. Also Laura. Da du so ehrlich zu mir bist, werde ich nun auch ehrlich zu dir sein.«

»Okay«, sagte Laura und aß ihren Teller leer. Es schmeckte so wahnsinnig gut, dass sie einfach weiteraß, obwohl sie mächtig aufgeregt war. Was hatte er ihr zu sagen? Christians Handy vibrierte ein weiteres Mal. Mit entschuldigender Miene las er die nächste Kurznachricht und legte das Handy gleich wieder hin. Seine Lippen wirkten verspannt und er nahm noch einen Schluck Rotwein.

»Was ist? Sind es wichtige Nachrichten? Gibt es Probleme?«, fragte Laura irritiert. Christian schien beunruhigt zu sein. Ständig blickte er sich um. Vielleicht hatte sie ihn mit ihrer

Bitte nervös gemacht, dass sie mit ihm nicht erkannt werden wollte. Aber vielleicht wühlte ihn auch etwas ganz anderes auf.

»Nein, nichts Wichtiges, nur möchte ich etwas klarstellen. Das hast du verdient.«

»Isst du das nicht mehr?«, fragte Laura in seinen Erklärungsversuch hinein, obwohl sie sich fest vorgenommen hatte, es sich zu verkneifen. Jedoch konnte sie es einfach nicht mit ansehen, dass er das vorzügliche Essen zurückgehen ließ, bloß weil ihm etwas quersaß.

»Nimm es ruhig. Wir können aber auch noch eine Portion nachbestellen«, sagte er mit anerkennendem Blick. »Ganz ehrlich, ich kannte bis heute nur Frauen, die sich von Luft, stillem Wasser und Petersilie ernähren.«

Laura prustete los. »Du lügst doch!«

»Wenn ich's dir sage …«, lachte er. »Es macht Spaß, dir beim Essen zuzusehen.«

»Das sagt meine Mom auch immer«, erwiderte Laura grinsend und aß Christians Teller auch noch leer.

»Also? Was wolltest du klarstellen?«, fragte sie und lehnte sich zurück. Sie war satt und neugierig.

Christian nickte bedächtig, setzte sich gerade hin und griff über den Tisch nach ihrer Hand.

»Es fällt mir nicht leicht, darüber zu sprechen, glaube es mir. Und es tut mir leid, dass du da mit reingezogen wurdest. Ich hatte keine Ahnung, was für eine tolle Frau du bist.«

Christians Handy klingelte, er ignorierte es aber, nachdem er sich vergewissert hatte, wer anrief. Obwohl er versuchte, es außer Acht zu lassen, spürte Laura, er war nicht mehr bei der Sache.

»Komm schon, willst du da nicht drangehen?«, fragte sie. Sie merkte, dass er nervös war. Und das ewige Vibrieren machte es auch nicht besser.

»Also schön, nur eine Minute, ich bin sofort wieder bei dir.« Mit ernster Miene stand er auf und Laura hörte ihn sagen:

»Paul, was willst du?« Dann verschwand er außer Sicht- und Hörweite und Laura war für den Augenblick sich selbst überlassen. Im Grunde störte es sie nicht, dass er telefonierte, nur war sie inzwischen wirklich neugierig, was er ihr mitzuteilen hatte. Das Telefonat dauerte nur kurz, dann kam Christian mit blassem, ernstem Gesicht zurück an den Tisch.

»Was ist passiert?«

»Laura, ich muss los. Es tut mir leid. Es ist so was wie ein Notfall. Ich erkläre es dir später.«

»Okay?« Laura wurde flau im Magen. »Wie schlimm ist es?«

»Frag nicht. Es ist eine lange Geschichte, die ich dir bei nächster Gelegenheit erzählen werde. Es tut mir leid, dass ich dich jetzt allein lassen muss. Mein Fahrer wird dich nach Hause bringen. Ich nehme mir ein Taxi, okay?«

Laura nickte und stand auf. Christian nahm sein Jackett von der Stuhllehne und zog es über. Sie legte sich ihre Stola um die Schultern. Für einen kurzen Augenblick standen sie sich gegenüber. Er war ihr eine Erklärung schuldig, sie tappte völlig im Dunkeln. Sie sahen sich tief in die Augen, seine wirkten ängstlich und traurig, ihre angespannt und neugierig.

»Ich melde mich bei dir, okay?«

»Klar.«

»Danke für dein Verständnis, Laura. Ich möchte unbedingt noch über diese eine Sache mit dir sprechen. Es ist wirklich ärgerlich, dass wir dazu nicht mehr gekommen sind.«

»Hey, ich bin ja nicht aus der Welt. Und das Essen hier ist hervorragend.«

»Also gut, Laura. Es tut mir leid, dass ich dich hier so stehen lassen muss, aber die Zeit drängt.« Christian gab ihr zum Abschied einen flüchtigen Kuss auf die Wange, wandte sich ab und eilte davon.

ALBTRAUMFRAUEN UND
SCHWARZER PETER

»Du starrst sie a-han!«, raunte Mia, an der Hinterseite seines Pullovers zerrend. Jetzt merkte er das selbst und senkte den Blick. Vermutlich träumte er. Anders konnte es nicht sein. Denn eben erst hatte er nicht nur sechs Spiele Schwarzer Peter hintereinander gegen Mia verloren, was im Grunde schon unrealistisch war, jetzt passierte obendrein etwas, das noch unfasslicher schien. Anouschka stand vor seiner Wohnungstür. Mit einem Lächeln im Gesicht. Das war nicht nur ein Traum, das war sogar ein sehr gutes Beispiel für einen Albtraum. Das musste er unbedingt Laura erzählen. Bitte Anton, wach auf, quengelte sein Innerstes.

»Ich bin zurück«, sagte die Albtraumfrau und machte einen Schritt auf ihn zu, als wollte sie geradewegs in ihn hineinlaufen. Vermutlich hatte sie angenommen, er würde einen Schritt zur Seite tun, damit sie eintreten konnte, aber das tat er nicht. Er blieb wie angewurzelt stehen und sagte ziemlich geistesgegenwärtig, wie er nicht ohne gewissen Stolz feststellte, laut und deutlich: »Stopp!« Er hob die Hand und sie prallte gegen seinen Unterarm wie gegen eine Mauer. Der

Aufprall war ziemlich hart, also war das hier offenbar doch kein Traum.

»Hey«, kam es ziemlich bedröppelt aus ihrem fassungslosen Mund.

»Was heißt hier ›hey‹ und überhaupt ... was soll das? Was heißt, du bist zurück?«, fragte er mit tiefer, fester Stimme, beinahe so, als würde er sich nicht so fühlen, wie wenn ihm gerade eben ein Pferd in die Magengrube getreten hätte. Er spürte seinen Blutdruck ansteigen. Ihr verunsicherter Blick allerdings, der im nächsten Moment auf Mia ruhte, verschaffte ihm äußerste Genugtuung. Anouschka verzog ihren Mund, als würde sie einen Fettrand am Kochschinken sehen. Sie hasste Kochschinkenfettränder und offenbar verabscheute sie auch kleine Mädchen. Er tätschelte Mias Kopf, während Anouschka nun nervös auf der Stelle trat.

»Komm schon, Toni, sei nicht so. Moskau ist abgehakt. Ich hab's versaut.«

»Er heißt Anton«, vermeldete Mia.

»Genau Nouschi, ich heiße Anton«, sagte er grinsend. Sie hasste es, wenn er sie *Nouschi* nannte. Mias Hand hing immer noch wie ein dritter, aus seinem Rücken herausgewachsener Arm am hinteren Teil seines Pullovers. Er beugte sich zu ihr hinunter und stupste ihre Nase. »Was meinst du, kannst du uns noch 'ne Partie Schwarzer Peter geben? Versuche bitte, nicht zu schummeln. Ich bespreche hier kurz was und dann komme ich zu dir und besiege dich.«

»Als ob!«, schnaubte Mia. Seine Bitte ignorierend schaute sie hoch zu Anouschka. »Ist das nicht die Frau vom Kühlschrank, die du zerrissen und ins Klo geschmissen hast und die wir nicht runtergespült bekommen haben?«

Klar, Kindermund tut Wahrheit kund, dachte er bei sich und rief sich die Erinnerung an das Ereignis ins Gedächtnis.

Mia hatte ihn dabei beobachtet, wie er mindestens ein dutzend Mal die Klospülung betätigt hatte. Es war praktisch unmöglich gewesen, dieses vermaledeite Foto, das er vom Kühlschrank genommen hatte, in die Berliner Kanalisation zu verbringen. Jetzt musste er wohl schärfere Geschütze auffahren, um die Kleine für den Moment abzulenken und loszuwerden.

»Hör mal, im Müslischrank ist noch eine Tafel Schokolade. Meinst du, du kriegst die auf?«

»Na klar«, sagte Mia glücklich und rannte in die Küche.

»Du hast mich also ins Klo gespült«, sagte Anouschka und lehnte sich an den Türrahmen. »Wusstest du eigentlich, dass man in manchen Naturvölkern davon ausgeht, einem würde die Seele gestohlen, wenn man von demjenigen ein Foto macht?«

»Ist das so, ja?«

»Ja, das habe ich eben erst während des Fluges nach Berlin gelesen. Das heißt, du hast mir nicht nur meine Seele gestohlen, sondern sie auch noch in den Untiefen der Stadt verteilt. Sehr unhöflich, findest du nicht?«

Schon immer hatte er ihre Art von Humor geschätzt, dennoch, jetzt und hier verlor er langsam die Geduld.

»Anouschka, was willst du?«

Ihre dunklen Augen lagen in tiefen Höhlen und sie wirkte noch abgemagerter als sonst. Und müde. Hinter ihr stand ihr pinkfarbener Koffer, den er, zusammen mit ihr, erst vor zwei Monaten zum Flughafen gebracht hatte.

»Na schön.« Sie ließ demonstrativ die Schultern hängen. »Ich hab nichts zum Schlafen, nichts zu essen, und fall gleich tot um vor Müdigkeit.«

Er schnaubte. »Und da dachtest du, du klingelst einfach mal bei dem doofen Ex, der wird sein Bett schon teilen.«

Sie schüttelte müde den Kopf. »Ich wusste nicht, dass du inzwischen eine neue Freundin hast.«

»Tja. Dachtest du, ich weine dir ewig nach, oder was?«
Oh Gott, jetzt verstrickte er sich. Das war nicht gut. Ganz und
gar nicht gut. Sie musste doch wissen, dass er im Grunde seines Herzens jemand war, der nicht von einer Beziehung in die
nächste hüpfte.

»Ich habe mich wohl in dir getäuscht«, antwortete sie mit
traurigem Gesicht. Er konnte es nicht glauben. Drückte sie jetzt
auch noch auf die Tränendrüse?

»Wenn sich überhaupt jemand in einem anderen Menschen
getäuscht hat, dann ja wohl ich mich in dir. Wer von uns ist
denn mit Scheißlav Grasfrosch durchgebrannt, hm? Ich nicht!«

Anouschka nickte bekümmert. »Ich gebe es ja zu. Cheslav
Gerassimow war der größte Fehler meines Lebens. Genauso wie
der Glaube daran, ich könnte im großen Bolschoi tanzen. Ich
hab's verkackt.«

Oh Mann, ein wenig tat sie ihm leid. Moskau und Bolschoi
waren Anouschkas Lebenstraum gewesen, und seitdem Laura
und Mia bei ihm eingezogen waren, hatte er kaum noch an die
Exfreundin gedacht und wenn doch, nicht mehr ganz so grol-
lend wie in den ersten Tagen nach ihrer Beichte.

»Und wieso hast du's verkackt?«, fragte er, obwohl es ihm
widerstrebte, Details ihrer Liaison zu erfahren. Er wollte nicht,
dass sie dachte, er hätte noch Interesse an ihrem Leben.

»Anton, kommst du?«, hörte er Mias ungeduldige Stimme
aus der Küche.

Anouschka winkte ab. »Geh ruhig, du hast anderes zu tun.
Ich dachte nur, vielleicht ist mein Zimmer noch frei.«

»Nein, leider …« Anton hielt inne. Im Augenwinkel sah
er jemanden die Treppe heraufkommen. Im nächsten Moment
stand Laura hinter Anouschka.

»Guten Abend«, sagte sie höflich und blickte irritiert auf
den Koffer, dann auf Anouschka. »Haben wir Besuch?«

»Äh, nein Schatz, haben wir nicht. Anouschka wollte gerade gehen.« Wie selbstverständlich zog er Laura an seiner Exfreundin vorbei, schlang einen Arm um ihre Taille und zog sie an sich. Er hoffte nur, sie spielte mit. Für einen kurzen Moment legte sich Lauras Stirn in Falten. Er schaute ihr tief in die Augen und warf ihr einen beinahe flehenden Blick zu.

»Liebling«, sagte sie reaktionsschnell. »So unhöflich kann ich dich ja gar nicht, möchtest du uns nicht miteinander bekannt machen?«

Sie spielte also mit und er unterdrückte schwerlich ein entzücktes Jauchzen.

»Entschuldige. Das ist Anouschka, meine Exfreundin. Sie dachte, ihr Zimmer wäre noch frei. Tja nun, aber sie wollte gerade wieder gehen.«

Statt einer Antwort lächelte Laura steif.

»Na ja, eigentlich weiß ich nicht, wohin ich gehen soll«, erklärte Anouschka zerknirscht.

»Anouschka, du kennst die Wohnung, ich kann dich hier nicht schlafen lassen. Dein Zimmer ist besetzt und ich glaube, Laura fände es gerade nicht sehr witzig, wenn du bei mir schlafen würdest.«

»Nein, allerdings nicht«, kam es blitzschnell von Lauras Seite. Sie schmiegte sich enger an ihn und er fragte sich, ob sie nur eine gute Schauspielerin war oder es nicht vielleicht sogar ernst meinte. Der Kuss der letzten Nacht stand immer noch wie eine unsichtbare Kraft zwischen ihnen. Seine Hand, die auf ihrer Hüfte ruhte, sehnte sich danach, ein Stück tiefer zu rutschen.

»Das verstehe ich«, sagte Anouschka. »Aber wäre es vielleicht möglich, deinen Schlafsack zu kriegen und für eine Nacht auf dem Küchenboden zu schlafen? Toni, ich weiß wirklich nicht, wo ich hin soll.«

Anton spürte Lauras und Anouschkas fragenden Blick auf sich. Er schüttelte den Kopf.

»Ich weiß nicht, ob das eine so gute Idee ist«, sagte er widerwillig.

Anouschka biss sich auf die Unterlippe. »Na gut, ich werde schon was finden. Vielleicht im Prenzlberg in einem Hostel. Wirklich blöd ist nur, dass ich nur noch zwanzig Euro habe.«

»Schatz«, lenkte Laura ein, »das kannst du nicht bringen. Lass sie ruhig eine Nacht hier schlafen. Es ist gleich zweiundzwanzig Uhr. Da jagt man doch keinen Hund mehr vor die Tür.«

Bei Lauras Worten legte Anouschka hoffnungsvoll die Stirn in Falten.

Anton fuhr sich nervös durchs Haar. Wenn Anouschka in der Küche schlief, würde sie doch merken, dass Laura und er kein Paar waren. Und eigentlich genoss er die Genugtuung, dass sie genau das glaubte. Da konnte sie mal sehen, wie das so schmerzte.

»Ich weiß nicht«, haderte er.

»Komm schon, rein mit dir«, sagte Laura plötzlich, ohne dass er noch intervenieren konnte.

»Aber ...«, war das Einzige, was ihm über die Lippen kam, als Anouschka auch schon den pinkfarbenen Koffer in die Wohnung zog.

»Morgen bin ich wieder weg, versprochen«, sagte Anouschka im Vorbeigehen. Wie selbstverständlich lief sie direkt in sein Zimmer und ging auf die Knie, um den Schlafsack unter dem Bett hervorzuholen. Anton verfolgte sie auf Schritt und Tritt und Laura klebte ihm wiederum an den Fersen.

»Magst du ihr nicht vielleicht dein Bett anbieten?«, fragte Laura.

Er drehte sich um und verzog das Gesicht zu einer schmerzvollen Grimasse. Blitzartig hielt sich Laura eine Hand vor den

Mund, als hätte sie sich die Lippen verbrannt. Vermutlich wurde ihr im selben Moment bewusst, was sie gerade angerichtet hatte.

In Erwartung einer Antwort saß Anouschka kniend vor ihnen und schaute zu ihnen hoch.

»Aber klar, mein Schatz«, antwortete er mit einem breiten, verunglückten Grinsen. »Aber nur, wenn du nicht wieder so laut schnarchst.«

»Gut«, sagte Anouschka kurzerhand, »dann ist das beschlossene Sache. Ich bin euch beiden so dankbar.« Sie stand auf, nahm beide in die Arme und küsste rechts und links die Luft neben ihren Köpfen. Dann drehte sie sich um und kramte in ihrem Koffer nach der Kulturtasche. »Ich dusche noch schnell und zieh mich dann auch zurück. Ich habe seit zwei Tagen nicht geschlafen.«

»Können wir jetzt weiterspielen?«, fragte Mia von hinten, den Mund mit Schokolade verschmiert. Verdammt, jetzt würde es Ärger geben.

»Nein, Fräulein, du gehst dir jetzt die Zähne putzen und dann Abmarsch ins Bett. Es ist längst Schlafenszeit«, sagte Laura in strengem Ton. Ob sie sauer auf ihn war? Es klang beinahe so. Und wenn ja, fragte er sich, ob sie wegen der Tatsache, dass er heute Nacht in ihrem Zimmer schlafen würde, oder wegen der Schokolade, die Mia genascht hatte, genervt war. Er nahm ein frisches T-Shirt und eine Schlafpanty aus dem Schrank und verließ sein Zimmer.

»Gute Nacht, Nouschi«, sagte er mit rollenden Augen. Da hatte er sich ja was eingebrockt. Nichts hätte ihn mehr gefreut als die Tatsache, neben Laura schlafen zu können. Aber doch nicht so. Das war nicht das, was er wollte. Zum einen würde Mia mit im Zimmer schlafen, zum anderen würde er die ganze Nacht wach liegen und an den gestrigen Kuss denken. Er würde alles andere tun, nur keinen Schlaf finden. Resigniert setzte er sich auf den Küchenstuhl und räumte das Kartenspiel weg. Dann nahm er einen Teller aus dem Schrank und schmierte zwei Brote. Anouschka sah aus, als hätte sie seit einer Woche nichts mehr gegessen. Sie war schon immer sehr schlank, beinahe kachektisch gewesen, aber jetzt gerade wirkte sie wie ein Blatt im Wind, kurz davor, von einem Windhauch mitgenommen zu werden. Vielleicht sollte er das Fenster öffnen und sie flöge einfach mit der nächsten Bö davon. Er belegte die Brote mit Salami, tat einen Apfel dazu und stellte den Teller auf den Nachttisch.

»Gute Nacht, Anton«, sagte Mia. Sie war bereits im Schlafanzug und rannte an ihm vorbei ins Bett.

»Schlaf schön, Mia.«

Nachdem Anouschka sich zurückgezogen und Laura Mia ins Bett gebracht hatte, kehrte endlich die ersehnte Ruhe ein. Laura hatte sich auch schon ihre Schlafklamotten angezogen und setzte sich zu ihm in die Küche. Im Fernsehen lief irgendein Krimi und Anton versuchte, einigermaßen interessiert auf das Bild und nicht auf Lauras tiefen Ausschnitt zu starren. Er vermochte nicht ein Wort der Handlung zu verinnerlichen. Die ganze Zeit über spukte ihm seine Situation im Kopf herum. Er würde neben Laura schlafen und sie nicht anfassen dürfen. Nervös griff er in die Chipstüte und schob sich eine Handvoll auf einmal in den Mund.

»Es tut mir so leid«, jammerte Laura im Flüsterton. »Ich habe einfach nicht nachgedacht. Bist du sauer?« Sie setzte sich neben ihn an den Tisch und sah ihn mit großen flehenden Augen an.

»Ich? Sauer? Quatsch! Ich dachte, du wärst wütend.«

Erst schaute sie fragend. Dann deutete er auf die Schokoladenpackung, die halb leer genascht war.

»Natürlich bin ich wütend. Ihr habt mir nicht viel davon übrig gelassen«, sagte sie schmunzelnd.

»Oh, du hast noch Hunger? Hast du etwa nichts zu essen bekommen?« Wohlmeinend hielt er ihr die Chipstüte entgegen.

Beherzt griff sie hinein und klaubte sich eine Handvoll heraus. »Wie man's nimmt. Warst du schon mal im Balthazar?«

»Ich weiß, was du meinst. Miniportionen. Maxipreise.«

»Eben.« Kaum dass sie die Chips hinuntergeschluckt hatte, brach sie einen Riegel Schokolade ab und stopfte ihn sich auch noch in den Mund. Was diese Frau alles aß, ohne ihre Figur zu ruinieren, war nicht normal, dachte Anton bei sich. Anouschka würde gelb werden vor Neid, wenn sie das mitkriegen würde.

»Außerdem musste Christian dringend weg. Wir haben es nicht mal mehr bis zum Dessert geschafft.«

»Wie jetzt? Kein Dessert? Wie furchtbar! Aber mal eine Frage ...«

»Ja?«

»Wieso musste er so dringend weg? Was kann wichtiger sein, als dich in einem sexy Abendkleid auszuführen und satt zu machen?«

Lächelnd zuckte sie die Schultern. »Wirklich. Keine Ahnung. Ich finde auch, das hätte Priorität gehabt.«

»Das meine ich wohl«, pflichtete er ihr bei. Er schaute ihr für einen Moment tief in die Augen. Überraschenderweise hielt sie seinem Blick stand.

»Und jetzt?«, fragte er.

»Was und jetzt?«

»Wo schlafe ich nun?«

»Ich schätze, in der Badewanne«, sagte sie gleichmütig.

Das konnte nicht ihr Ernst sein und doch verzog sie keine Miene.

»Du willst mich in die Badewanne verfrachten? Fühlst du es denn nicht auch, dieses Knistern zwischen uns?«, fragte er mit Hundeblick und breitem Grinsen.

Laura kam näher und deutete mit dem Blick auf seine Hände. »Das Einzige, was zwischen uns knistert, ist diese Chipstüte, mein Lieber.«

Er bewegte seinen Kopf noch ein Stück auf sie zu. »Wohl kaum«, flüsterte er. Anton legte die Tüte beiseite und seine Lippen waren jetzt so nah an ihren, dass er Lauras Atem spüren konnte.

ERWISCHT!

»Sach ma, träumste, Spätzgen?«, lachte Kalle und holte Laura damit aus ihren Gedanken.

»Zwee Mal Pommes rotweiß möchten die Gnädigsten.« Kalle deutete auf zwei kleine Mädchen, die vermutlich ihr Taschengeld für eine Portion heißer, fettiger Fritten opferten, weil die Schulkantine nur Weiße-Bohnen-Eintopf oder etwas ähnlich Gruseliges hergab. Laura schmunzelte und machte sich an die Arbeit.

»Geht sofort los, Chef«, sagte sie und kippte die tiefgekühlten Kartoffelstäbchen ins heiße Öl. Während sie schwerlich ein Gähnen unterdrückte, ins brutzelnde Fett starrte und darauf wartete, dass sich die Pommes golden einfärbten, dachte sie zurück an letzte Nacht. Sie hatte keine Minute Schlaf gefunden. Obwohl sie den Kuss in der Küche gerade noch so abwehren konnte, schien Anton wie ein verdammter Magnet zu sein, zu dem sie sich hingezogen fühlte wie Plus zu Minus. Anton berührte Stellen in ihrem Körper und Bewusstsein, da kam Vernunft überhaupt nicht hin, dachte sie frustriert. Und das Ganze obendrein auch noch, ohne sie dabei anzufassen. Was wohl noch passiert wäre, wenn sie den Kuss erlaubt hätte? Und verdammt! Sie hätte ihn wirklich gern zugelassen. Es konnte doch nicht angehen, dass dieser Mann eine so starke Anziehung auf sie ausübte. Er war doch eigentlich gar nicht ihr Typ! Sie verdrehte die Augen über ihre eigenen Gedanken. Wer oder was war schon ihr Typ? Wusste sie das überhaupt? Und wenn Anton nicht ihr Typ war, warum hatte sie sich die ganze Nacht neben ihm hin und her gewälzt? Und wieso hatte sie rasendes Herzklopfen bekommen, als er sich im Schlaf an ihren Rücken gekuschelt und sie an sich gezogen hatte wie ein verdammtes Seitenschläferkissen. Und warum war er von ihrem Herzrasen nicht aufgewacht? Sogar die Bewohner im Untergeschoss mussten das Hämmern gehört haben. Und wie verführerisch und gleichzeitig beruhigend sich sein leiser, gleichmäßiger Atem in ihrem Nacken angefühlt hatte. Allein bei dem Gedanken an die körperliche Nähe der letzten Nacht kroch unaufhaltsam eine Gänsehaut über ihren Körper. Sogar ihr Hintern kribbelte verhalten bei der Vorstellung, Anton würde über ihre Kurven streicheln. Oder nein … Moment …, das war überhaupt keine übersteigerte Reaktion ihres Körpers, das Handy in ihrer Gesäßtasche vibrierte. Seufzend zog sie es aus der Hosentasche.

»A. Leonhardt ruft an«, erschien als Schriftzug im Display. Sofort war Laura hellwach. Was konnte er wollen? Er würde sicher über die Kosten des Brautkleides mit ihr debattieren wollen. Mit einem Satz rutschte ihr Magen in die Kniekehlen.

»Kalle, kannst du auf die Pommes aufpassen, ich muss hier mal rangehen.« Sie hielt ihr Handy in die Luft, Kalle nickte. Um in Ruhe telefonieren zu können, verließ sie den Imbiss durch die Rückseite des Campingwagens.

»Laura Schönbrunn«, meldete sie sich mit ängstlicher Stimme und zusammengekniffenen Augen.

»Frau Schönbrunn! Schön, dass ich Sie erreiche.«

Schön ist anders, dachte Laura und reagierte mit einem gequälten »Hm«.

»Sie ahnen sicher schon, was ich von Ihnen möchte, oder?«

Die Hand, in der sie das Telefon hielt, zitterte unaufhörlich. Laura fragte sich, ob Ansgar Leonhardt das hören konnte. In einer halben Minute würde sie ihre Bankrotterklärung erhalten, so viel stand fest. Vor ihrem geistigen Auge erschien Mia. Eine tröstende Umarmung wäre jetzt nicht schlecht gewesen.

»Ich vermute, Sie rufen wegen des Brautkleides an«, sagte Laura mit belegter Stimme.

»Richtig!«

»Also schön«, sagte Laura, »irgendwie müssen wir das Thema ja angehen. Leider bin ich weder versichert noch kann ich momentan, ach, was sage ich … im Grunde ist es fraglich, wann ich eine derart hohe Summe von zwölftausend Euro aufbringen werde. Ich kann anbieten, meine Schulden im Hotel, vielleicht in der Küche oder im Housekeeping abzuarbeiten.« Sie holte tief Luft und setzte nach. »Die nächsten Jahre über …«

»So! So! Das ist interessant.«

»Was ist interessant? Mein Vorschlag?«

»Allerdings. Ich schätze Fleiß sehr und Sie scheinen mir darüber hinaus eine ehrliche Haut zu sein.«

»Danke«, murmelte Laura und verdrehte die Augen.

»Allerdings finde ich noch etwas interessant. Jemand in Ihrem Umfeld weiß Ihre guten Eigenschaften wohl sehr zu schätzen und möchte Ihnen aus der Patsche helfen.«

»Mir?«, fragte Laura. Hatte sie gerade richtig gehört?

»Ja, Ihnen!«

Oh Gott! Hieß das etwa, dass Christian tatsächlich mit dem Hoteldirektor gesprochen hatte? Und wenn ja, hatte er ihn umstimmen können? Sie drückte sich mit der freien Hand selbst den Daumen.

»Und was heißt das jetzt?«, fragte sie unsicher.

»Das bedeutet, Ihre Schulden sind beglichen und Sie werden ab morgen Ihre Ausbildung in meinem Hause wieder aufnehmen.«

Lauras weiche Knie gaben schließlich nach und zwangen sie, sich auf die Treppenstufen des Campingwagens zu setzen. »Das ist jetzt aber kein Telefonscherz oder irgend so eine Sendung mit einer versteckten Kamera, oder?« Sie sah sich um, als wäre sie die Protagonistin des zweiten Teils der »Truman Show«. Doch was mussten ihre Augen nun erblicken? War das dort drüben etwa Mike? Beinahe so, als wäre sie bei etwas Unanständigem erwischt worden, duckte sie sich.

»Weder Telefonstreich noch versteckte Kamera. Nur darf ich Ihnen nicht erzählen, wer Ihr Wohltäter ist. Das bleibt mein Geheimnis.«

»Sie sind wohl nicht der Einzige, der ein Geheimnis hütet«, murmelte Laura. Sie beobachtete Mike, der in Begleitung einer sehr attraktiven jungen Frau war. Beide waren leger gekleidet und unterhielten sich angeregt miteinander. Zwischendurch streichelte die Frau immer wieder über Mikes Rücken. Oh Gott. Sollte Melle am Ende recht behalten?

»Wie meinen Sie das?«, fragte Leonhardt.

»Äh, schon gut«, stotterte Laura, »was ich sagen wollte, mit dem Geheimnis kann ich gut und gern leben. Sie haben ja keine Vorstellung, was für ein riesiger Stein mir da gerade vom Herzen rollt. Wissen Sie, ich habe eine kleine Tochter zu versorgen und die Ausbildung in Ihrem Hotel war so etwas wie meine Existenzgrundlage.«

»Davon habe ich gehört«, sagte der Direktor.

»Eine Frage noch. Sie sagten, meine Schulden seien beglichen. Heißt das tatsächlich, das Kleid ist bezahlt?«, fragte Laura skeptisch. Das durfte nicht wahr sein. Wenn Christian sich für sie eingesetzt und auch noch das Brautkleid bezahlt hatte, stand sie in allertiefster Schuld.

»Bezahlt und abgehakt«, bestätigte Leonhardt. Ob er auch nur die geringste Ahnung hatte, was das für sie bedeutete? »Nur eine Sache bereitet mir ehrlich gesagt Kopfschmerzen«, schob er nach.

»So? Welche denn?«

»Tun Sie mir den Gefallen und gehen meiner Schwester aus dem Weg. Ich kann nicht auch noch eine Titelseite mit einem Mord im Affekt gebrauchen.«

»Oh Gott. Stimmt. Ihre Schwester. Es tut mir so leid, was vorgefallen ist. Aber es war wirklich ein Unfall.«

»Eines ist sicher, das ist meiner Schwester herzlich egal. Sie durften Constanze ja kennenlernen. Glauben Sie mir bitte, wenn ich Ihnen sage, sie braucht für alles einen Sündenbock, verstehen Sie? Und wenn sie an ihr Hochzeitskleid denkt, wird sie automatisch Ihr Gesicht vor Augen haben, und zwar bis ans Ende ihrer Tage.«

»Natürlich glaube ich Ihnen und werde mich bemühen, ihr aus dem Weg zu gehen. Aber eine Garantie gibt es leider nicht.«

»Das ist mir klar. Vielleicht haben wir Glück. Constanzes Ehemann arbeitet größtenteils im Ausland. Ich schätze, die beiden werden recht bald abreisen. Dann haben Sie nichts mehr zu befürchten, Frau Schönbrunn. Und ich auch nicht. Nur machen Sie mir keine neuen Dummheiten. Und bitte … keine unangenehme Presse mehr!«

»Versprochen«, sagte Laura und fügte hinzu: »Danke, Herr Leonhardt. Ich weiß Ihre Großzügigkeit zu schätzen.«

»Schon gut. Also bis morgen. Sie sind für die Spätschicht im Restaurant eingeteilt.«

»Sehr wohl.«

Leonhardt beendete das Gespräch ohne weiteren Gruß, indem er auflegte. Laura war außer sich vor Freude. Für einen Moment starrte sie fassungslos ins Leere. Sollte es wirklich wahr sein, dass sie ihre Ausbildung im Leonhardt doch noch beenden konnte? Und außerdem mit einem Schlag ihre Schulden los war? Das Gefühl der Ohnmacht, das sie seit dem Missgeschick mit dem Kleid begleitete, fiel von ihren Schultern wie ein bleischwerer Umhang und machte Platz für unbändige Freude. Freude, die im nächsten Moment schon wieder getrübt wurde. Denn als Laura den Blick hob, fiel er direkt wieder auf Mike und die unbekannte Schöne. Was dachte er sich nur? Was hätte Melle an ihrer Stelle getan? Wäre sie einfach hingegangen und hätte ihn zur Rede gestellt? Oder hätte sie ihn nur verfolgt und beobachtet? Die Schicht in der Wurstbude war fast beendet. Kalle sah es nicht gern, wenn sie früher Feierabend machte als vereinbart. Vorsichtig erhob sie sich. Mike und die Unbekannte liefen in einigen Metern Entfernung und unterhielten sich angeregt. Kalle würde es bestimmt nicht merken, wenn sie den beiden für einen kurzen Moment folgte. Ein Foto würde sicher genügen, damit konnte Melle ihn dann zur Rede stellen. Sie fragte sich, wieso Mike ausgerechnet in dieser Gegend mit seiner neuen Flamme flanierte, zumal er doch ganz genau wusste, dass sie oft in der Wurstbude aushalf. Schließlich kam er doch auch hin und wieder bei ihr vorbei. Vermutlich war er aus diesem Grund nicht direkt vor ihrer Nase, sondern hinter dem Campingwagen vorbeigelaufen. Das hieß doch, er hatte wirklich etwas zu verbergen. Und dieses Etwas war circa einen Meter siebzig groß, blond und obendrein hübsch. Stellvertretend für Melle kochte Laura innerlich vor Wut. Gab es denn auf dieser Welt überhaupt noch Männer, die es mit den Frauen ehrlich meinten? Behutsam näherte sie sich den beiden von hinten. Während Laura eine Handvoll Fotos schoss, fragte sie sich, ob diese junge Frau tatsächlich aussah wie eine Quandra, Queena, Queenie oder Quella. Schade, dass sie Madame Q nicht von vorn vor die Linse bekam. Sie gab auf, bevor Mike sich noch umdrehte. Dann schickte sie Melle die Bilder mit einer kurzen Botschaft: »Liebes, es tut mir so leid. Vielleicht hattest du recht. Mike ist gerade hinter der Wurstbude vorbeigelaufen. Ich habe ihn durch Zufall entdeckt. Kennst du die Frau an seiner Seite?

Fühl dich ganz doll umarmt. Lass uns später telefonieren. LG Laura.« Sie versendete die Nachricht. Prompt erhielt sie eine Antwort. Aber stopp. Die Message war nicht von Melle, sondern von Christian: »Morgen Abend, 20 Uhr? Ich hol dich ab, liebe Grüße, Christian.«

Lauras Herz machte einen kleinen Hüpfer, auch wenn ihr sofort Anton in den Sinn kam. Gott im Himmel! Sie musste ihn endlich aus ihren Gedanken verbannen und sich voll und ganz auf Christian konzentrieren. Das konnte doch nicht so schwer sein! Wieso nur schlug ihr Herz nicht so recht für den ganz offensichtlich tolleren Typen. Christian sah fantastisch aus, hatte gute Manieren, er hatte Geld und offenbar sogar ein Herz für Frauen, die in der Bredouille steckten. Wieso nur schob sich Anton immer wieder in ihre Gedanken? Vermutlich weil er eben auch ein toller Typ war. Er hatte das Herz ihrer Tochter im Sturm erobert, er war ein angenehmer Mitbewohner, er roch fantastisch und versteckte den warmherzigsten Blick aller Zeiten hinter einer ziemlich süßen Nerdbrille. Und dann war da noch der Umstand, dass er fantastisch küsste. Allerdings stand Christian ihm diesbezüglich in nichts nach ...

Laura tippte und versendete eine Antwort an ihn: »Morgen, 20 Uhr. Ich freu mich, LG«

Irgendwas mit Familienangelegenheiten

»Was ist los? Wieso starrst du Nesrin so an? Sag nicht, diese Ausgeburt der Hölle gefällt dir«, murrte Murat, als er sich zu Anton ans Klavier gesellte.

Anton lenkte seinen Blick weg von Laura, die direkt neben Nesrin stand, und schaute auf seine Noten. »Deine Cousine ist mir definitiv zu *strange*, mein lieber Freund«, sagte er und ließ die Finger über die Tasten fliegen. Er spielte aus »Die fabelhafte Welt der Amelie« den Soundtrack »Comptine d'un autre été«, eines seiner Lieblingsstücke, das er vollständig aus dem Kopf wiedergeben konnte. Dieses Stück würde er nächstes Wochenende in der Elbphilharmonie spielen und die dortige Jury hoffentlich überzeugen können. Zwar würde es ihm das Herz brechen, seine Zelte hier in Berlin abzubrechen, schon allein, weil ihm Laura und Mia von Tag zu Tag mehr ans Herz wuchsen. Aber was nützte denn diese einseitige Zuneigung? Laura schien nichts für ihn zu empfinden. Eine ganze Nacht lang hatte er schlaflos neben ihr wach gelegen und selbst, als er sie in seine Arme gezogen und ihr ganz nah gewesen war, hatte sie seelenruhig weitergeschlafen, während er ihrem Atem und ihrem Herzschlag gelauscht hatte. Vermutlich hatte ihr dieser

Wahnsinnskuss überhaupt nichts bedeutet und sie war mit ihren Gedanken sicher längst bei diesem stinkreichen Fußballer. Einen Trost gab es immerhin, nämlich den, dass sie wenigstens nicht wieder auf ihren Ex hereinfiel.

»Murat, du musst mir nächstes Wochenende freigeben«, sagte Anton.

Sein Freund zuckte mit den Achseln. »Brauchst du Urlaub oder was?«

»Ja, aber nur von Freitag bis Sonntag.«

»Komm schon, was hast du vor? Mir kannst du es erzählen. Hast du eine Perle kennengelernt?«

»Es ist ein familiärer Notfall, Murat. Ich würde nicht fragen, wenn es nicht dringend wäre«, log er. Bevor er nicht wusste, ob das Vorspielen von Erfolg gekrönt sein würde, hatte er nicht vor, mit jemandem darüber zu reden. Das hätte den Erfolgsdruck nur noch erhöht. Solange keiner wusste, was er vorhatte, wäre ein potenzielles Scheitern eher halb so wild.

»Lass es einfach«, vernahm er plötzlich Lauras aufgeregte Stimme über die Köpfe der Gäste hinweg. Als Anton hochblickte, sah er Till mit einem riesigen Strauß roter Rosen in der Hand an der Bar stehen. Offensichtlich wollte er Laura damit überraschen.

»Oh Mann«, sagte Murat. »Der schon wieder.«

»Kennst du ihn?«, fragte Anton verwundert.

Murat nickte, während er nervös auf einem Zahnstocher herumkaute. »Der macht nur Ärger.«

»Wieso? Woher kennst du ihn? Nun lass dir nicht alles aus der Nase ziehen?«, bat Anton und spürte eine innere Unruhe aufkommen. Dieser Typ bedeutete echt nur Ärger.

»Das ist der neue Blumenlieferant fürs Haus. Aber ich habe läuten hören, dass der Kerl nicht nur Blumen ausliefert.«

»Ach? Und was sonst noch?«, hakte Anton nach. Jetzt war er aber neugierig.

»Dieser Blumenservice ist dafür bekannt, dass er auch andere Wünsche erfüllt«, erklärte Murat geheimnisvoll.

»Du meinst, er kommt, um Frauen zu beglücken?«

»Nicht nur Frauen, Männer auch.«

»Was? Der ist auch noch schwul?«, fragte Anton entgeistert.

Murats Kopf schnellte herum. »Ey, du Nase. Wovon redest du?«

Ratlos zuckte Anton mit den Schultern. »Ich habe aus deinen Worten herausgehört, dass der Typ im Escort arbeitet.«

»Pff«, machte Murat, »der doch nicht. Mann, Anton, der vertickt weißes Pulver.«

»Drogen?«, brach es aus Anton heraus, schärfer als beabsichtigt.

»Psst, nicht so laut. Ich werde mich darum kümmern.« Murat, der eher untersetzt wirkte, baute sich zu voller Größe auf und atmete tief durch. Mit festem Gang durchschritt er den Speisesaal und steuerte direkt auf Till zu. Jetzt war Anton gespannt. So aggressiv, wie er Lauras Exfreund kennengelernt hatte, konnte er sich inzwischen sogar vorstellen, dass er selbst ein Drogenproblem hatte und sich zur Wehr setzte. Allerdings wäre es mehr als unklug gewesen, auf Lauras Arbeitsstelle unangenehm aufzufallen. Gerade, wo Laura wieder Fuß gefasst hatte. Hoffentlich eskalierte jetzt nicht alles. Nervös ließ Anton seinen Blick durch den Saal wandern. Zu allem Überfluss entdeckte er nun auch noch Anouschka, die zielsicher auf ihn zusteuerte. Was war das nur für ein verrückter Tag?

»Toni, Darling«, lächelte sie und stützte sich wie früher mit den Ellenbogen auf dem Klavier ab. Er kannte diesen Gesichtsausdruck. Sie schaute ihm tief in die Augen und ihr Mund lächelte geheimnisvoll. Früher hatte genau dieser Blick eine beinahe magische Wirkung auf ihn gehabt. Heute stellten sich ihm dabei die Nackenhaare hoch.

»Was willst du?«, fragte er und hoffte, dass er mindestens so desinteressiert klang, wie er war.

Anouschka lächelte. Im Vergleich zum gestrigen Abend, nach ihrer Ankunft in Berlin, sah sie heute schon fitter aus. Unkraut vergeht eben doch nicht, ging es ihm durch den Kopf.

»Guck doch nicht so böse. Meinst du nicht, wir können wieder Freunde werden?«

»Wir? Freunde? Wie kommst du darauf?«

Sie zuckte lächelnd mit den Schultern. »Ich dachte, jetzt, wo wir Kollegen sind, könnten wir unseren Zwist beilegen. Außerdem ... wie soll ich es sagen ...«

»Wir sind bitte was?«, fuhr Anton dazwischen. »Und was heißt denn Zwist? Wir hatten keinen Zwist. Du hast dich klammheimlich aus unserer Beziehung verabschiedet, nicht mehr und nicht weniger.« Im Grunde wollte Anton sich gar nicht aus der Reserve locken lassen, aber Anouschka tat ja gerade so, als hätte sie lediglich die letzte Chipstüte aus dem Schrank geklaut.

»Nun bleib mal auf dem Teppich.« Anouschka verdrehte die Augen. »Die da drüben kann ja wohl nicht dein Ernst sein.« Sie deutete mit der Nasenspitze auf Laura. Im Augenwinkel beobachtete Anton, wie Murat mit Till sprach. Alles schien friedlich abzulaufen. Alles, bis auf sein eigenes Gespräch, das gerade aus dem Ruder lief.

»Ich sage dir eines, lass Laura in Ruhe. Einzig ihr hast du es zu verdanken, dass ich dich noch einmal habe bei mir übernachten lassen«, fuhr er sie an. »Das wird kein weiteres Mal passieren.«

»Ach, Toni«, Anouschka schnalzte mit der Zunge, »du weißt doch, dass wir beide füreinander bestimmt sind. Ich hatte meinen Ausrutscher, du hattest den deinen.« Sie rümpfte die Nase, deutete auf Laura und wandte sich ihm wieder zu.

»Ich weiß nicht, wovon du redest«, sagte Anton und nahm die Finger vom Klavier. »Wenn deine Liebschaften nur Ausrutscher sind, so war ich ganz sicher auch einer. Fakt ist, ich liebe Laura und du wirst mir nicht dazwischenfunken. Haben wir uns verstanden?« Sein Puls raste vor Wut, jedoch noch mehr vor Verwirrung. Denn auch, wenn er mit seinen Worten nur bezweckte, Anouschka wehzutun und sie in die Flucht zu schlagen, so trafen ihn die eigenen Worte an der empfindlichsten Stelle seines Körpers, nämlich seinem Herzen. Er musste erkennen, dass das, was er soeben laut ausgesprochen hatte, nichts als die Wahrheit war. Er hatte sich in Laura verliebt. Anouschka wandte ihr Gesicht ab, als hätte er ihr eine Ohrfeige verpasst. Sie musste seine Worte sicher auch erst einmal verdauen. Als sie sich gefangen hatte, wandte sie sich ihm wieder zu.

»Natürlich denkst du, dass du sie liebst. Sie war für dich da, als ich weg war. Aber nun bin ich wieder hier. Und ich werde um dich kämpfen.« Er schüttelte bedauernd den Kopf. »Spar dir die Mühe, Anouschka. Ich bin fertig mit dir.«

»Wir sind noch lange nicht fertig. Das Leonhardt ist nun auch mein Arbeitgeber. Ich arbeite seit heute im Haus als Fitnesstrainerin. Das heißt, wir sehen uns nun öfter, vielleicht sogar jeden Tag. Ich würde mich freuen.«

Überrascht zog er die Stirn kraus. »Du gibst also tatsächlich das Tanzen auf?«

»Sagen wir es mal so. Ich habe erkannt, dass es noch mehr gibt im Leben als weltbedeutende Bretter und das Bolschoi-Theater. Ich bin nur einem Traum hinterhergejagt und habe dabei das Wichtigste verloren, das ich hatte. Deine Liebe.«

Bei ihren Worten schaute sie ihm tief in die Augen. Was sie sagte, verschaffte ihm einen Funken Genugtuung, mehr allerdings nicht. Es erreichte nicht mehr sein Herz. Er atmete tief durch und seufzte: »Anouschka, ich will dir nicht wehtun. Aber eines kann ich dir hiermit versprechen. Es gibt kein *uns* mehr. Und es lohnt sich auch nicht, darum zu kämpfen.«

»Das werden wir noch sehen«, sagte sie siegessicher, drehte sich um und ging hinüber zur Bar. Mit einem mulmigen Gefühl beobachtete er seine Exfreundin, wie sie zielsicher auf Laura zusteuerte. Laura, die offenbar noch den Schock verdaute, dass Till auf ihrer Arbeit aufgekreuzt war, nickte Anouschka freundlich zu. Anton beobachtete, wie Anouschka etwas zu ihr sagte. Laura antwortete ihr und einen Moment später drehte sie sich um und lief mit gesenktem Kopf hinaus.

»Verdammt! Anouschka«, murmelte Anton. Sein Leben war momentan wahrlich schon kompliziert genug, wieso musste seine Ex es jetzt auch noch auf die Spitze treiben? Er stand auf und folgte Laura durch den Saal nach draußen. Als er die Tür zum Innenhof öffnete, sah er Laura mit angezogenen Beinen auf der Laderampe sitzen. Ihr Kopf ruhte mit der Stirn auf ihren Knien.

»Hey, alles in Ordnung bei dir?«, fragte er behutsam und setzte sich neben sie.

Erschrocken blickte Laura auf. Erleichtert stellte er fest, dass in ihren Augen keine Tränen glänzten.

»Nein, ich bin nur gerade etwas durcheinander.«

Er nickte. »Verständlich. Ich habe gesehen, was los war.«

Sie blickte ihn direkt an. »Hast du das, ja?«

»Reden wir über Till?«

»Ja, auch. Er will, dass alles wieder gut wird. Er glaubt immer noch daran, dass wir wieder eine Familie werden können, dieser Idiot.« Sie schnaubte.

»Weißt du, Laura, das Wichtigste im Leben ist nun mal die Familie. Leider hat Till das viel zu spät erkannt. Er sieht erst jetzt, was er alles an die Wand gefahren hat. Ich finde deine Tochter und deine Eltern großartig. Ihr haltet zusammen wie

Pech und Schwefel. Das ist großartig, aber nicht selbstverständlich. Till wird gerade bewusst, dass er all das verloren hat.«

»Tja, aber es ist zu spät. Außerdem ist er einfach nicht mehr der Mensch, den ich einmal kennengelernt habe. Er hat sich stark verändert. Ich weiß nicht, wann das passiert ist, weil es eher ein schleichender Prozess war, aber er ist definitiv nicht mehr derselbe, warum auch immer.«

»Ich habe da so eine Ahnung«, murmelte Anton.

»Wie bitte?«

Er schüttelte den Kopf. »Äh, ich habe auch keine Ahnung«, verbesserte er sich rasch.

»Anton, was ist eigentlich mit deiner Familie?«, fragte Laura, die nicht ahnte, was für einen riesigen wunden Punkt sie da in ihm berührte.

»Was soll schon mit ihr sein? Sie lebt ihr Spießerleben in Hamburg.«

»Hast du Geschwister?«

»Leider nein. Manchmal denke ich, es wäre besser gewesen, denn so hätten sich meine Eltern auch noch auf jemand anderen als auf mich konzentriert.«

Laura lächelte. »Ich weiß ganz genau, was du meinst. Als Einzelkind wird man akribisch überwacht und jeder Schritt, den man tut, wird bewertet. Frag nicht, was bei uns los war, als ich meinen Eltern beichten musste, dass ich schwanger war.«

»Oh Gott!«, brach es aus Anton heraus, »ich habe eine ungefähre Vorstellung. Aber deine Eltern gehen großartig mit der Situation um. Sie stehen zu dir, stärken dir den Rücken und glauben an dich. Und wenn du nicht gerade Fußballer im Rampenlicht küsst und Brautkleider schredderst, bist du doch eine recht passable Tochter.«

Laura lachte auf. »Hey, das waren alles Unfälle!«

»Der Kuss auch?«, rutschte es ihm heraus und plötzlich wussten beide, dass es nicht mehr um den Fußballerkuss, sondern um ihren eigenen Kuss ging.

Laura senkte rasch den Blick. »Was ist überhaupt mit Anouschka los?«, lenkte sie vom Thema ab.

»Wieso? Was hat sie zu dir gesagt?«

Anton sah, wie unangenehm es ihr war, dass er ihr diese Frage stellte. »Nun, ich dachte erst, sie wäre ganz nett, als sie vor deiner Wohnungstür stand. Sie wirkte so verletzlich.«

Anton schnaubte. »Ja klar, da war sie am Ende ihrer Kräfte. Sie war müde, ausgehungert und ausgelaugt. Nach zwölf Stunden Schlaf sieht die Geschichte schon anders aus. Anouschka ist zäh. Sie ist es gewohnt, um das zu kämpfen, was sie will. Und ich glaube, sie hat sich da was in den Kopf gesetzt.«

»Allerdings«, bekräftigte Laura.

»Was hat sie zu dir gesagt, hm?«, fragte Anton neugierig. Vielleicht interpretierte er Lauras Körpersprache falsch, jedoch hatte er das Gefühl, dass sie aufgewühlt war. Vorsichtig nahm er ihre Hand und streichelte zärtlich mit dem Daumen über den Handrücken. Am liebsten hätte er sie in seine Arme gezogen. Gleichzeitig erstaunt wie erfreut, registrierte er, dass sie die Annäherung für den Moment zuließ.

»Sie hat gesagt, ich soll die Finger von dir lassen, du würdest zu ihr gehören.« Vorsichtig zog sie nun doch ihre Hand zurück, was ihn beinahe körperlich schmerzte.

»Und was sagst du dazu?«

Ohne ihn anzuschauen, zuckte sie mit den Schultern. »Was soll ich schon sagen? Das musst du doch wissen, ob sie noch eine Chance bei dir hat.«

»Wenn ich ehrlich bin, hat bei mir nur eine einzige Frau eine Chance«, sagte er.

Neugierig hob Laura den Kopf und blickte ihm in die Augen. »Ist das so, ja?« Ihr Blick war fragend, jedoch sprach sie nicht weiter.

»Oh ja, das ist so. Aber es ist ziemlich kompliziert.«

»Kompliziert?«

Er nickte. »Ja, sehr sogar. Ich muss ihre Mutter noch um Erlaubnis fragen, ob ich mit ihr zusammen sein darf.«

Laura verzog den Mund zu einem schiefen Lächeln. »Sag nicht, du hast dich in Nesrin verknallt.«

Anton konnte nicht anders und lachte laut auf. »In Nesrin, die Verrückte? Bist du wahnsinnig?« Er krümmte sich beinahe vor Lachen. »Du bist heute schon die zweite Person, die glaubt, ich hätte mich in Nesrin verguckt.«

Lauras Blick wurde zornig und sie sprang auf. »Dann würde ich mal drüber nachdenken, wieso!«, blaffte sie ihn an.

Erschrocken stellte er fest, dass Laura es absolut ernst meinte. War sie etwa tatsächlich eifersüchtig? Auf Nesrin? Er hätte es verstanden, wenn sie nicht gut auf Anouschka zu sprechen gewesen wäre, aber Nesrin? Mit einem Satz sprang er ebenfalls auf und hielt sie am Arm fest. »Hey, lass dich doch nicht ärgern!«

»Pff, du kannst mich gar nicht ärgern«, fauchte sie zurück und versuchte, seine Hand abzuschütteln. Vergeblich. Er ließ sie nicht los, sondern hielt sie nun auch noch an ihrem anderen Arm.

»Wollte ich auch nicht. Was genau ich wollte, war, dich fragen, ob ich Mia in der Schule besuchen darf. Sie hat nämlich mich gefragt, ob ich in ihrem Musikunterricht die Mundharmonika als Musikinstrument vorstellen würde.«

Über Lauras Gesicht huschte ein verhaltenes Lächeln. Mit leicht beleidigter Miene antwortete sie: »Du hast dich also in meine Tochter verguckt?«

Gespielt reumütig nickte er. »Ja, sie ist ziemlich süß. Und helle. Und sie hat niemanden in der Familie, der ein Instrument spielt, von deinen Kochkünsten ganz zu ...«

»Übertreib's nicht, Anton«, drohte sie mit erhobenem Zeigefinger.

Anton schaute zur Uhr. »Du müsstest mir rasch die Erlaubnis erteilen, weil der Unterricht in zwanzig Minuten beginnt.« Er holte die Mundharmonika aus seiner Hosentasche und hielt sie ihr schmunzelnd vor die Nase.

Jetzt musste Laura doch lachen. Sie hielt sich eine Hand vor den Mund und prustete los. »Du bist unmöglich, weißt du das?« Sie klopfte ihm gegen die Brust. »Aber wenn ihr tatsächlich nur musiziert, dann gehört die holde Maid dir.«

»Danke, meine Schöne«, sagte Anton und bemerkte, wie sich bei seinen Worten Lauras Wangen röteten.

»Nun renn schon los, sonst kommst du zu spät. Und so ein Prachtweib lässt man besser nicht warten.«

Schmunzelnd und im Überschwang drückte er Laura einen schnellen Kuss auf die Wange.

»Sag Murat, ich musste schnell weg. Vielleicht irgendwas mit *dringende Familienangelegenheiten*«, rief er und rannte auch schon los.

Falls Laura noch eine Antwort gab, hörte er sie nicht mehr. Das Einzige, was er fühlte, war noch eine ganze Weile die zarte Haut ihrer Wange auf seinen Lippen.

Lug und Betrug

»Weißt du, was das Allerallerschlimmste an der ganzen Sache ist?«, jammerte Melle und schnäuzte in ein Papiertaschentuch, während ihr Oberkörper von Heulkrämpfen geschüttelt wurde.

»Klar«, murmelte Laura, »dass auf keinen Kerl mehr Verlass ist.« Der Einzige, der ihr ad hoc in den Sinn kam, auf den sie bis jetzt immer bauen konnte, war Anton. Aber das sagte noch gar nichts aus, denn sie kannte ihn ja erst seit Kurzem. Verflixt, schon wieder dachte sie an ihn. Das musste aufhören! Es war doch wohl möglich, ihn aus ihren Gedanken zu vertreiben. Immer wieder dachte sie an seine warmen Lippen auf ihrer Wange. Das war einfach mehr als albern. Ein einziger vager, beinahe gehauchter Wangenkuss zum Abschied und sie kämpfte mit diesem fragwürdigen Bauchkribbeln. Ob es Anton ähnlich ging?

»Nein«, jammerte Melle, »das Schlimmste an der Sache ist, ich liebe diesen Mann wirklich. Mit jeder Faser meines Körpers. Er hat mich überhaupt nicht verdient! Ich meine, hat er mal in den Spiegel geguckt? Er ist groß und dick und so schön ist er nun auch nicht. Ich dagegen sehe mindestens so gut aus, dass ich zwei Mikes haben könnte oder drei.«

»Das stimmt. Du könntest drei Mikes und auch noch zwei Christian Bergmanns gleichzeitig haben«, pflichtete Laura ihr bei. Hätte sie Melle doch nur helfen können, aber Mike war eindeutig überführt. Dieser Idiot traf sich definitiv mit einer anderen Frau.

»Und dann hat er auch noch eine Glatze. Ich könnte Männer mit richtigem Haar haben. In allen Farben, blond, schwarz, braun. Alles könnte ich haben und nehme mir einen fremdgehenden Glatzkopf. Das ist ja geradezu lächerlich!«

»Vergiss nicht die Muskeln und den Waschbrettbauch«, sagte Laura und zog behutsam einen Lidstrich. Sie schielte zum Wecker und bedauerte, dass sie Christian zugesagt hatte. Melle brauchte ihren Beistand viel dringender als sie selbst dieses Date, auch wenn sie mehr als neugierig war, was er ihr zu sagen hatte. Er machte aber auch ein Geheimnis um sich und seine Person. Absolut lächerlich! Männer waren das Letzte!

»Weißt du, Laura, das war mir noch nie wichtig. Waschbrettbauch, Muskeln, Haare. Was ist das schon gegen alle anderen Vorzüge. Mit Mike war das Leben so lebenswert und leicht und lustig. Er hat mich wirklich glauben lassen, ich wäre seine große Liebe. Wieso liest er mir jeden Wunsch von den Augen ab, hält mir Türen auf, schleppt Einkaufstüten und Selterskisten, macht das Sonntagsfrühstück und weiß, wie ich meinen Kaffee mag, wenn er mich überhaupt nicht liebt? Und wenn ich friere, nimmt er meine Hände in seine großen Bärenpfoten und wärmt sie. Ich kann es einfach nicht fassen, dass das alles eine einzige Lüge gewesen sein soll. Warum machen Männer so was? Warum macht Mike so was? Ich versteh das alles nicht.« Tränen der Wut und Enttäuschung rannen unaufhörlich Melles Wangen hinab. Sie saß wie ein Häufchen Elend im Schneidersitz auf Lauras Bett und der Berg an benutzten Papiertaschentüchern wuchs stetig an.

»Süße, ich kann es auch nicht verstehen. Aber ich begreife die Männer im Allgemeinen sowieso nicht. Schau mich an, schau dir meine Tochter an. Welcher Mann, der die Liebe zweier so toller Menschen erfahren darf und einigermaßen bei Trost ist, wirft ein Leben an unserer Seite einfach in den Gully? Männer sind Idioten, nein, Schweine. Kleine, miese Schweine! Ich gebe zu, von Mike hätte ich das auch nicht erwartet, aber warum soll gerade er die große Ausnahme sein? Heißt es denn nicht immer, dass sie alle gleich sind?« Noch während Laura sich in Rage redete, bereute sie ihre Worte. Irgendetwas in ihrem Innern trug immer noch einen Funken Hoffnung, Mike würde eine plausible Erklärung für sein Verhalten liefern. Immer wieder schauten sie sich gemeinsam die Fotos an, die Laura von Mike und dieser Frau geknipst hatte, und Laura beschlich eine leise Vorahnung, dass hier irgendetwas nicht stimmte. Was genau es war, konnte sie jedoch nicht benennen.

»Gut, sie ist ein Stück größer als ich und vielleicht auch einen Tick schlanker und sie hat auch nicht so ätzendes krauses rotes Haar wie ich«, räumte Melle ein, als ob dies als ausreichender Aspekt gereicht hätte, um von seinem Freund betrogen zu werden. »Aber ansonsten ist sie bestimmt nur halb so klug wie ich und Mike liebt, was ich ihm koche. Was hat diese Queena nur, was ich nicht habe?« Frustriert legte sie das Handy zur Seite und vergrub ihr Gesicht in den Händen.

»Nichts hat sie, was du nicht auch hast«, versuchte Laura, ihre Freundin zu trösten. »Es ist vermutlich nur der Reiz des Neuen. Wenn du Glück hast, ist es nur eine kurze Affäre und er kehrt hinterher reuevoll zu dir zurück?«, sagte sie eher halbherzig. Für sie selbst hätte Betrogenwerden immer die Trennung zur Folge, aber möglicherweise war Melle ja in der Lage, Mike zu verzeihen.

»Wie kann er nur?«, schluchzte sie und warf ihren Oberkörper theatralisch aufs Kissen.

»Tante Melle! Weinst du?« Plötzlich und unerwartet stand Mia in der Tür. Hinter ihr blickte Anton ins Zimmer.

»Alles in Ordnung?«, fragte er mit einem kurzen Nicken Richtung Melle.

Laura machte ein zerknirschtes Gesicht. »Wie man's nimmt. Wir haben gerade eine kleine Krisensitzung. Aber eigentlich will ich los. Melle ist unser Babysitter.«

Melle wischte sich die Tränen vom Gesicht und straffte die Schultern. »Hey, ich kann euch hören. Und natürlich werde ich heute Abend auf unseren kleinen Schatz aufpassen. Ich habe mich die ganze Woche darauf gefreut, dich beim Uno-Spielen fertigzumachen.« Sie zog Mia auf ihren Schoß und vergrub die Nase in ihrem Haar.

»Als ob!«, lachte Mia. »Kannst du auch Mundharmonika spielen so wie Anton?«

»Stimmt das? Du spielst Mundharmonika?«, fragte Melle erstaunt in seine Richtung. Er winkte nur bescheiden ab und lehnte sich gegen den Türrahmen.

»Ja klar, er war heute sogar in meinem Musikunterricht und hat uns eine Stunde lang vorgespielt und mit uns gesungen«, erklärte Mia, während sie Anton angrinste, als hätte sie Justin Bieber persönlich vor sich.

»Das hat der Anton für dich gemacht?«, hakte Melle noch einmal nach und schaute bedeutungsvoll in Lauras Richtung. Laura wusste sofort, was dieser Blick bedeutete, und natürlich war ihr bewusst, was Anton für ihre Tochter gemacht hatte. Nur Väter und wirklich gute Freunde gingen in den Unterricht der Kinder, um dort karitativ mitzuwirken. Deshalb mochte sie ihn ja inzwischen auch so furchtbar gern. Er übernahm in letzter Zeit immer öfter die Rolle, die eigentlich dem Kindsvater zustand.

»Ich kann den Floh auch hüten«, erbot sich Anton, wie wenn er ihre Gedanken lesen würde.

»Nein, nein. Heute bin ich mal dran. Außerdem will ich nicht nach Hause. Da wartet eh nur ein glatzköpfiger Betrüger auf mich.«

»Meinst du Onkel Mike?«, fragte Mia neugierig und Laura wunderte sich mal wieder, wie feinfühlig und klug ihre Tochter sich zeigte.

»Bist du dir sicher, dass du bei Mia bleiben willst?«, fragte Laura, die Nachfrage ihrer Tochter übergehend.

Melle nickte traurig, aber bestimmt.

»Ich weiß gar nicht, wie ich dir danken soll.« Schuldbewusst sah Laura hinunter auf ihre Freundin und Mia. Am liebsten hätte sie Christian abgesagt und wäre hiergeblieben. War sie es Mia und vor allem ihrer besten Freundin nicht schuldig, bei ihnen zu bleiben in dieser schweren Zeit? Sie hatte Mia bis auf zwei Abende in dieser Woche kaum gesehen und Melle machte vermutlich gerade die kummervollste Zeit in ihrem Leben durch.

»Wisst ihr was? Ich bleibe hier.« Kurz entschlossen nahm sie ihr Handy zur Hand und wählte Christians Nummer.

»Bist du wahnsinnig?« Melle sprang auf und riss ihr das Handy aus der Hand. Sie drückte den roten Knopf im Display und beendete das Gespräch, noch bevor am anderen Ende abgenommen wurde. Im selben Moment klingelte es an der Tür. Unbehagen stieg in Laura hoch, denn sie registrierte sehr wohl, dass Anton immer noch im Türrahmen verharrte und das Geschehen beobachtete. Seine Blicke durchbohrten sie förmlich und hafteten auf ihrem Ausschnitt, der ungewohnt tief war. So, wie sie angezogen war, musste ihm klar sein, dass sie schon wieder ein Date hatte. Alles in ihr sträubte sich, denn alles in ihr fühlte sich wie ein Magnet zu Anton hingezogen. Als sie an ihm vorbeiging, um die Tür zu öffnen, fragte er in ruhigem Ton: »Fußballerdate?«

Sie stoppte vor ihm, blieb kurz stehen und konnte ihm kaum in die Augen sehen. Seine Nähe machte sie von Mal zu Mal nervöser und ihr Atem beschleunigte sich, als würde sie rennen. Ihre Brust hob und senkte sich und als sich ihre Blicke trafen, verhakten sie sich für einen Moment ineinander. Sie wollte auf seine Frage nicht antworten und biss sich auf die Unterlippe. Das erneute Klingeln an der Wohnungstür holte sie aus ihrer Starre. Ohne ihm zu antworten, ging sie zur Tür. Verdammt! Sollte Anton doch denken, was er wollte. Die große Liebe gab es ja doch nicht, das sah man an Melle. Lauras Magen zog sich schmerzhaft zusammen bei dem Gedanken daran, dass es die wahre und große Liebe des Lebens überhaupt nicht geben sollte. Warum nur spürte sie dann diese sehr wahren und übermächtigen Gefühle in ihrem Innern und woher kamen die so plötzlich? Was für eine verfluchte Laune der Natur, den Körper und den Geist derart ausflippen zu lassen, nur weil man sich zu einer anderen Person hingezogen fühlte. Das war doch nicht fair. Und noch ungerechter war es, dass man nie alles Gute beisammen hatte. Warum nur musste Anton so ein armes Würstchen sein? Warum jagte er dem Bühnentraum nach? Er musste doch schon anhand von Anouschkas Beispiel sehen, dass künstlerisches Schaffen aussichts- und brotlos endete. Nein, das war nicht das Leben, das sie sich für Mia und sich vorstellte. An ihrer Seite sollte nur noch ein Mann sein, auf den sie auch finanziell bauen konnten. Sie betätigte die Gegensprechanlage: »Bin gleich unten«, rief sie und griff nach ihrer Jacke. Traurig und beinahe mutlos legte sie die Hand auf die Türklinke und öffnete sie. Ihr kam es so vor, als wäre sie schwer wie Blei, als sie sie hinunterdrückte. Ohne einen weiteren Gruß verließ sie die Wohnung. Als sie auf die Straße trat, sah sie Christian an der Limo lehnend, er schien genauso derangiert zu sein, wie sie sich im Innersten fühlte. Er wirkte in sich gekehrt, sein Blick war zu

Boden gerichtet, außerdem rauchte er. Als er sie entdeckte, warf er die Zigarette mit schuldbewusster Miene in den Rinnstein.

»Du rauchst?«, fragte sie schmunzelnd.

»Keineswegs«, antwortete er.

»Gut. Denn mir hat mal jemand gesagt, dass Rauchen Krebs und Gefäßkrankheiten verursacht und für 'ne Menge faltiger Haut sorgt.«

»Ich glaube, derjenige hat gelogen, denn manchmal ist die Kippe auch ein Sanitäter in der Not.«

»Nope, mein Freund, das ist Alkohol, da kannst du Herbert Grönemeyer fragen. Lass uns lieber ein Glas Rotwein trinken. Der soll außerdem gut fürs Herz sein.«

Laura zwinkerte ihm zu, während er ihr die Wagentür öffnete.

Als sie sich wenige Minuten später im Balthazar gegenübersaßen, schaute Laura über die Menükarte in Christians Gesicht. Er wirkte immer noch grüblerisch und angespannt, außerdem war er noch wortkarger als sonst. Wenn das hier tatsächlich ein Date sein sollte und Christian auf irgendetwas Romantisches aus war, dann stellte er sich mehr als dämlich an. Laura musste sich eingestehen, dass sie sich in seiner Gegenwart beinahe ein wenig langweilte. Was fanden all die Frauen nur an ihm? Als die Bedienung an den Tisch trat, orderte Christian eine Flasche 2014er Tignanello. Vielleicht ließ sich der Abend ja tatsächlich mit Rotwein retten.

»Und zu essen?« Christian blickte Laura fragend an.

Sie hatte Hunger, ziemlich großen sogar. »Ich nehme das Chateaubriand mit Sauce béarnaise.«

»Zwei Mal«, sagte Christian knapp und der Kellner quittierte die Bestellung mit der üblichen Phrase: »Ausgezeichnete Wahl«. Vermutlich hätten sie auch geröstete Kakerlaken oder marinierte Bullenhoden ordern können, der Kellner hätte ihnen mit denselben Worten einen exzellenten Geschmack unterstellt.

Laura klappte die Karte zu. »So, nun mal raus mit der Sprache, Christian. Warum sitze ich hier? Was ist los und wieso musstest du letztes Mal so eilig fort?«

Sie sah, wie er seinen Blick schärfte und versuchte, sich auf das Gespräch zu konzentrieren. Er war sonst wo mit den Gedanken, aber nicht hier bei ihr. Er faltete die Hände wie zum Gebet. »Ich weiß nicht, wo ich anfangen soll. Ehrlich nicht. Ich weiß auch nicht, ob ich dich in diese Sache mit hineinziehen soll.«

Lauras Herzschlag beschleunigte sich bei seinen Worten. »Was? In was für eine Sache? Was haben wir angestellt?«, fragte sie mit zwar gesenkter, dennoch aufgeregter Stimme. Das hörte sich ja geradeso an, als hätten sie gemeinsam ein Verbrechen begangen. In ihrem Kopf läuteten alle Alarmglocken.

»Angestellt hast du gar nichts. Aber seitdem ich dich kenne, überlege ich, ob ich dich in eine Sache mit reinziehen kann.«

Nervös fächelte Laura sich Luft zu. Was hatte er gesagt? Er wollte sie in eine Sache mit hineinziehen?

»Vergiss es! Ich lasse mich auf keine Sache mehr ein!«, brach es aus ihr heraus. »Und ich will auch gar nicht wissen, was du angestellt hast.« Bei seinen Worten stellten sich ihre Nackenhaare hoch. Nach all den Unannehmlichkeiten, die Christian ihr bereits eingebrockt hatte, wollte sie sich gar nicht vorstellen, was er noch alles auf dem Kerbholz hatte. Instinktiv übermannte sie ein Fluchtreflex und sie überlegte, ob sie freiwillig auf das Chateaubriand verzichten konnte. Nesrin hatte ihr heute Mittag zwar detailreich davon vorgeschwärmt und seitdem ging es ihr nicht mehr aus dem Kopf, aber würde sie für Essen straffällig werden? In ihrer Brust tobten zwei Herzen und sie fragte sich, wie verfressen sie eigentlich war. Sollte es einen Gott geben, so dachte er ganz sicher jedes Mal, wenn er auf sie hinabsah: *Ach guck, da sitzt sie wieder und frisst oder zumindest denkt sie gerade daran.* Wo war ihre ganze Charakterstärke geblieben, mit der sie naturgemäß ausgestattet war? Mit einem Satz sprang sie auf.

»Weißt du was? Ich gebe zu, ich verzichte wirklich ungern auf das Chateaubriand. Und dieser Rotwein ist vermutlich auch wieder außerordentlich exklusiv. Aber ich glaube, auch wenn ich tief in deiner Schuld stehe, ich habe genug von dir. Denn wenn ich ganz ehrlich bin, habe ich sowieso keine Gefühle für dich. Wieso sollte ich also wissen wollen, was dein Fußballerhirn schon wieder ausbrütet?« Jetzt war es raus. Und wie sie so in sich hineinhorchte, war sie sogar erleichtert, dass sie diese Wahrheit ausgesprochen hatte.

Christian schaute sie verwundert an. »Darf ich fragen, wieso du glaubst, in meiner Schuld zu stehen?«

»Wie bitte? Echt jetzt, Christian?« Laura hielt inne. Das Gespräch wurde immer verrückter. »Tue uns beiden einen Gefallen und höre jetzt auf mit dem Theater. Das ist nicht mehr komisch.«

»Wirklich, Laura, eines kann ich dir versprechen. Du stehst nicht in meiner Schuld. Wie kommst du nur darauf?«

»Hey, ich weiß, dass du bei Leonhardt warst und ich deswegen meine Ausbildung im Hotel beenden darf, und ich weiß auch, dass du das Brautkleid bezahlt hast, aber das gibt dir noch lange nicht das Recht, mich in irgendwelche Machenschaften mit reinzuziehen.«

»Leonhardt«, stieß Christian aus. »Stimmt. Mit dem sollte ich ja auch noch sprechen. Laura, verzeih mir, das habe ich vollkommen vergessen.«

»Wie bitte?« Jetzt verstand Laura gar nichts mehr. »Du hast nicht mit Leonhardt gesprochen? Und du hast auch nicht das Kleid bezahlt?«

»Laura, ich verspreche dir, ich hole das morgen nach. Durch meine eigenen Probleme habe ich das völlig vergessen.« Christians bekümmerte Miene wirkte aufrichtig.

Laura setzte sich wieder hin und lehnte sich zurück. »Aber wer war dann bei meinem Chef? Und wer zum Teufel hat das Kleid bezahlt?«, murmelte sie. Was hatte Leonhardt gesagt? Es gebe einen Wohltäter, dessen Namen er nicht verraten dürfe? War es womöglich Till, der sich für sie eingesetzt hatte? War der Blumenstrauß, den er ihr ins Leonhardt gebracht hatte, am Ende ein ernst gemeinter Versuch, wieder eine intakte Familie zu werden? Aber wie hätte Till in so kurzer Zeit so viel Geld aufbringen sollen? Das ergab doch alles keinen Sinn.

Christian räusperte sich verlegen. »Wirklich, Laura, es tut mir leid, aber eine Frage habe ich nun dennoch.«

Der Kellner brachte das Essen, dessen köstlicher Duft Laura in die Nase stieg. Sofort waren alle Sorgen vergessen. Sie nahm das Besteck in die Hände und schon nach der ersten Gabel, die sie zum Mund führte, fiel die innere Anspannung ab. Das zarte Fleisch des Chateaubriands zerging beinahe auf der Zunge und wirkte wie eine Beruhigungspille.

»Okay, was willst du wissen?«, fragte sie, während sie die nächste Gabel zum Mund führte.

Christian rührte seinen Teller nicht an, was Laura nicht nur nicht verstehen konnte, sondern was ihr beinahe körperliche Schmerzen bereitete. »Ist es wahr, dass du nichts für mich fühlst?«

Sie nickte. »Ja, das stimmt. Ich fühle nichts. Gar nichts. Wirklich. Nicht die Bohne. Versteh mich nicht falsch, ich finde dich nett und du bist attraktiver als jeder, den ich je gesehen habe. Und du kannst ausgezeichnet küssen. Aber all das hat keine Wirkung auf mich. Vermutlich bin ich nicht normal.«

Für den Moment eines Wimpernschlags hätte sie beinahe laut über sich selbst gelacht, aber sie fühlte sich zu erwachsen, um ihre hysterische Seite so offen zur Schau zu stellen.

Christian grinste sie plötzlich an. Und dieses Grinsen war wieder mal ziemlich sexy und jungenhaft. Dennoch vermochte es nicht, ihren Puls zum Rasen zu bringen.

»Äh, entschuldige, was ist daran jetzt so komisch?«, fragte sie irritiert.

»Nichts. Nein, wirklich. Daran ist gar nichts komisch.« Christian hielt sich eine Hand vor den Mund.

»Sag mal, lachst du jetzt etwa?« Sie konnte es nicht fassen. Auch wenn er seinen Mund verdeckte, sah sie doch in seinen Augen, dass er sichtlich amüsiert war.

Um Fassung bemüht, räusperte er sich plötzlich und wurde wieder ernst.

»Nein, also ja. Also nein.«

»Christian!«, entfuhr es ihr. »Bring mich nicht auf die Palme.«

»Entschuldige, aber jetzt, wo ich weiß, dass du nicht in mich verliebt bist, ist alles nur noch halb so schlimm.«

»Wie bitte? Ich versteh nur noch Bahnhof«, sagte Laura und kratzte sich irritiert am Kopf.

»Deshalb lass es mich dir erklären, Laura. Ich möchte dir einen Vorschlag machen, der sehr lukrativ für dich ist. Allerdings habe ich einen Vertrag, den du vorher unterschreiben musst.«

»Einen Vertrag? Spinnst du? Bist du so ein Perverser wie dieser, dieser *Fifty-Shades-of-Grey*-Typ? Hör mal, bloß, weil du Christian heißt und deine Jacketkronen weißer sind als die Schneedecke des Mount Everest, brauchst du dir nicht einzubilden, dass sich jede Frau bereitwillig von dir foltern lässt. So eine bin ich nicht. Versuch's erst gar nicht!«

Stirnrunzelnd blickte er sie an. »Wovon sprichst du?«

»Ich?« Nervös fasste sich Laura an die Brust. War sie zu weit gegangen? »Ich spreche von ... Es ist doch egal, wovon ich spreche. Wovon sprichst du überhaupt?« Sie sollte sich wohl besser langsam beruhigen.

189

Christian holte einen Umschlag aus seinem Jackett, öffnete ihn und entfaltete ein Blatt Papier. »Unterschreib das. Dann erzähle ich dir, worum es geht.«

»Was ist das?« Misstrauisch überflog sie den Schriftsatz. »Eine Verschwiegenheitsvereinbarung?«

Er nickte. »Ja, du musst mit deiner Unterschrift bestätigen, dass du alles, worüber wir gleich sprechen werden, für dich behältst. Du darfst es niemandem erzählen. Weder der besten Freundin noch deiner Mutter. Niemandem.«

»Dann hoffe ich, dass mich mein Vater niemals foltern wird. Der ist in unserer Familie nämlich der Einzige, der sich für dich interessiert.«

Christian schmunzelte und reichte ihr einen Kugelschreiber, den sie zögerlich zur Hand nahm.

»Auch wenn ich das hier unterschreibe, kann ich mich immer noch gegen das krumme Ding entscheiden, ja?«, vergewisserte sie sich. Ihr war nicht wohl bei der Sache.

»Versprochen«, antwortete Christian mit warmem und vertrauenswürdigem Blick.

»Also schön.« Laura unterschrieb das Papier und schaute auf Christians Teller. »Isst du das noch?«

Grinsend schob er seinen vollen Teller in ihre Richtung.

Bereitwillig zog sie ihn vor sich und nahm erneut das Besteck auf. »Dann lass mal hören.«

Angebote, die man nicht ablehnen kann

Mit einem lauten Quietschen fuhr der Zug träge in Hamburg ein. Als Anton aus dem Hauptbahnhof ins Freie trat, zeigte sich das erste Mal an diesem Tag das warme Gesicht der Sonne und tauchte die Stadt in ein helles, freundliches Licht. Er war versucht, das milde Wetter als positives Zeichen zu deuten. Beim Blick zur Uhr sah er, dass er bis zum Vorspielen in der Elbphilharmonie noch eine Stunde Zeit hatte. Zu Fuß würde er etwa dreißig Minuten brauchen. Sicherlich würde es ihn entspannen, wenn er lief. Entschlossen schulterte er seinen Rucksack und machte sich zu Fuß auf den Weg. Über die Spitalerstraße bog er rechts auf die Mönckebergstraße. Nichts hatte sich in seiner Heimat verändert. Die Straßencafés, die Häuserfassaden – das Straßenbild war dasselbe wie damals, als er aus Hamburg weggegangen war. Beinahe rechnete er damit, dass er alte Freunde traf oder die Eltern seinen Weg kreuzten. Allein bei dem Gedanken daran zog er den Kopf ein und stellte den Kragen der Jacke hoch. Erst als er auf der Mahatma-Gandhi-Brücke angekommen war und um ihn herum die üblichen Touristen fröhlich ihre Fotos knipsten, fühlte er sich sicher. Er stoppte und gönnte sich einen Augenblick der Ruhe. Da hob sie sich in ihrer gesamten Größe vor ihm empor, die Elbphilharmonie. Was für ein architektonisches Meisterwerk! Was hätte er vor Jahren darum gegeben, nur ein einziges Mal in einem Konzerthaus wie diesem spielen zu dürfen? Und heute würde er endlich die Chance haben, sein Können unter Beweis zu stellen. Und dann auch noch in der neu errichteten Elbphilharmonie. Ganz anders als sein Vater glaubte Ansgar Leonhardt an ihn und sein Talent. Anton schickte ein Stoßgebet zum Himmel, er möge den guten Mann nur ja nicht enttäuschen. Während er den markanten Bau des Konzerthauses bewunderte, suchte er in seiner Hosentasche nach dem Zettel. »Kaistudio 1«, stand dort geschrieben. Mit gemischten Gefühlen nahm er einen tiefen Atemzug und zwang sich innerlich zur Ruhe. Er musste sich nur bewusst machen, dass er im Grunde nichts zu verlieren hatte. Beherzt setzte er sich in Bewegung und lief seinem Schicksal entgegen.

»Und Sie sind wer?«, begrüßte ihn eine männliche Stimme durch ein Mikrofon, als er das Studio betrat. Bis auf ein Klavier, das im Kegel eines riesigen Scheinwerferlichtes stand, konnte er niemanden erkennen.

»Anton«, sagte er leise, da ihm vor Nervosität beinahe die Luft ausging. Seine Stimme wurde direkt von der oberen Wölbung der Halle verschluckt. Wieso nur war er derart aufgeregt? Sollte er wirklich jemals in der hiesigen Konzerthalle vor großem Publikum spielen wollen, musste er sein Lampenfieber in den Griff kriegen. Er schloss einen kurzen Moment die Augen und dachte an Mias Klasse, vor der er mit Leichtigkeit Mundharmonika gespielt und darüber hinaus auch noch Spaß gehabt hatte. Musik war sein Leben, warum sollte er also Angst davor haben, zu spielen? Er räusperte sich und sagte mit fester Stimme: »Ich bin Anton Fischer.«

»Hallo, Anton Fischer. Was spielen Sie für uns?«, fragte die körperlose Stimme.

Er öffnete das Notenheft und stellte es aufs Notenpult.

»Sie werden die Titelmelodie aus ›Die fabelhafte Welt der Amélie‹ von Yann Tiersen hören. Sie heißt ›Comptine d'un autre été‹. Ich hoffe, das ist korrekt ausgesprochen. Mein Französisch ist eher mäßig, deshalb habe ich mich aufs Klavierspielen verlegt.« Sein kleiner Scherz wurde leider ausnahmslos mit Schweigen quittiert. Er blinzelte in die Dunkelheit und hoffte zu erkennen, wie viele Zuhörer er hatte. Aber so sehr er sich anstrengte, er konnte niemanden ausmachen. Anton sammelte sich, atmete ein letztes Mal tief durch und setzte sich auf den Klavierhocker. Er schloss die Augen und hatte plötzlich Mias Schulklasse vor sich. Mit der Mundharmonika hatte er Kinder berührt, sie zum Lächeln gebracht. Dasselbe wollte er mit seinem Klavierspiel auch erreichen, nur auf höherem Niveau. Behutsam legte er die Finger auf die Tastatur und dann ging alles wie von selbst. Er brauchte keine Noten und eigentlich auch kein Publikum. Im Hier und Jetzt gab es nur das Instrument und ihn und die herzzerreißend schöne Filmmelodie, die ihm direkt aus dem Herzen in die Finger strömte. Jede Note, jeder Anschlag, jeder Takt flossen aus ihm mit einer Leidenschaft heraus, die nur jemand nachvollziehen konnte, der dieselbe Liebe zur Musik empfand wie er. Mit etwas Glück saß außerhalb des Lichtkegels jemand, der erkannte, wie tief seine Liebe zur Musik ging. Anton trug das gesamte Stück aus dem Kopf, nein, aus dem Herzen vor. Und als er den letzten Akkord spielte und die Melodie leise im Saal verklang, herrschte in ihm absolute Stille und ein innerer Frieden, den er nur verspürte, wenn er zu hundert Prozent mit sich selbst im Reinen war. Und das war er. Er hatte sich weder verspielt noch verhaspelt, er war im Takt geblieben und hatte das Stück einwandfrei vorgetragen. Wenn sie ihn jetzt nicht nahmen, hatten sie entweder keine Ahnung von Musik oder es gab noch jemanden, der besser war als er. Es dauerte beinahe eine Minute, bis der Schatten zu sprechen begann.

»Da hat der gute Ansgar nicht zu viel versprochen.« Aus der Dunkelheit trat ein älterer Herr zu ihm in den Lichtkegel. Er hatte graues, schütteres Haar und trug einen Schal, wie das Künstler oft taten. Sein Gesicht war leicht gebräunt und an Augen- und Mundpartie hatte er tiefe Falten, die von zu wenig Sonnenschutzmittel oder im besten Fall von einem fröhlichen Leben zeugten. Der Mann streckte ihm die Hand entgegen. »Ich bin Pedro Sanchez.«

Anton stand auf und erwiderte den Händedruck. »Danke, dass ich hier sein darf.«

Pedro lächelte warmherzig. »Nicht doch. Ich bin froh, dass du gekommen bist, Junge.« Wie selbstverständlich duzte er Anton von einem auf den anderen Augenblick.

»Hat Ihnen mein Spiel gefallen?« Antons Herzschlag hatte sich während des Klavierspiels beruhigt, jetzt aber raste er.

Pedro nickte. »Sehr sogar. Komm mit.« Er deutete zum Rand der Halle auf eine Sitzgruppe. Beide setzten sich, Pedro goss Wasser in ein Glas und reichte es ihm. Erst jetzt spürte Anton, wie trocken sein Mund und wie durstig er war, er trank es in einem Zug leer.

»Du hast das Stück mit einer großartigen Dynamik vorgetragen. Wie groß ist dein Repertoire?«

Anton zuckte mit den Schultern. »Ich spiele alles, was Sie wollen. Mozart, Beethoven, Mendelssohn, Chopin, Liszt. Aber ich kann auch moderne Sachen spielen. Teilweise brauche ich keine Noten, sagen Sie mir einfach, was Sie hören möchten.«

Pedro lächelte. »Dein Enthusiasmus gefällt mir. Du musst mir nichts mehr vortragen. Ich weiß von Ansgar, wie hervorragend du spielst. Du bist nicht der Erste, den er mir schickt und den ich groß rausbringen darf.«

Bei Pedro Sanchez' Worten machte Antons Herz einen Satz. »Groß rausbringen? Ich dachte, ich soll ein festes Engagement in der Elphi bekommen.«

Pedro nickte. »Fürs Erste schon. Ich will sehen, wie ich mit dir arbeiten kann. Wenn wir ein gutes Team werden, hab ich noch Großes vor mit dir. Kennst du Alexander Tschernikow?«

»Den Geigenspieler?«

»Genau den.«

»Natürlich. Wer kennt den nicht?«

»Mein Schützling.«

Anton nickte tief beeindruckt. »Ich weiß nicht, was ich sagen soll.« Tschernikow war seit mindestens zwei Jahren auf den Bühnen der Welt zu Hause. Seine Tournee im letzten Herbst war komplett ausverkauft gewesen und die Kritiken legendär. Soviel Anton wusste, bastelte er gerade an einer neuen CD. Im Grunde lebte Tschernikow Antons Traum.

»Was meinst du? Könntest du dir vorstellen, nach Hamburg zu ziehen und ein Jahr lang mit mir zu arbeiten?«

Unbändige Freude über dieses sagenhafte Angebot vermischte sich mit unendlicher Traurigkeit bei dem Gedanken, Laura und Mia in Berlin zurücklassen zu müssen. Aber was brachte es? Er musste endlich anfangen, an sich selbst und seine eigene Karriere zu denken. Das hier war seine große Chance. So was kam nur einmal im Leben.

»Hamburg ist zwar nicht meine erste Wahl, aber Ihr Angebot ist zu verlockend, um es auszuschlagen. Ich freue mich wahnsinnig darüber.«

»Gut, mein Freund. Ansgar hat im Leonhardt schon ein Zimmer für dich reserviert, dort kannst du für ein Jahr wohnen. Es ist übrigens das alte Apartment von Alexander Tschernikow. Er braucht es jetzt nicht mehr.«

»Wahnsinn«, entfuhr es Anton. »Ich weiß nicht, wie ich Ihnen danken kann.«

Pedro Sanchez hob einen Zeigefinger: »Danke mir mit Fleiß, Ausdauer und Hingabe. Das Talent steckt in dir. Wir müssen es nur noch optimieren. Mehr braucht es in meinen

Augen nicht. Das hier ist außerdem eine Win-win-Situation. Nicht nur du wirst gutes Geld verdienen, ich auch. Aber merke dir eines: Im Leben wird dir nichts geschenkt. Das nächste Jahr wird harte Arbeit. Ich schicke dir deinen Vertrag nach Berlin, aber in einer Woche stehst du um neun Uhr genau hier auf der Matte. Verstanden?«

»In einer Woche schon?« Bei dem Gedanken, in einer Woche bereits sein Leben in Berlin hinter sich lassen zu müssen, erfasste ihn beinahe Panik. Dennoch versuchte Anton, ruhig zu bleiben.

»Ist das ein Problem für dich?« Pedro fasste ihm an die Schulter. Sein warmer Blick suggerierte ihm, dass er an ihn glaubte und darauf vertraute, dass Anton das Richtige tat.

»Nein, ich werde da sein. Danke noch mal für das großartige Angebot. Ich fahre gleich heute zurück nach Berlin und regele meine Angelegenheiten.«

»Genau das wollte ich hören.« Pedro reichte ihm zum Abschied die Hand und schenkte ihm eine Umarmung. »Grüß bitte Ansgar von mir und richte ihm meinen Dank aus.«

»Mach ich, schon allein, weil ich ihm auch zu danken habe. Bis Montag dann.«

Aufgeregt, glücklich, verunsichert und zugleich traurig verließ er die Elbphilharmonie. So mussten sich Menschen mit einer bipolaren Störung fühlen, dachte er bei sich, als er nach draußen trat. Anton blinzelte gegen das grelle Sonnenlicht an, das sich auf der unruhigen Wasseroberfläche der Norderelbe spiegelte. Das Glitzern der Strahlen schien beinahe eine stille Melodie zu spielen, als sie auf den kleinen Wellen in ihrem eigenen Rhythmus hin und her tanzten. Ursprünglich hatte Anton vorgehabt, eine Nacht in Hamburg zu verbringen, aber jetzt, erfasst von innerer Unruhe und Tatendrang, machte er sich auf den Weg zurück zum Hauptbahnhof. Er musste seinen Umzug planen, er musste einen Nachmieter für sein Zimmer finden, denn allein würde Laura sich die Wohnung nicht leisten können. Fürs Erste konnte er weiterhin seine Miete zahlen, aber auf lange Sicht brauchte sie einen liquiden Mitbewohner oder besser doch eine Mitbewohnerin? Anton schüttelte über seine eigenen Gedanken den Kopf. Es konnte ihm gleichgültig sein, mit wem Laura zukünftig die Wohnung teilte. Es ging ihn ja alles nichts an. Anton erreichte den Hauptbahnhof. Was er jetzt brauchte, waren eine Fahrkarte und eine Kleinigkeit zu essen. Jetzt, wo die Anspannung des Tages von ihm abfiel, spürte er ein lästiges Magenknurren und das unangenehme Gefühl der Unterzuckerung in seinen Beinen. Kein Wunder, denn das Letzte, was er zu sich genommen hatte, war das Frühstück gewesen. Er besorgte die Fahrkarte und eine Pizza auf die Hand und war froh, als er endlich im Zug saß. Das Glück schien heute auf seiner Seite zu sein, denn er hatte das Abteil für sich allein. Die Beine von sich gestreckt, biss er gierig in die Pizza. Der Extrakäserand schmeckte fantastisch und schon nach den ersten Bissen verebbte das malträtierende Hungergefühl. Er war sich bewusst, dass er sich den Kopf darüber zerbrechen sollte, wie er innerhalb einer Woche alles geregelt bekam, dennoch brauchte er jetzt ein wenig Ablenkung von der Realität. Er entfaltete die Tageszeitung, die er sich heute Morgen am Berliner Hauptbahnhof geholt hatte und überflog die Titelseite. Und schon beim kurzen Hingucken blieb ihm der Extrakäse beinahe im Hals stecken. »Wird es ernst zwischen ihnen?«, schwadronierte die *Knorke* in roten Lettern auf der Titelseite. Darunter war ein Foto von Laura und Christian Bergmann abgebildet, das sie beim Verlassen eines Lokals zeigte. Mit vor Eifersucht klopfendem Herzen suchte Anton nach Details. Hielten sich die beiden an den Händen? Es war nicht eindeutig zu erkennen, denn die Aufnahme hatte schlechte Qualität, ein Wunder bei den technischen Möglichkeiten heutzutage. Allerdings erkannte

Anton deutlich Lauras lächelndes Gesicht, auch wenn sie den Blick gesenkt hielt. Sie schien glücklich zu sein.

»Erneut sehen wir das neue Traumpaar des Fußballs ein hippes Berliner Szenelokal verlassen, das für seine Diskretion und romantischen Nischen bekannt ist. Carmen Schulte scheint abgehakt und keine Rolle mehr in Christian Bergmanns Leben zu spielen. Aber wann bekennt sich der beliebteste Junggeselle Deutschlands zu seiner neuen Liebe? Vonseiten des Managements ließ man lediglich ein ›no comment‹ verlauten. Nichtsdestotrotz wünscht das Team der *Knorke* Herrn Bergmann und seiner Berliner Begleitung alles Gute für die Zukunft.«

Anton ließ die Zeitung sinken und seinen Blick in die Ferne schweifen. Während die Landschaft an ihm vorüberflog, versuchte er sich einzureden, dass es wohl das Beste für Laura war, wenn sie sich an Christian Bergmann hielt. Denn auch wenn Anton jetzt dieses geniale Engagement bekam und endlich mit seiner Kunst Geld verdiente, so konnte er sich nicht vorstellen, jemals so reich zu werden wie der Fußballer. Und darum ging es ihm selbst auch gar nicht. Sollte er für eine Liebe, die ganz offensichtlich nicht erwidert wurde, alle seine Werte aufgeben? Kaum merklich schüttelte er enttäuscht den Kopf. Er musste sich Laura aus dem Kopf schlagen. Bloß weil er so starke Gefühle für sie hatte, hieß das noch lange nicht, dass sie diese erwiderte. Er konnte ja verstehen, wenn sie sich nie wieder in jemanden verlieben wollte, der ihr keine Sicherheit bot, aber wenn er eine Freundin haben würde, so sollte sie ihn schon um seiner selbst willen lieben und nicht wegen des Geldes mit ihm zusammen sein. So oder so – die Würfel waren gefallen. Er würde zurück in seine Heimat nach Hamburg gehen. Ohne Laura. Sollte sie doch mit diesem Bergmann und seiner Kohle glücklich werden. Ohne, dass er noch ein Wort gelesen hatte, zerknüllte Anton die *Knorke* und warf sie mit Verachtung unter den gegenüberliegenden Sitz.

NICHTS IST, WIE ES SCHEINT

Laura tat seit einer halben Stunde, was sie seit der Wiederaufnahme ihrer Ausbildung vornehmlich tat, sie polierte Gläser, danach wienerte sie die Spüle und hinterher faltete sie Servietten. Sie war entsetzlich gelangweilt und ihr kam der Spruch ihres Vaters in den Sinn, den er meist von sich gab, wenn sie wegen ihrer Ausbildung nörgelte: »Lehrjahre sind keine Herrenjahre, Laura.« Sie mochte die Redensart nicht, denn Laura stellte weder Ansprüche, noch wollte sie das Regiment an sich reißen. Aber den ganzen Tag über Arbeiten verrichten, ohne den Kopf anzustrengen, machte sie wahnsinnig. Schon allein, weil sie immer wieder an Anton und seinen Fortgang denken musste. Aus der Entfernung sah sie Nesrin auf sich zukommen. Nicht, dass sie inzwischen Freundinnen geworden wären, aber naturgemäß hatte Nesrin meist irgendetwas herumzumotzen, was Laura ein wenig Ablenkung bot und sogar amüsierte. Nesrin zog eine Flappe, was nur daran liegen konnte, dass Murat ihr die Prüfung für einen weiteren Cocktail abgenommen hatte. Sie selbst hatte vorhin aus dem Stegreif einen Cosmopolitan mixen müssen. Wenn das so weiterging, würde Murat bald zum Säufer werden, denn sie beobachtete, dass er die Cocktails jedes Mal leer trank, was er natürlich seiner unfähigen Cousine anlastete, wegen der er ständig miese Laune hatte. Der Test an sich rang Laura, die ein eingefleischter *Sex-and-the-City*-Fan war, nur ein müdes Lächeln ab. Innerhalb einer Minute vermischte sie Wodka, Cointreau, Cranberry- und Limettensaft zu einem vorzüglichen Getränk, goss es in ein Glas mit Eiswürfeln und garnierte es mit einem Zitronenschnitz. »Mit dir macht das gar keinen Spaß! Was prüfe ich dich überhaupt«, hatte Murat gemault. »Kannst du das nicht auch meiner Cousine beibringen? Laura, ich schwöre, sie würde sich viel besser am Dönerstand ihres Vaters machen, aber die Familie hat es sich in die Köpfe gesetzt, sie soll im Hotel ihr Unwesen treiben. Das ist nicht fair. Und wer darf dafür den Kopf hinhalten?« Er hatte immer noch vor sich hin geschimpft, als er den Cocktail trinkend abgezogen war. Jetzt kam Nesrin zurück und verdrehte die Augen. »Irgendwann isch mach Murat Messer. Will er, dass isch mache Cosmopolitan. Wenn isch nicht trinken darf, wie soll ich wissen, wie der geht? So ein Affe. Spielt sich auf, als wäre er Oberhaupt in Hotel, und ich muss trinken die ganze Zeit nur Fassbrause.«

»Hey«, beschwichtigte Laura, »Murat hat sicherlich nur schlechte Laune, weil Anton nach Hamburg geht. Er ist nun mal sein bester Freund. Außerdem muss er sich jetzt um einen würdigen Ersatz für ihn kümmern, das dürfte nicht so einfach sein.« Nesrin tat ihr leid, aber Murat hatte es gerade auch nicht leicht.

»Is mir egal«, fauchte sie und schrubbte das Waschbecken, das Laura eben schon auf Hochglanz poliert hatte. »Mir wird Anton auch fehlen, aber hin und wieder einen Cosmopolitan will isch auch trinken. Nichts darf isch, nur arbeiten, arbeiten, arbeiten. Mir langsam reischt es!« Sie feuerte den Schwamm ins Waschbecken und trocknete sich die Hände am Handtuch ab. »Isch geh rauchen.« Nesrin verschwand durch die große Flügeltür und rannte beinahe Ansgar Leonhardt um, der durch dieselbe Tür den Saal betrat. Automatisch straffte Laura den

Rücken und legte ein Lächeln auf, auch wenn ihr nach Heulen zumute war. Sie konnte es nicht fassen, dass Anton wirklich zurück nach Hamburg ging. Sie fand, es gab nicht mal einen triftigen Grund dafür. Einzig, dass er seine Heimat und seine Familie vermisste, war in ihren Augen nicht Grund genug, weshalb er so Hals über Kopf die Zelte hier in Berlin abbrach. So sehr sich Laura ihr Hirn zermarterte, sie konnte sich keinen Reim auf seinen Weggang machen. Nur eines wusste sie, dass schon jetzt eine riesige Wunde in ihrem Innern klaffte. Sie war ja nicht blöd und sich natürlich bewusst, dass sie sich etwas vormachte, wenn sie Mia vorschob, die in Anton beinahe einen Vaterersatz gefunden hatte und ihn nun wieder verlieren würde. Und sie war eine Meisterin darin, sich selbst einzureden, dass Anton schlicht und ergreifend ein angenehmer Mitbewohner war, der Ordnung hielt, für sie mit einkaufte und kochte, der das Bad putzte, obwohl er nicht dran war, oder auf Mia aufpasste, obgleich er das nicht musste. Mehr war er nicht. Er war ein guter Freund! Verdammt! Er sollte nicht weggehen. Warum nur hatte er sich das so plötzlich in den Kopf gesetzt? Flüchtete er am Ende vor seinen Gefühlen für Anouschka? Für Laura hatte er ganz sicher nichts übrig, sonst würde er ja hierbleiben und vielleicht ein ganz kleines bisschen um sie kämpfen, oder? So machte man das doch, wenn man sich ein ganz klitzekleines bisschen in jemanden verguckt hatte. Sollte sie vielleicht um ihn kämpfen? Um einen Typen ohne Ausbildung und ohne Zukunft? Laura schmeckte plötzlich Blut im Mund, sie zerbiss sich schon vor innerer Verzweiflung die Unterlippe. Das brachte doch alles nichts, dieses Kopfzerbrechen. Außerdem ging Anton sowieso inzwischen davon aus, dass sie mit Christian Bergmann zusammen war.

»War mal wieder ein schöner Abend gestern, nicht wahr?« Mit diesen Worten, die in ihren Ohren ziemlich vorwurfsvoll geklungen hatten, war er vor ein paar Tagen nach Hause gekommen und hatte sich für Stunden in seinem Zimmer verbarrikadiert. Erst als sie ihm einen Tee gebracht und sich zu ihm auf die Bettkante gesetzt hatte, war Anton ein wenig zugänglicher geworden, hatte seinen Kopfhörer heruntergenommen und ihr erzählt, dass er zurück nach Hamburg gehen werde, und zwar schon in einer Woche. Er hatte irgendetwas von Familie und Zusammenhalt gefaselt. Heute bereute sie, dass sie nicht besser zugehört hatte, aber in dem Moment hatte ihr der bevorstehende Verlust beinahe den Boden unter den Füßen weggezogen. So gern hätte sie sich ihm anvertraut und ihm von dem Deal mit Bergmann erzählt. Aber hätte ihn das umgestimmt und zum Bleiben animiert? Wahrscheinlich nicht. Außerdem hatte sie mit ihrer Unterschrift Stillschweigen gelobt. Sie konnte ihm die Wahrheit nicht anvertrauen, selbst dann nicht, wenn sie gewollt hätte.

»Hallo, Laura, kann's losgehen?« Leonhardt rieb sich die Hände und strahlte sie an.

Warum er so fröhlich war, erschloss sich Laura allerdings nicht. Sein Hauspianist würde das Hotel für immer verlassen, was gab es da für einen Grund, vergnügt zu sein?

»Meine Freundin Melle kommt gleich, dann decken wir die Tafel ein. So viele Gäste werden es nicht, ich denke, es kommen etwa zehn Besucher, wenn's recht ist.«

»Natürlich. Der Saal gehört euch und alles, was bestellt wird, geht auf mich. Und wenn Sie nichts dagegen haben, würde ich mich später auch gern dazugesellen.«

»Aber sicher. Sie haben all das hier ermöglicht. Außerdem wird sich Anton freuen, auch von Ihnen Abschied nehmen zu können.« Bei diesen Worten spürte Laura plötzlich einen Kloß im Hals. Sie schluckte, doch so recht ging er nicht weg. Sie wandte sich ab, denn es war ihr peinlich, dass Leonhardt ihre Gefühlsregung mitbekam.

Wenn Laura dachte, ihr Chef werde sich jetzt zurückziehen, hatte sie sich geirrt, im Gegenteil, er trat noch näher und forschte in ihrem Gesicht.

»Sagen Sie, Laura, Antons Weggang nimmt Sie ziemlich mit, oder?« Leonhardt fasste in seine Jacketttasche, holte ein Taschentuch hervor und reichte es ihr. Verdutzt und verlegen hob Laura abwehrend die Hand. »Nein, nein. Lassen Sie nur, es geht schon. Natürlich bin ich nicht gerade glücklich darüber, dass er weggeht. Es kam ja alles wie aus heiterem Himmel. Aber Anton muss selbst wissen, was gut für ihn ist. Wenn er seine Familie so schmerzlich vermisst und sie ihn auch, dann muss er wohl zurück in die Heimat, das ist höhere Gewalt, da kann man nichts machen.«

Leonhardt setzte an, etwas zu sagen, hielt aber in dem Moment inne. Dann fragte er: »Das hat Anton Ihnen erzählt?«

Verdammt! Hatte sie wieder zu viel ausgeplaudert? Wer wusste schon, was Anton seinem Chef erzählt hatte, um aus dem Vertrag zu kommen. Sie war so dumm! Schnell schüttelte sie den Kopf. »Die genauen Gründe kenne ich natürlich nicht. Wissen Sie, auch wenn wir zusammenwohnen, erzählen wir uns nicht alles. Wir sind ja kein Paar oder so …« Das war zumindest nicht gelogen, überlegte Laura.

»Nein, das sind Sie nicht. Sie haben sich ja nun doch für den smarten Christian Bergmann entschieden.«

Leonhardts Worte wirkten auf Laura wie ein Tritt in den Magen, und wären in diesem Moment nicht Melle, Mia und Oma Helene hereingekommen, so hätte sie sicherlich eine Ausrede für den Artikel in der *Knorke* erfunden.

»Hallo, Mama!« Mia kam wie ein Wirbelwind auf sie zu gerannt und Laura kam hinter der Bar hervor, um sie zu begrüßen. Sie drückte ihrer Tochter einen Kuss auf den Scheitel und drehte sie mit dem Gesicht in Richtung Leonhardt.

»Das sind meine Tochter Mia und meine Freundin Melle und ihre Großmutter. Sie helfen mir, Antons Abschiedsfeier vorzubereiten.«

Leonhardt nickte. »Dann machen Sie mal in Ruhe. Ich störe Sie jetzt auch nicht weiter.«

Oma Helene, die sich extra ausgehfein gemacht hatte, beäugte Leonhardt von oben bis unten. »Und Sie spielen also Fußball?« Sie lächelte ihn verzückt an und hakte sich bei ihm ein wie bei einem alten Freund.

Lauras Chef lachte auf. »Ja, liebe Oma Helene, hin und wieder spiele ich auch Fußball.« Er zwinkerte Laura zu, als er das sagte, weil er natürlich wusste, für wen er gehalten wurde. Oma Helene befühlte Leonhardts Oberarm und lächelte selig.

»Hach«, seufzte sie, »diese Muskeln … wenn ich doch nur ein oder zwei Jahre jünger wäre.«

»Oma!«, schimpfte Melle, »lass das doch. Das ist nicht Lauras Freund. Das ist ihr Chef. Und du blamierst uns schon wieder alle gewaltig!«

»Ich mach doch gar nichts«, entrüstete sich Helene und streichelte ein letztes Mal über seinen Bizeps, bevor Melle es schaffte, ihre Großmutter von ihm loszumachen. Leonhardt verschwand mit einem nachsichtigen Lächeln auf den Lippen und Laura schnappte sich einen Stapel Servietten, um sie Mia in die Hand zu drücken.

»Meinst du, du kannst Oma Helene zeigen, wie man sie faltet?«

»Logisch«, sagte Mia, nahm Oma Helene an der Hand und zog sie mit sich an die Tafel, an der sie beide Platz nahmen.

»Okay, die beiden sind schon mal beschäftigt«, murmelte Melle. »Oma Helene wollte unbedingt mitkommen. Ich weiß nicht, ob das so eine gute Idee war.«

»Natürlich. Sie gehört schließlich zur Familie. Außerdem lieben wir Oma Helene, sie hat uns früher immer Eierkuchen gemacht, wenn wir aus der Schule kamen.«

»Stimmt.« Melle lächelte bekümmert bei der Erinnerung an die längst vergangenen schönen Zeiten.

»Hey«, stupste Laura sie an, »was ist denn los?«

Kopfschüttelnd wich Melle ihrem Blick aus. »Ach nichts. Es ist nur alles so ... so ...«

Schnell drehte sie sich um und fragte: »Wo sind denn die Teller? Lass uns lieber den Tisch decken, bevor deine Eltern kommen, sonst wird das wieder so ein Durcheinander.«

Laura dachte gar nicht daran. Sie umarmte ihre Freundin von hinten. Seufzend drehte Melle sich zu ihr. »Langsam halte ich diesen Zustand nicht mehr aus«, brach es aus ihr heraus.

»Mike?«, fragte Laura behutsam.

Laura nickte mit heruntergezogenen Mundwinkeln. »Er hat schon wieder mindestens zwei Kilo abgenommen. Außerdem streiten wir uns nur noch.«

»Na ja, dass er abnimmt, kann nun wirklich nicht schaden, aber streiten ist natürlich blöd. Hast du ihn wegen des Fotos zur Rede gestellt?«

Melle schüttelte den Kopf. »Ich konnte nicht.«

»Wie? Du konntest nicht?«

»Na, ich hab mich nicht getraut. Ich bin noch nicht so weit. Ich kann ihn noch nicht gehen lassen. Aber ich kann ihn auch irgendwie nicht mehr an mich heranlassen.«

»Mäuschen! Aber du kannst den Zustand auch nicht ewig hinnehmen. So leid es mir tut, aber wenn Mike eine andere Frau liebt und trotzdem jeden Abend zu dir nach Hause kommt, musst du ihn zumindest vor die Wahl stellen.«

Laura griff in die Schale mit den Erdnüssen und schob sich eine Handvoll in den Mund.

»Mensch, Laura, das weiß ich doch alles selbst. Aber was ist, wenn er sich für Queena entscheidet? Weißt du, die hat doch gar keine Ahnung von meinem Mike! Er isst nie Margarine, immer nur Butter. Er schläft bei offenem Fenster und hasst Rosinen. Beim ›Tatort‹ kennt er schon am Anfang den Mörder und er setzt sich hin beim Pinkeln. Weißt du, und wenn er mich in den Schlaf löffelt, dann passt mein Rücken haargenau an seinen Bauch. Wir sind doch füreinander bestimmt. Warum hat er das denn vergessen?« Melle kämpfte mit den Tränen und Laura mit ihrer Wut auf Mike. Sah er denn nicht, dass das die wahre Liebe war? Till zum Beispiel hatte ihr immer nur Vorhaltungen gemacht, dass sie katastrophal kochte, schlecht putzte und immerzu das Licht ausmachte. Er sah nie wirklich hin. Er sah nicht, dass sie sich, obwohl komplett talentfrei, bemühte, ein Essen für ihn zuzubereiten, oder dass sie neben dem Putzen mit Mia spielte. Und wenn sie das Licht ausmachte, dann doch nur, um Strom zu sparen. Das, was Melle eben über Mike gesagt hatte, das hörte sich an wie die wahre Liebe. Und dieser elende Schuft schmiss das einfach weg. Mike war genauso ignorant und blöd wie Till. Laura wurde immer wütender.

»Bitte, Melle, tue dir selbst einen Gefallen und stell ihn zur Rede. Dann hast du endlich Gewissheit. Das ist doch kein Zustand.«

Melle schnaubte. »Das sagt ja die Richtige.«

Alarmiert hob Laura den Kopf. »Wie meinst 'n das jetzt?«

Über ihre eigenen Worte erschrocken, fasste sich Melle an den Mund. »Entschuldige! Ich meinte das nicht so.«

»Nee, Melle, jetzt sag mal! Wie meinst du das?«

Ihre Freundin zuckte mit den Schultern. »Hey, das weißt du doch ganz genau. Mit dem Bergmann machst du dir doch nur was vor. Meinst du, ich sehe nicht, was los ist?«

Laura spürte, wie sie rot wurde. »Was soll schon los sein?«, fragte sie, als ob sie tatsächlich ahnungslos wäre.

»Ey, verarsch mich doch nicht. Du bist bis über beide Ohren in Anton verknallt und machst aus einem Grund, der sich mir nicht erschließen will, mit diesem Fußballer rum. Was stimmt nur nicht mit dir? Und komm mir bitte nicht wieder mit der Phrase, dass du keinen Typen mehr willst, der nicht in Lohn und Brot steht. Ich glaube nämlich, dass Anton ganz genau weiß, was er tut. Außerdem kannst du dich auf ihn verlassen und er ist … ist …« Nach dem richtigen Wort suchend, schnippte sie mit den Fingern. »Er ist familiär. Schließlich geht er zurück zu seiner Familie, weil sie ihm so am Herzen liegt. Genau so einen brauchst du. Siehst du das denn nicht?«

Klar wusste Laura, dass Melle recht hatte, aber sie schüttelte den Kopf. »Anton geht fort. Nach Hamburg. Ohne mich. Ohne sich einmal umzudrehen.«

»Weil du mit diesem Spinner Bergmann herumturtelst.«

»Ach, Melle«, seufzte Laura. »Ich gebe ja zu, dass ich mir mit Christian etwas vorgemacht habe, aber wenigstens ist jetzt Mias Zukunft gesichert.«

»Echt jetzt, Laura?«

Laura rang mit sich. Sollte sie nicht wenigstens Melle die Wahrheit erzählen. Wenn sie jemandem vertraute, dann ihr.

»Hör zu, Melle, es ist nicht so, wie es scheint.«

»Das weiß ich doch. Ich sehe, dass du Christian nicht liebst. Vielleicht liebt er dich, aber das ist doch die denkbar ungünstigste Voraussetzung für eine glückliche Partnerschaft. Und glaub mir, Laura. Du hast es verdient, glücklich zu werden. Und Mia auch. Und zwar nicht nur finanziell, sondern auch herziell. Und ja, ich weiß, dass es dieses Wort nicht gibt.«

»Mensch, Melle!«, antwortete Laura mit beinahe denselben Worten wie ihre Freundin kurz zuvor. »Das weiß ich doch alles selbst. Aber nun habe ich diesen Deal unterschrieben und werde ihn auch einhalten.«

»Genau! Einen Deal?!«, schnaubte Melle. »Was für einen Deal, um Himmels willen? Was hast du schon wieder angestellt?«

»Pst!« Laura presste mit großen Augen den Zeigefinger auf den Mund. »Schrei doch nicht so herum! Eigentlich darf ich überhaupt nicht darüber sprechen. Also setz dich still hin und hör zu!«

Melle setzte sich mit gespannter Miene auf den Barhocker.

»Versprich mir, dass du niemals mit jemandem darüber redest!«

»Auch nicht mit …«

»Mit niemandem, hab ich gesagt«, fuhr ihr Laura über den Mund.

»Ja. Ja. Mit niemandem! Versprochen. Ehrenwort mit Spucke.« Melle leckte ihren Finger an und hielt ihn in die Luft, so wie sie es schon in ihrer Kindheit getan hatten.

»Gut. Und jetzt halt dich am Tresen fest, damit du nicht vom Stuhl kippst.«

Melles Hand umfasste die Marmorplatte des Tresens, dann nickte sie. »Leg los.«

Laura machte einen letzten Rundumblick, um sich zu vergewissern, dass sie immer noch ungestört waren. Helene und Mia falteten Servietten und unterhielten sich.

»Na schön. Christian Bergmann ist …« Sie trommelte mit den Zeigefingern auf den Tresen, um die Spannung zu erhöhen.

»Du machst mich wahnsinnig.« Melle rollte genervt die Augen.

»Er ist schwul!« Jetzt war es raus.

»Genau!«

»Echt jetzt«, beschwor Laura.

»Ja, genau. Dasselbe sagt man auch über Prinz Charles, und ist er's?«

»Ach komm! Niemand weiß, ob Camilla nicht doch ein Mann ist.«

»Stimmt auch wieder. Aber Christian Bergmann? Okay, er hat gezupfte Augenbrauen.«

»Das ist dir aufgefallen?«

»Ja sicher, aber das macht ja heutzutage schon fast jeder Mann. Das hat ja nichts mehr zu bedeuten. Und was heißt das jetzt genau? Erpresst du ihn mit deinem Wissen oder was?«

»Für wie kriminell hältst du mich eigentlich?«, echauffierte sich Laura. »Natürlich nicht. Wir haben einen Deal. Immer, wenn ich mich mit ihm in der Öffentlichkeit zeige, bekomme ich zweitausend Euro.«

»Wie bitte?«

»Ja. Er meint, so hält er sich die Frauen vom Leib. Außerdem ist so ein Outing im Fußball sehr speziell. Gemeinschaftsduschen, Umkleidekabinen. Er hat einfach keine Lust auf homophobes Mobbing in der Arbeit.«

»Verstehe«, hauchte Melle. »Aber mal ehrlich, heutzutage wirst du doch beinahe gehypt, wenn du die Eier hast, dich zu deiner Homosexualität zu bekennen.«

Laura zuckte mit den Achseln. »Er ist noch nicht so weit. Außerdem hat er mir anvertraut, dass er Paul Degenhardt liebt.«

»Nein!«, stieß Melle aus. »Den Paul Degenhardt, der erst neulich Janine Kahn geheiratet hat?«

»Genau den. Und auch er will sich nicht outen. Aber Christian hat mich eingeweiht. Janine Kahn ist lesbisch. Durch ihre Berufe, sie sind ja beide Anwälte, stehen sie oft in der Öffentlichkeit. Nach außen hin leben sie die Musterehe und bewohnen ein Doppelhaus mit ihren jeweiligen Partnern.«

»Raffiniert!«, stieß Melle aus.

»Ja, das ist es. Allerdings ist es vor Kurzem zum Bruch zwischen Carmen Schulte und Janine Kahn gekommen, Christian war also gezwungen, sich eine neue Freundin zuzulegen.«

Melle fasste sich ans Herz. »Oh mein Gott. Und ich bin eingeweiht. Danke, dass ich das noch erleben darf. Und ich dachte, *mein* Leben sei kompliziert. Dagegen ist dein Leben ja die reinste Hölle. Oh Gott! Und der arme Christian Bergmann! Ich fasse es nicht!«

»Du sagst es, Liebchen«, pflichtete ihr Laura bei.

»Aber Moment, so groß ist die Hölle nun auch nicht, oder? Denn jetzt frisst du dich alle naselang durch irgendeinen Gourmet-Tempel, lässt dich mit Christian Bergmann fotografieren und kassierst dafür auch noch einen Batzen Kohle.«

»Genau so ist der Plan. Leider werde ich dafür jedoch für eine ganze Weile auf einen Partner verzichten, denn jedermann hält mich für seine Geliebte.«

»Und das macht dir gar nichts aus?«

Laura zuckte die Schultern. Natürlich war es nicht genau das, was sie sich wünschte, aber so konnte sie in Ruhe ihre Ausbildung beenden, ohne irgendwelche Sorgen oder Nöte zu haben.

»Ich denke in erster Linie an Mia. Wenn ich meine Ausbildung abgeschlossen habe, werde ich weitersehen. Und jetzt hoch mit dir, bevor die Gäste kommen. Es liegt noch jede Menge Arbeit vor uns. Du kümmerst dich um das Besteck, ich sorge für die Tischdeko. Ach, und Melle …?«

»Ja?«

»Kopf hoch. Du siehst ja, manchmal ist alles überhaupt nicht so, wie es scheint.«

Melle antwortete mit einem resignierten Lächeln.

TRENNUNGSSCHMERZ

Den ganzen Tag über hatte sich Anton abgehetzt, um rechtzeitig mit dem Packen fertig zu werden. Das Mietauto war bis
unters Dach mit seinen Habseligkeiten vollgestopft. Was sich
nun noch in der Wohnung befand, würde er Laura und Mia
überlassen. Viel war es nicht mehr, nur das Küchenmobiliar,
die Kaffeemaschine, die Waschmaschine und sein Bett. Das
Bett konnte seinetwegen sein Nachfolger bekommen, es war so
gut wie neu. Sein neues Zuhause war komplett eingerichtet, er
brauchte es nicht mehr. Fertig und abgekämpft von der vergangenen Woche stand er nun vorm Leonhardt und ein letztes Mal ließ er die eigenwillige, aber eindrückliche Fassade auf
sich wirken. Die hohen Fenster mit ihren Rundbögen waren
eher altmodisch, was gut ins Stadtbild, aber im Grunde nicht
zur Modernität des Baus passte, und doch war merkwürdiger-
weise alles stimmig. Über zwei Jahre war dieses Hotel seine
Arbeitsstelle gewesen, als die er sie nie wirklich angesehen
hatte. Vielmehr war es eine Stätte der Begegnungen, ein Ort
der Musik, der inneren Einkehr, aber vor allem hatte er hier
jede Menge liebenswerte Menschen kennengelernt, die ihm
ans Herz gewachsen waren. Sosehr er sich auf die Arbeit in der
Elphi freute, so arg schmerzte ihn der heutige Abschied. Gleich
würde er ein letztes Mal seinen Dienst antreten. Er hoffte, es

waren nicht allzu viele nette Kollegen da, denn er hasste tränenreiche Abschiede und sein Herz war ihm eh schon schwer. Auf seinen Ohren saßen die Lieblingskopfhörer und beschallten ihn mit Rachmaninows dramatischem Pianokonzert No. 2, das ausgezeichnet zu seiner aufgewühlten Stimmung passte. Er betrat das Hotel durch den Seiteneingang und steuerte auf den großen Speisesaal zu. Als er die Tür öffnete, schaute er in einen dunklen, scheinbar verlassenen Raum. Was war denn hier los? Alle ausgeflogen? Aber wenn ja, wohin? Fast hätte er die Tür wieder geschlossen, als plötzlich das Licht anging und ihm eine Portion Konfetti entgegenschoss. »Überraschung«, johlten ihm seine Freunde und Kollegen entgegen.

»Oh Mann! Echt jetzt? Eine Abschiedsparty?«, fragte er.

»Und isch darf trinken endlich ein Glas Champagner«, prostete Nesrin ihm entgegen. Soweit er sich erinnern konnte, sah er sie das erste Mal, seitdem er sie kennengelernt hatte, mit einem freundlichen, nein, beinahe zufriedenen Gesichtsausdruck.

»Ist eine Ausnahme«, meckerte Murat an Nesrin gewandt, dann kam sein Freund auf ihn zu und zog ihn in seine Arme.

»Wirst fehlen, Alter«, sagte er mit testosterongeschwängerter Stimme, was in Widerspruch zu seinen nun glasigen Augen stand.

»Voll schwul, Murat.« Nesrin rollte mit den Augen und trank ihr Glas in einem Zug leer.

Murat ließ ihn los und bedachte seine Cousine mit einem strafenden Blick.

»Du wirst mir auch fehlen, Murat. Du und deine Cousine und eure kleinen Zankereien.« Anton schmunzelte.

Nesrin goss sich ein weiteres Glas ein und sagte: »Das sind nischt Zankereien. Wir hassen uns wirklisch.«

Alle um sie herum lachten, also alle bis auf Nesrin und Murat. Dann ging er auf Laura zu, die ihre gesamte Familie mitgebracht hatte.

»Die Überraschung ist dir gelungen«, sagte er, »und sogar deine Eltern hast du mitgebracht. Ich freu mich, sie wiederzusehen.«

»Wir kennen uns erst kurze Zeit, aber ich habe dir viel zu verdanken. Du hast mir nicht nur eine Bleibe gegeben, als ich völlig am Boden war, du hast mir, wo du nur konntest, unter die Arme gegriffen. Du hast meine Eltern damit auch entlastet, na ja, und sie mögen dich vielleicht auch ein bisschen, keine Ahnung, warum.« Laura zwinkerte ihn an. Toralf Schönbrunn gab seiner Tochter einen freundschaftlichen Klaps. »So eine freche Göre. Aber recht hat sie, wir sind froh, dass Laura und Mia ausgerechnet an dich geraten sind. Wir wissen es zu schätzen, was du für die beiden alles getan hast. Und wir wollten dir sagen, wenn du mal Hilfe brauchst, sind wir selbstverständlich auch für dich da. Eine Hand wäscht die andere.« Anton und Toralf schüttelten sich die Hände. Dann kam Melle an die Reihe. Doch bevor sie etwas sagen konnte, drängelte sich eine fremde alte Dame vor, hakte sich bei ihm unter und betastete seine Brust.

»Sie spielen also Fußball, ja?«, fragte sie und schmiegte sich eng an ihn. Verlegen trat Anton auf der Stelle. Was sollte er nur tun?

»Oma! Hör endlich damit auf, alle Männer zu betatschen.« Melle befreite ihn aus dem Klammergriff der Dame und lächelte entschuldigend.

»Das ist Melles Oma Helene. Sie wohnt in dem Heim, in dem Tante Melle arbeitet.« Mia senkte ihre Stimme. »Oma Helene hat in letzter Zeit öfter mal eine kleine Schraube locker, sagt Mama.« Mia kicherte und schob ihre Hand in Antons. Wenn er sich bis jetzt gut im Griff gehabt hatte, so rührte ihn diese Geste sehr. Er streichelte über Mias kleine warme Hand, die ihm gleichermaßen Trost spendete, den Abschied aber noch schmerzlicher machte.

»Gibt es eine Sitzordnung?«, fragte Anton und deutete hinüber zum Tisch, über den ein Banner mit der Aufschrift: »Wir werden dich vermissen« gespannt war.

Mia zuckte die Schultern. »Bestimmt wollen alle neben dir sitzen, aber ich am meisten.«

»Wenn das so ist, sitzt auf jeden Fall du neben mir.«

»Danke, Anton«, sagte sie mit glühenden Wangen und suchte den Blick ihrer Mutter, die zustimmend nickte. »Und deine Mama wünsch ich mir auf die andere Seite.«

Laura kam lächelnd auf ihn zu und hakte sich bei ihm unter. Als sie ihre Hand unter seinen Arm schob, fühlte es sich beinahe so an, als würde er seine Familie zum Tisch führen. Das würde nur leider ein Traum bleiben, ein fantastischer zwar, aber ein Traum.

»Das hier hast doch bestimmt du angeleiert, oder?«, flüsterte er in Lauras Richtung.

»Nee, Murat war ganz scharf darauf, seinen Brudi zu verabschieden«, sagte sie leichthin, doch Anton wusste, dass das eine Lüge war. Er war sich sicher, dass Laura ihm den Abschied mit voller Absicht nicht so leicht machen wollte, wie er ihn gern gehabt hätte.

Alle seine Freunde und Bekannten, die ihm lieb und teuer waren, setzten sich an den Tisch. Es war ein bisschen, als säße dort eine Familie, die man sich aussuchen würde, wenn man könnte. Er mochte Lauras Eltern, die sich nie zuhörten und trotzdem miteinander redeten, und Murat und Nesrin, die sich immerzu anzickten und dennoch füreinander ins Feuer gesprungen wären. Dann die kleine Mia, die ihn anhimmelte wie Töchter ihre Väter, und Laura, die er sich so gut an seiner Seite vorstellen konnte. Selbst Oma Helene fand er in ihrer Verwirrtheit erheiternd. Hatte nicht jeder jemanden in der Familie, der ein bisschen verrückt war? Und Melle hatte er als sehr loyale Person kennengelernt. Nichts hätte sie auf ihre beste

Freundin Laura kommen lassen und immer war sie für sie da. In der Tür erschien plötzlich ein junger Mann, den er nicht kannte. Er kam auf ihn zu und Laura stand auf.

»Mike, schön, dass du es doch noch geschafft hast.«

Als er den Namen hörte, wusste Anton, dass er zu Melle gehörte. Mike war ein großer, hübscher, beinahe athletischer Typ mit Glatze, der ihn auf den ersten Blick an Meister Proper erinnerte. Anton stand auf und begrüßte ihn.

»Ich bin Anton. Ich freue mich, dass ich dich auf den letzten Meter doch noch kennenlernen kann. Dann lasst uns die Gläser darauf erheben, auf dass ihr mich allesamt bald los seid.«

Mike lächelte. »Oh, ich glaube, darauf will hier niemand trinken. Ich bin mir sicher, man wird dich vermissen.«

»Ein Gefühl, das du ja nicht mehr kennst«, murmelte Melle in ihr Champagnerglas.

»Ist das nicht Mike?«, fragte Oma Helene und schob ihre Brille höher auf die Nase.

»Ja, das ist er und vielleicht spielt er neuerdings auch Fußball.«

Oh, oh! Melle schien aus irgendeinem Grund sauer auf ihren Freund zu sein.

»Sorry, dass ich zu spät komme, ich musste noch etwas besorgen«, erklärte Mike kleinlaut. Er ging um den Tisch herum und beugte sich zu Melle hinunter, um ihr ein Küsschen auf die Wange zu geben. Aber sie machte im letzten Augenblick einen Rückzieher.

»Die Frage ist nicht, was du, sondern wem du es noch besorgen musstest, oder?«

Alle Augen waren auf Mike und Melle gerichtet. Es war beinahe wie bei einem Unfall, im Grunde wollte niemand hinsehen, aber wegschauen war plötzlich auch keine Option mehr. Anton beklemmte die Situation und er überlegte angestrengt, wie er die Aufmerksamkeit von den beiden weglenken konnte.

»Wer von euch wird mich eigentlich in Hamburg besuchen kommen?«, fragte er in die Runde.

»Ich komme dich besuchen«, sagte Mia zuversichtlich, als ob sie das selbst bestimmen könnte.

»Oh, darauf freue ich mich am meisten. Bringst du dann deine Mama mit?«

»Sag mal, Melle, was ist eigentlich los mit dir?«, fragte Mike, seine Krawatte lockernd. Offenbar hatte er sich extra für sie oder den heutigen Abschied in Schale geworfen.

»Mit mir?«, rief Melle aus, sichtlich außer sich. »Mit mir?« Tränen glänzten in ihren Augen. Anton konnte nicht sagen, ob vor Wut oder Enttäuschung. Er hatte überhaupt keine Ahnung, was an diesem Tisch gerade vor sich ging. Hatte er irgendetwas verpasst?

»Ja, mit dir, Prinzessin!«

»Äh, 'tschuldigung, wollen wir schon mal die Bestellung aufnehmen?«, unternahm Anton einen weiteren, kläglichen Versuch, die Situation irgendwie zu retten.

Melle schaute kurz zu ihm hinüber und für einen flüchtigen Moment glaubte er, sie werde sich beruhigen. Doch dann sagte sie: »Genau, Mike, gib doch mal deine Bestellung auf. Lass dir wieder gegrilltes Gemüse mit Sojagehacktem oder gefüllte Zwiebeln mit gebratenen Apfelspalten oder irgendeine andere vegane Leckerei kochen.«

Nicht nur er, sondern auch Laura schien sichtlich verwirrt, aber als Melle die Speisen aufzählte, rutschte ihr: »Oh, das hört sich aber wirklich lecker an« heraus und sie handelte sich einen bitterbösen Blick ihrer Freundin ein.

Mike schaute verlegen in die Runde. Er wirkte hilflos, und wie er so dasaß, tat er Anton leid, denn eigentlich hatte er gar nichts weiter gemacht, als hereinzukommen und sich neben seine Freundin zu setzen.

»Weißt du was?«, sagte Mike nun sichtlich aufgebracht. »Seit Wochen mühe ich mich ab, deinen Launen keine weitere Aufmerksamkeit zu schenken. Melle, du weißt, dass ich dich wirklich über alles liebe. Aber langsam reißt mir der Geduldsfaden. Kannst du mir mal verraten, was dich die ganze Zeit so wütend macht?«

Laura machte: »Oh, oh« und biss sich gespannt auf die Unterlippe. Anton gab es auf, den Streitschlichter spielen zu wollen, und lehnte sich zurück. Eigentlich gefiel es ihm, nicht mehr der Mittelpunkt der Veranstaltung zu sein.

»Was mich so wütend macht?«, echote Melle. Sie holte ihr Handy aus der Hosentasche, tippte etwas hinein und hielt es ihm hin. »Das! Macht! Mich! Wütend!«

Mike betrachtete das Display und kräuselte die Stirn. »Bin ich das?«

»Und ob du das bist!«, zeterte Melle. »Die Frage ist nur, wer ist das neben dir, hm? Mit welcher Frau gehst du am helllichten Tag spazieren und legst ihr die Hand vertraut auf den Rücken. Seit wann geht das schon so? Und lüge mich ja nicht an!«

Mike senkte den Blick, seine Miene wirkte resigniert. Offenbar war er überführt. Anton hätte jetzt nicht in seiner Haut stecken wollen. Jedoch, wenn alle dachten, Mike würde jetzt alles abstreiten, um seine Haut zu retten, so irrte man sich.

»Cool, was du mir so alles zutraust. Es ist wirklich erstaunlich nach all den Jahren.«

»Sag mal, spinnst du?«, ereiferte sie sich weiter. »Das Foto ist ja wohl eindeutig. Du hast in den letzten zwölf Wochen mindestens fünfzehn Kilogramm abgenommen, du kommst jeden Abend später nach Hause. Tagsüber erreiche ich dich kaum am Telefon und du beantwortest auch meine Anrufe nicht. Natürlich, weil du zu tun hast. Mit Queena oder Quanah oder Quandra. Meinst du, ich bin blöd?«

»Wer bitte soll denn Queena oder Quanah oder Quandra sein? Bist du verrückt geworden?«, fragte Mike und griff sich an die Stirn.

»Das weiß ich doch nicht, wer sie ist. Aber ich habe in deinem Telefon gesehen, dass du sie unter »QG« abgespeichert hast.«

»Ja, genau. Das habe ich«, gab er endlich zu und alle bedachten Mike mit einem verständnislosen Blick.

»Vielleicht war er nur Fußball spielen«, brachte sich Oma Helene mit ein. »Und gibt's denn bald etwas zu essen? Ich hab solchen Hunger«, schob sie quengelnd nach.

»Genau! Lasst uns alle die Gemüter beruhigen und etwas zu essen bestellen«, schlug Laura vor. »Vielleicht könntet ihr euren Streit für den Moment beilegen? Oder woanders fortsetzen, das ist doch schließlich Antons Abschiedsparty«, sagte Laura und lächelte mit zusammengebissenen Zähnen.

»Nee, Laura! Du kennst mich!«, sagte Mike. »Du weißt, dass ich so was niemals tun würde.«

Laura senkte bekümmert den Blick und schwieg in ihre Hände, die in ihrem Schoß lagen.

»Wirklich jetzt, Laura?«

Laura schüttelte ratlos den Kopf. »Nun ja, das, was Melle mir alles erzählt hat, spricht eher nicht für deine Unschuld.«

Anton beobachtete Mike, der inzwischen einen knallroten Kopf hatte und sein Handy aus der Tasche zog. Er drückte ein paar Tasten und hielt es Melle vors Gesicht. »QG steht für ›Quälgeist‹! Das dort auf dem Foto ist meine, wie ich betonen möchte: verheiratete Personal-Trainerin, die mir versprochen hat, mich in zwölf Wochen um fünfzehn Kilos zu erleichtern.«

Melle hielt sich erschrocken eine Hand vor den Mund. »Was? Quälgeist? Personal-Trainerin?«

Mike nickte nur.

»Aber wieso? Und wieso hast du nichts gesagt? Ich bin fast gestorben vor Sorge um uns und unsere Beziehung.«

»Das heißt, du hast gar keine Freundin?«, fragte Laura und Anton beobachtete, wie sie stellvertretend für Melle erleichtert war, als Mike den Kopf schüttelte. Vermutlich rückte er in diesem Augenblick ihr gesamtes angeknackstes Männerweltbild ins rechte Lot.

»Ich hab das alles für dich gemacht.« Mike drehte sich zu Melle.

»Für mich? Wieso denn nur? Für mich hättest du das nicht machen müssen. Vielleicht für deine Gesundheit und dein Wohlbefinden, aber doch nicht für mich.« Melle fasste sich gerührt an die Brust.

»Ich dachte, wenn ich endlich weniger dick bin und etwas sportlicher und auch ansehnlicher, würdest du mich vielleicht ...« Er hielt mitten im Satz inne und holte eine kleine Schachtel hervor, die er auf den Tisch legte.

War es das, was Anton vermutete? Oh Gott, das war ja wohl das Romantischste, was je ein Mann für eine Frau getan hatte.

»Was ist das?«, fragte Melle und betrachtete neugierig die Schachtel. »Ist es das, was ich denke?« Aus ihren Augen kullerten plötzlich Tränen und selbst Anton musste schlucken.

Aber dann, zu aller Leute Entsetzen, stand Mike auf. Anton, und wahrscheinlich auch die anderen Gäste, rechneten fest damit, dass er nun vor Melle auf die Knie gehen würde. Aber das tat er nicht.

»Weißt du, Melle. Seitdem wir uns kennen, war ich mir sicher, dass wir füreinander bestimmt sind.«

Melle nickte.

»Ich hielt dich für meine Seelenverwandte, meine bessere Hälfte, für die Frau, mit der ich mein restliches Leben verbringen will.«

Melle nickte wieder.

»Aber jetzt, wo ich weiß, dass du mir eine Affäre mit einer anderen Frau zutrauen würdest, weiß ich nicht mehr, ob wir das sind, was ich in uns gesehen habe.«

»Natürlich sind wir das«, beeilte sich Melle zu sagen. Sie machte einen Schritt auf ihn zu, aber Mike ging einen rückwärts und schüttelte traurig den Kopf.

»Es tut mir leid. Ich kann das jetzt nicht mehr.«

Im Saal war es mucksmäuschenstill. Niemand sagte mehr etwas. Einzig Melles Schluchzen durchbrach die angespannte Stille. »Mike. Nicht. Ich war doch nur so verzweifelt, weil ich dich so sehr liebe.«

»Liebe basiert auf Vertrauen.« Das war das Letzte, was Mike sagte, bevor er sich umdrehte und den Saal verließ.

Alle sahen ihm hinterher. Nur Melles Schluchzen war zu hören, bis Oma Helene das Wort an sich riss. »Also im Heim essen wir Punkt sechs Uhr. Auch wenn sich jemand streitet.«

Melle sah flehentlich zu Laura. »Ich muss das in Ordnung bringen. Kümmerst du dich um Oma?«

Laura nickte. »Natürlich.«

Melle sammelte sich, sprang auf und rannte hinaus.

Es dauerte eine Weile, bis sich alle wieder beruhigt hatten. Nachdem Ansgar Leonhardt sich eine Weile später zu ihnen gesellt und alle ihre Essensteller vor sich stehen hatten, kehrte schließlich Ruhe ein. Anton war gerührt und dankbar, als er herausfand, dass sein Chef den Abschied für ihn ausrichtete. Es wurde gegessen und getrunken. Die Stimmung hob sich langsam wieder. Außer der von Murat. Der hatte den ganzen Abend über schlechte Laune und fragte Leonhardt nach dem dritten Cosmopolitan, ob er nicht auch nach Hamburg gehen könne, schließlich gebe es dort auch ein Hotel Leonhardt, in dem er arbeiten könne. Noch dazu sei dies ein Hotel ohne Nesrin. Alle lachten. Also alle bis auf Nesrin und Murat.

Leonhardt stieß sachte mit einem Löffel gegen sein Champagnerglas und bat um einen Moment der Ruhe.

»Anton, ich weiß, du batest mich unter vier Augen darum, kein großes Bohei um deinen Abschied zu machen. Du wolltest dich genauso leise wegstehlen, wie du dich in mein, nein, in unsere Herzen geschlichen hast. Wir lassen dich nur ungern gehen, weil du uns fehlen wirst. Du hast dieses ganz besondere Talent, das dir der liebe Gott in die Wiege gelegt hat, und ich weiß, es wird dich noch bis ganz nach oben bringen.«

Anton biss sich von innen auf die Wangen. Was sein Chef sagte, rührte ihn, aber er hatte noch mehr Angst davor, dass er enthüllen würde, was dieser für seine Zukunft geplant hatte.

Leonhardt räusperte sich. »Ich ... ich will nur sagen, ich glaube an dich. Und ich halte meine Versprechen. Deshalb bitte ich dich nur noch um eine Sache.«

Anton konnte sich denken, wovon er sprach. Also stand er auf.

»Liebe Freunde«, sagte er und warf einen Blick zur Uhr. »Es ist spät geworden. Zeit zum Aufbrechen. Ich bin kein Mann großer Worte. Nur eines will ich euch sagen: Ich bin froh, jeden Einzelnen von euch kennengelernt zu haben. Und ich werde euch alle vermissen.« Als er das sagte, blickte er direkt in Lauras Gesicht. In ihren Augen glänzten Tränen und ein wenig verschaffte es ihm Genugtuung. Ganz so leicht fiel ihr der Abschied wohl auch nicht, auch wenn sie diesen Bergmann liebte.

»Jetzt spiel's noch einmal, Sam«, sagte Leonhardt und lehnte sich zurück.

Anton nickte, trat ans Klavier und spielte »As Time Goes By« aus dem Film »Casablanca«. Das war das erste Lied, das er für seinen Chef gespielt hatte. Mit diesem Lied würde er sich nun auch verabschieden.

AUF NACH HAMBURG

Laura griff in die Tüte mit den Erdnüssen und schob sich eine kleine Handvoll in den Mund. So war es schon immer gewesen und es würde für ewig so bleiben: Essen beruhigte ihre Nerven. Jedes Mal, wenn sie sich bewusst machte, dass sie Ansgar Leonhardt, ihrem großen Boss, gegenübersaß, durchfuhr sie ein neuer Adrenalinstoß. Eigentlich hätten ihre Adrenalinspeicher längst leer sein müssen, so oft, wie sie sich in den letzten beiden Stunden darüber aufgeregt hatte. Aber ihr Körper schien Unmengen von diesem Flush-Zeugs zu produzieren. Vielleicht waren die Nüsse schuld daran?

»Erstaunlich, wie schlank Sie sind, obwohl das bereits Ihre zweite Tüte ist«, bemerkte Leonhardt, über seine Tageszeitung blickend. Laura fragte sich, wann er das Blatt endlich schließen und sehen würde, wer auf der Titelseite abgebildet war. Und dann überlegte sie, wie er auf die Nachricht reagieren würde. Allerdings fragte sie sich in den letzten zwei Stunden ziemlich viel, nämlich: Warum war sie hier? Warum sollte ausgerechnet sie ihn in diesem Zug nach Hamburg begleiten? Was zum Teufel sollte sie in einem klassischen Konzert? Sie hatte doch überhaupt keine Ahnung von Mozart & Co.! Anton hätte sich über so eine Gelegenheit gefreut, aber an sie war eine derart teure Karte doch total verschwendet. Wenigstens freute sich Laura darauf,

Anton wiederzusehen, falls er einem Treffen zustimmen würde. Als Leonhardt ihr mehr oder minder aufdiktiert hatte, mit nach Hamburg zu reisen, war Anton der Erste gewesen, der ihr in den Sinn gekommen war. Einzig um Mia hatte sie Angst. Zwar hatten Nesrin, die Antons Zimmer übernommen hatte, und ihre Tochter sich inzwischen angefreundet, aber wann immer sie die beiden allein ließ, beschlich sie ein ungutes Gefühl.

»Es ist der Stoffwechsel«, erklärte Laura kauend. »Ich glaube, ich habe zwei.«

Leonhardt schmunzelte, sagte »beneidenswert« und vertiefte sich wieder in die *Knorke*.

Dass der überhaupt so ein Käseblatt las, wunderte sich Laura. Sie hatte immer gedacht, Männer, die etwas auf sich hielten und einen solchen Background hatten, konsumierten nur den *Spiegel*, den *Focus* oder irgendwas, das mit *financial* anfing oder darauf endete.

Ob Anton sich wohl verändert hatte? Er war inzwischen zwei Monate in Hamburg. Sie schrieben sich hin und wieder kleinere Textnachrichten, leider nichts mit Tiefgang. Laura traute sich einfach nicht. Sie wollte und konnte nicht zugeben, dass es ihr schwerfiel, ihn loszulassen. Sie musste an den Briefumschlag denken, den Anton ihr bei seinem Abschied überreicht hatte. Sie hatte ihn am Abschiedsabend erst zu Hause geöffnet, als sie ungestört gewesen war. Im tiefsten Innern hatte sie sich gewünscht, nein, gehofft, Anton hätte ihr in diesem Brief seine Gefühle für sie offenbart. Das, was der Umschlag dann zutage gebracht hatte, damit hatte sie nicht gerechnet. Er enthielt Fotos, die Till beim Verkauf von Drogen zeigten. Bei dem Anblick war ihr ganz übel geworden, und im ersten Moment war sie wütend auf Anton gewesen. Im nächsten Augenblick aber war ihr bewusst geworden, dass er ihr einen großen Gefallen getan hatte. Denn so konnte sie Till verbieten, mit Mia allein zu sein. Seitdem sie Till die Fotos gezeigt und ihm angedroht hatte, damit zur Polizei zu gehen, hatte er sie beide in Ruhe gelassen. Laura schätzte, das würde auch so bleiben. Außerdem war ihr bewusst geworden, dass Anton nur auf sie achtgeben wollte. Vermutlich mochte er sie eher wie ein Bruder seine Schwester und sie hatte seine ersten Annäherungsversuche viel zu ernst genommen. Das hätte auch erklärt, warum nach den Küssen im Flur keine weiteren Annäherungen mehr erfolgt waren. Er hatte einfach für sich entschieden, dass sie ein Ausrutscher war.

Während ihrer Überlegungen musste sie kurz weggenickt sein, denn nun wurde sie von lautem Gelächter geweckt. Abrupt öffnete sie die Augen und sah Leonhardt, wie er die Titelseite in den Händen hielt. Jetzt klopfte Lauras Herz bis zum Hals. Es war so ärgerlich, dass Christian und Paul sich beim Knutschen hatten erwischen lassen. Jetzt war sie dem Spott der gesamten Nation ausgesetzt. Hätte sie diesen vermaledeiten Vertrag doch nur niemals unterschrieben. Es hätte ihr doch klar sein müssen, dass diese Flunkerei früher oder später auffliegen würde. Sie bedachte Leonhardt mit einem Kopfschütteln, inklusive Augenrollen. Dann schaute sie demonstrativ aus dem Fenster.

»Jetzt mal ehrlich«, versuchte er, wieder ernst zu werden, »ich weiß inzwischen seit zwei Jahren, dass dieser Kerl schwul ist. Was hat er Ihnen gegeben, damit Sie dieses Theater mitspielen, hm?«

Bei Leonhardts Worten stieg Lauras Blutdruck. »Wie bitte? Sie wussten davon?«

»Natürlich! Was dachten Sie denn? Mir gehört das Hotel und ich weiß alles, was sich darin abspielt.«

Jetzt war Laura perplex. »Und wann immer Sie mich auf Christian Bergmann ansprachen, wussten Sie, dass er schwul ist?«

Ihr Chef machte ein zerknirschtes Gesicht. »Ich weiß, Sie denken, das ist nicht fair. Schon allein, weil ich Sie zu der Sache mit meiner Schwester gezwungen habe, aber ich hatte keine andere Wahl. Alle Hochzeitshelfer waren in letzter Sekunde abgesprungen, ich musste mir etwas einfallen lassen. Stellen Sie sich vor, sie wäre nicht unter die Haube gekommen. Sie hätte noch ewig im Leonhardt gewohnt. Dass es so eskalierte, wollte ich natürlich nicht. Aber kommen Sie, Laura, wir haben das doch alles mit Bravour gemeistert.«

»Ja, aber auf wessen Kosten?« Zutiefst beleidigt verschränkte Laura die Arme vor der Brust. Sie wollte kein Wort mehr mit ihrem Chef reden.

»Nun spielen Sie nicht die beleidigte Leberwurst«, sagte Leonhardt. »Sie haben auch nicht alles richtig gemacht.«

»Ich? Wie kommen Sie darauf?«

»Na ja, ich finde, es ist nicht die feine Englische, aller Welt vorzuspielen, liiert zu sein, nur um sich finanzielle Vorteile zu verschaffen.«

Laura wurde rot. »Woher wissen Sie das denn schon wieder?«, rutschte es ihr heraus.

Leonhardt lachte jovial. »Einem Typ wie Bergmann traue ich alles zu. Wenn Sie mich fragen«, er deutete auf die Zeitung, »der hat sein Outing von langer Hand geplant. Sie sind einfach nur ein Bauernopfer. Oder hat er das mit Ihnen abgesprochen?«

Laura schüttelte fassungslos den Kopf. »Meinen Sie wirklich?«

Leonhardt nickte. »Wissen Sie, meine Menschenkenntnis hat mir in den letzten Jahren gezeigt, dass es immer Charaktere wie Christian Bergmann, aber auch immer Menschen wie Anton geben wird.«

»Anton? Wie meinen Sie das? Was ist mit Anton?«

Leonhardt zuckte mit den Schultern, während der Zug in Hamburg einfuhr. Bevor er aufstand, um auszusteigen, sagte er nur: »Kleine Laura, lassen Sie sich einmal im Leben positiv vom Leben überraschen.«

DAS KONZERT

Was hatte Leonhardt nur gemeint, als er Antons Charakter erwähnte? Wie kam er überhaupt auf Anton? Während Sie dem Mann am Einlass ihre Eintrittskarte hinhielt und man ihr den Weg zu einer grotesk langen Rolltreppe wies, wählte Laura Antons Nummer. Nach zweimaligem Klingeln nahm er ab.

»Hey, Laura. Ist irgendwas passiert?«, fragte er mit Verwunderung in der Stimme.

Im ersten Moment verwirrte Laura seine Frage, aber im nächsten Augenblick wurde ihr bewusst, dass sie ihn das erste Mal seit seinem Fortgang anrief und seine Stimme hörte. Bei seinen Worten wurde ihr ganz wehmütig. Wie gern hätte sie ihn jetzt umarmt. Obwohl vor und hinter ihr jede Menge Menschen mit freundlichen und erwartungsvollen Gesichtern standen, fühlte sie sich plötzlich einsam.

»Nein, nein. Es ist alles in Ordnung«, beeilte sie sich zu sagen. »Ich wollte dich nur fragen, ob du morgen Zeit für mich hast. Ich bin in Hamburg und würde dich gern sehen.«

»Du bist was?«, fragte Anton verdutzt.

»In Hamburg. Das ist eine lange Geschichte. Leonhardt brauchte für heute Abend eine Begleitung. Er meinte, ich wäre die geeignetste Person dafür. Keine Ahnung, wieso, weshalb, warum. Ich sage dir, er wird immer seltsamer. Außerdem ist der so 'ne Art Allwissender.«

Am anderen Ende wurde es still.

»Bist du noch dran, Anton?«

»Äh, ja. Das ist tatsächlich merkwürdig. Darf ich fragen, wohin du ihn begleiten sollst?«

Lauras Herz machte einen Satz. Ob Anton eifersüchtig war?

»Ich soll mit ihm auf ein Konzert in der Elbphilharmonie gehen. Ehrlich gesagt, hab ich keine Ahnung, wer hier heute Abend auftritt. Ich weiß nur, dass Mozart gespielt wird. Er hat mich erst heute Morgen damit überrumpelt.«

»Verstehe«, sagte Anton mit kühler Stimme. »Und wieso glaubst du, dass Leonhardt allwissend ist?«

»Keine Ahnung. Er weiß einfach Sachen, die er im Grunde nicht wissen kann.«

»Aha«, machte Anton.

»Und?«, fragte Laura.

»Was, und?« Anton schien plötzlich Welten entfernt zu sein.

»Können wir uns morgen sehen? Mein Zug nach Berlin geht erst um sechzehn Uhr. Wir könnten zusammen frühstücken, wenn du Lust und Zeit hast. Ganz wie in alten Zeiten.«

Anton lachte auf. »Manche Dinge ändern sich wohl nie. Du denkst immer noch nur ans Essen, hm?!«

Und an dich, dachte Laura und kicherte. »Jetzt, wo du es sagst, könnte ich einen Schokoriegel vertragen. Allerdings befinde ich mich gerade auf einer ewig langen Rolltreppe und ich trage ein Kleid«, unkte sie.

»Oh, dann geh bloß kein Risiko ein, du weißt doch, was passiert, wenn du zwei Sachen gleichzeitig machst. Pass gut auf dich auf, okay?« Laura hörte die Prise Sarkasmus, die unterschwellig mitschwang.

»Ich habe gerade keinen Schokoriegel zur Hand, also ist alles gut«, beschwichtigte sie ihn. Sie war auf der Plaza angekommen, sah sich um und entdeckte Leonhardt, der ebenfalls bereits Ausschau nach ihr hielt. Als er sie sah, steuerte er auf sie zu.

»Also klappt's morgen?«, fragte sie Anton.

»In welchem Hotel bist du denn abgestiegen?«

»Wo schon? Im Leonhardt Hamburg«, sagte Laura.

»Oh, die haben ein ausgezeichnetes Restaurant. Ich reserviere einen Tisch für zehn Uhr, einverstanden?«, fragte Anton.

»Super. Ich werde da sein. Bis morgen. Ich freu mich auf dich, Anton.«

Mit klopfendem Herzen legte Laura auf. Sie fragte sich, ob Anton die *Knorke* gelesen hatte und bereits wusste, dass die Beziehung mit Christian Bergmann ein Fake gewesen war. Falls ja, hatte er sich jedenfalls nichts anmerken lassen. Oder aber, ihm war es völlig egal.

»Laura, schön, dass Sie gekommen sind. Das Kleid steht Ihnen fantastisch. Und Sie haben sogar die Rolltreppe unbeschadet überstanden. Alle Achtung!« Leonhardt hielt ihr verschmitzt grinsend seinen Arm entgegen und sie hakte sich mit einem »Ha, ha« bei ihm unter. Ursprünglich hatte sich Laura auf das Konzert gefreut, aber jetzt, wo sie Antons Stimme gehört hatte, hätte sie den Abend viel lieber an seiner Seite verbracht. Sie seufzte und dachte: erst die Arbeit, dann das Vergnügen. Leonhardt schien sich bestens auszukennen. Er führte sie zu den Fahrstühlen und sie fuhren in die zwölfte Etage, von wo aus sie den kleinen Konzertsaal über Treppen erreichten. Laura geriet ins Staunen. Von außen war die Elbphilharmonie bereits ein beeindruckendes Bauwerk, aber im Innern verschlug es ihr schlichtweg die Sprache. Sie betraten den kleinen Konzertsaal, der beinahe voll und überhaupt nicht klein war. Leonhardt hatte sich bei den Karten nicht lumpen lassen und führte sie ganz nach vorn in die zweite Reihe. Von hier aus hatte man einen fabelhaften Blick auf die Bühne. Im Halbkreis saßen vier

Musiker, die damit beschäftigt waren, ihre Instrumente vorzubereiten. Wie Leonhardt ihr erklärte, handelte es sich um zwei Violinen, eine Viola und ein Violoncello. Außerdem stand ein Flügel auf der Bühne, der Pianist allerdings war noch nicht da. Im Hintergrund konnte man etliche Stühle sehen, was darauf hindeutete, dass später noch mehr Musiker in Aktion treten würden.

»Wenn das der kleine Saal ist, möchte ich nicht wissen, wie riesig der große Konzertsaal ist«, staunte Laura.

»In den großen passen viermal so viele Gäste. Sie müssen nur etwas Geduld mitbringen, Laura. Ich schätze, in einem Jahr sitzen wir dann dort.«

Laura bedachte Leonhardt mit einem fragenden Blick. Wie kam er nur auf die Idee, sie würde ein weiteres Mal ein Konzert mit ihm besuchen? Doch noch bevor sie die Frage laut aussprechen konnte, wurde plötzlich das Licht gedimmt und das Stimmengewirr beruhigte sich. Von links trat ein Pianist auf die Bühne, verbeugte sich kurz vor dem Publikum und nahm dann am Klavier Platz.

Laura traute ihren Augen kaum. Sie kniff die Augen zusammen und schärfte den Blick. Als sie ihn erkannte, blieb beinahe ihr Herz stehen. Das durfte nicht wahr sein. Ihr fassungsloser Blick wanderte von der Bühne zu Leonhardt, der sie lediglich mit einem Augenzwinkern bedachte.

»Sie elender Schuft«, flüsterte Laura in seine Richtung. Sie spürte, wie sich ihre Wangen färbten und ihre Augen sich mit Tränen füllten. Leonhardt drückte kurz und versöhnlich ihre Hand und Anton legte seine Hände auf die Klaviatur.

LETZTER AKT

Begleitet vom Orchester, das während der Pause zu den vier Streichern hinzugekommen war, spielte Anton den fulminanten letzten Akkord von Mozarts »Concerto No. 23«. Pedro hatte meisterhaft dirigiert. Beglückt sah Anton dieses Funkeln in seinen Augen, das er während der harten Proben nur dann darin entdeckt hatte, wenn wirklich alles stimmig gewesen war.

Für einen kurzen Moment hätte man im Saal eine Stecknadel auf den Boden fallen hören können. Anton hatte keinen frontalen Blick ins Publikum, sondern saß mit seiner rechten Seite zu ihm, worüber er sehr froh war. Seitdem er wusste, dass Laura in der Menge sitzen würde, war er nicht nur nervös, sondern kurz vor dem Durchdrehen gewesen. Umso mehr freute er sich nun, dass er diese Feuerprobe bestanden hatte. Denn wenn er es schaffte, vor ihr zu spielen, würde er vor der ganzen Welt bestehen können. Die letzten Wochen waren hart gewesen. Er hatte Laura einerseits vermisst, andererseits waren das Üben und die Proben nicht nur äußerst zeitintensiv, sondern auch eine willkommene Ablenkung, wenn nicht sogar sein einziger Trost gewesen. Schon immer konnte er bei Sorgen und Nöten Kraft und neuen Mut aus der Musik schöpfen.

Jetzt brach der Applaus los. Das war der Lohn, für den ein Künstler arbeitete. Anton stand auf und drehte sich zum Publikum. Nach einer tiefen Verbeugung ging er zu Pedro und umarmte ihn, anschließend gab er dem ersten Geiger die Hand und bedankte sich hiermit bei ihm und dem gesamten Orchester. Dann verbeugte er sich noch einmal vor dem Publikum und genoss den Sturm der Begeisterung. Sein Blick wanderte suchend durch die Menge und schon nach einigen Augenblicken entdeckte er sie. Laura. Direkt neben ihr stand der Mensch, dem er all dies hier zu verdanken hatte. Und jetzt hatte Leonhardt ihm auch noch Laura gebracht. Woher wusste dieser Mann nur, wie sehr sie ihm fehlte?

Auch Pedro und die anderen Musiker verbeugten sich und genossen den Applaus. Er verklang erst, als sie von der Bühne abgingen. Mit klopfendem Herzen eilte Anton in seine Kabine. Er schloss die Tür hinter sich, lehnte sich dagegen und gönnte sich einen Moment der Ruhe. Er atmete tief durch und versuchte, den Glücksmoment festzuhalten. Er hatte sein erstes Konzert hinter sich gebracht und es war gut, nein, es war perfekt gelaufen. So fühlte es sich also an, erfolgreich vor Publikum zu bestehen. Ein irre gutes Gefühl.

Jemand klopfte leise an der Tür und sein Herz schlug sofort wieder Purzelbäume. Dennoch erwartete er, dass Pedro davorstand, als er sie öffnete. Mit Ansgar Leonhardt hatte er so schnell nicht gerechnet.

»Du warst fantastisch, mein Freund.« Leonhardt zog ihn wie einen Sohn in seine Arme und drückte ihn kurz und herzlich. Hinter ihm entdeckte er Laura, die sich dezent im Hintergrund hielt.

»Laura«, flüsterte er, löste sich von seinem früheren Chef und hielt die Arme auf. Bereitwillig lief sie auf ihn zu und schmiegte sich an ihn, ein Gefühl, das er niemals mehr vergessen würde. Er atmete ihren Duft ein und küsste sie auf die Wange.

»Ihr kommt allein klar, oder?«, sagte Leonhardt und winkte knapp in die Runde. »Wenn ihr nichts dagegen habt, gehe ich mit meinem alten Freund Pedro einen trinken.«

»Danke, Herr Leonhardt«, rief Anton ihm hinterher, obwohl ein einziges Danke niemals genug sein würde. Denn er verdankte ihm so viel.

»Du warst fantastisch«, sagte Laura. »Ich wusste nicht, wie viel dir die Musik bedeutet. Bis heute.« In ihren Augen glänzten Tränen.

»Hey, schon gut.« Er streichelte ihre Wange und zog sie wieder an sich. »Ich bin ziemlich happy, dass du gekommen bist.«

Sie nickte an seiner Brust. »Ich auch. Ich …, ich … wusste bis heute überhaupt nicht, wieso du so ein Theater ums Klavierspielen machst.«

»Ich weiß, das kann eben nicht jeder verstehen.«

»Doch, doch. Jetzt begreife ich es. Du berührst die Menschen tief in ihrer Seele. Wie schlecht muss ich sein, dass ich das nicht erkannt habe?«

Was Laura sagte, rührte Anton, gleichzeitig freute er sich über ihre späte Einsicht. Wenn seine Eltern doch auch nur so verständig gewesen wären.

»Danke, dass du das sagst.«

»Es tut mir leid, dass ich so blind war«, sagte sie, hob den Kopf und sah ihm tief in die Augen.

Ihr eindringlicher Blick machte ihn beinahe etwas verlegen. »Schon gut, du hattest andere Sorgen. Ich versteh das. Der Mensch handelt immer aus seinen Erfahrungen heraus. Du hast in deinem Leben ein paar schlechte gemacht.«

»Schon. Aber jetzt erkenne ich, dass ich blind und ignorant für das wirklich Gute war.«

Laura löste sich von ihm und drehte ihm den Rücken zu. Er sah, wie ihre Schultern bebten. Sie weinte, still zwar, aber er spürte ihre Traurigkeit beinahe körperlich.

Er ließ sie einen Moment in Ruhe, damit sie sich beruhigen konnte.

Sie seufzte. »Weißt du, Anton. Ich bin zwar hier, weil Leonhardt mich praktisch dazu gezwungen hat, aber ich bin so unendlich froh, endlich wieder in deiner Nähe zu sein.«

»Wirklich?«, fragte er und freute sich wahnsinnig über ihre Worte.

Sie nickte. »Wirklich. Mia vermisst dich schrecklich.«

»Mia?«

Sie nickte wieder.

»Ich vermisse Mia auch. Also auch schrecklich.«

Laura drehte sich um und schmunzelte.

»Wahrscheinlich ist es zu spät, Anton. Aber meinst du, du könntest mir verzeihen?«

»Was soll ich dir denn verzeihen?«

»Meine Ignoranz? Meine Blödheit? Meine Engstirnigkeit? Meine … meine …«

Anton hielt es nicht mehr aus, machte einen Schritt auf Laura zu und brachte sie mit einem Kuss zum Schweigen. Ihre Lippen verschmolzen miteinander, ihre Körper drängten sich aneinander und ihre Herzen schlugen im selben Takt. Minutenlang küssten sie sich und hielten einander in den Armen. Nie wieder würde er Laura gehen lassen. Atemlos hielt er einen Moment inne und schob ihr eine Strähne, die sich aus ihrer Frisur gelöst hatte, aus dem Gesicht.

»Sag mal, du wolltest doch sowieso mit mir frühstücken. Was hältst du davon, wenn wir das anstatt im Restaurant in meinem Bett machen?«

Laura kicherte erst, dann versuchte sie, einen ernsten Ton anzuschlagen. »So kriegst du hier also die Hamburger Groupies herum, ja?«

»Nicht alle«, sagte Anton, »nur die Frauen, in die ich mich verliebt habe.«

Obwohl Laura lächelte, kullerte ihr eine Träne aus dem Augenwinkel. »Frühstück im Bett ist genau das, wonach mein Herz ruft.« Sie griff nach Antons Hand und zog ihn mit sich. »Ich hoffe für dich, dass du Schokocroissants da hast.«

WAS DU LIEBST, DAS HALTE FEST

Knock, knock, knock.

Müde und völlig übernächtigt schlug Laura die Augen auf. Ihr Kopf lag auf Antons Brust, die sich gleichmäßig hob und senkte. Lächelnd betrachtete sie sein schlafendes Gesicht, das ohne seine Brille beinahe jungenhaft wirkte. Das hingegen, was er diese Nacht mit ihr angestellt hatte, war ganz und gar nicht jungenhaft gewesen. Bei dem Gedanken daran fingen ihre Wangen an zu glühen und sie fühlte ein Ziehen in ihrer Körpermitte. Herrgott, dachte sie, wie albern sich ihr Körper doch benahm.

Knock, knock, knock.

Gerade noch dachte sie, geträumt zu haben, jetzt wurde das Geräusch real.

»Anton?« Sanft rüttelte sie ihn. »Es hat an der Tür geklopft.«

»Was? Wie spät ist es?«

Der Wecker, der neben seinem Bett stand, zeigte, es war erst zehn Uhr. Anton setzte sich auf und zog überraschend schnell seine Shorts an. Laura zog sich die Decke unters Kinn, während Anton die Tür öffnete. Zu ihrer Überraschung verschaffte sich der Besucher Zutritt, ohne dass Anton überhaupt Gelegenheit hatte, sich zur Wehr zu setzen. Das Zimmer, in dem er wohnte, war ausgesprochen klein, sodass Leonhardt schon in drei Schritten direkt vor dem Bett stand und schmunzelnd auf Laura hinuntersah. Ob er ahnte, dass sie vollkommen nackt war? Oh Gott, wie peinlich war das denn?

»Es ist nicht so, wie es aussieht?«, sagte sie und merkte im nächsten Moment, dass sie den Satz als Frage formuliert hatte.

»Nicht?«, fragte Anton verunsichert und stellte sich neben Leonhardt.

»Ja. Doch. Irgendwie schon.« Laura wusste schon nicht mehr, wohin sie gucken sollte. Beide Männer starrten auf sie hinunter. Ob es albern gewesen wäre, sich die Decke über den Kopf zu ziehen?

»Ich bin sofort wieder weg. Ich wollte nur kurz etwas zurückgeben. Ich denke, so ein Umzug nach Hamburg wird einiges kosten.«

Leonhardt legte einen Briefumschlag aufs Bett und setzte an, das Zimmer zu verlassen.

»Moment mal«, sagte Anton und fuhr sich nervös durchs Haar. »Ist das etwa das Geld, das …« Nervös blickte er zu Laura, ohne den Satz zu beenden.

»Da ist Geld drin?«, fragte sie neugierig. »Wofür denn? Und was heißt, ein Umzug nach Hamburg würde einiges kosten? Wer zieht denn nach Hamburg? Ich verstehe nur Bahnhof.«

Leonhardt rollte ungeduldig mit den Augen.

»Meine Güte, Frau Schönbrunn. Sie sind aber wirklich schwer von Begriff. Ist sie doch, oder?« Leonhardt wechselte einen kurzen Blick mit Anton.

»Ist sie das? Ich glaube, ich kapiere hier auch einiges nicht«, vermeldete Anton und Laura kam sich gleich nicht mehr ganz so blöd vor.

»Na schön! Dann mal Butter bei die Fische, wie es im Norden heißt. Ich biete Ihnen an, Ihre Ausbildung im Hamburger Leonhardt zu beenden.«

Laura wurde schwindlig und ihr war, als würde ihr Herz für einen Moment aufhören zu schlagen.

»Meine Ausbildung? In Hamburg?«

»Überlegen Sie's sich. Das Angebot steht. Und, Anton, ich glaube, es ist an der Zeit, auf dein Herz zu hören. Du tust gut daran, der jungen Dame endlich reinen Wein einzuschenken. Macht's gut.« Leonhardt winkte in die Runde und verließ das Hotelzimmer.

Mit klopfendem Herzen hielt Laura den Briefumschlag in die Luft.

»Was ist das, Anton?«

Er setzte sich neben sie und schaute Laura liebevoll an.

»Ich weiß nicht, was genau das ist, aber ich denke, es könnte tatsächlich so etwas wie Startkapital für ein gemeinsames Leben in Hamburg sein.«

»Sag mal, Anton«, fragte sie behutsam, »könnte es vielleicht sein, dass das genau zwölftausend Euro sind?« Plötzlich fiel es ihr wie Schuppen von den Augen. Anton war der anonyme Wohltäter gewesen, der Leonhardt das Brautkleid bezahlt hatte. Lauras Augen füllten sich mit Tränen.

»Wenn du so fragst ... ja, es könnte tatsächlich genau diese Summe sein. Und? Was sagst du nun zu einem Leben in Hamburg?«

Gleichzeitig beschämt und glücklich nickte sie, ohne ihm dabei in die Augen sehen zu können.

»Wie bist du nur an so viel Geld gekommen?«, fragte Laura.

Anton zuckte mit den Schultern. »Irgendwann erfährst du's ja doch. Meine Eltern sind stinkreich und erkaufen sich meine Liebe mit monatlichen Zahlungen.«

»Im Ernst?« Lauras Mund stand vor Staunen weit offen.

»Ja, im Ernst. Siehst du, Kleines, nie im Leben ist alles Gute beisammen. Während du eine Familie hast, die dich liebt und immer hinter dir steht, habe ich eine, die mit Geld um sich wirft und das verachtet, was ich tue. Ich frage dich, was meinst du? Wer von uns beiden ist nun reicher?«

Laura, die gerade die Lektion ihres Lebens lernte, nickte traurig und wischte sich eine Träne aus dem Augenwinkel. »Wenn wir zusammenbleiben, sind wir gemeinsam letztlich wohl am reichsten.«

Anton nahm ihr Gesicht in beide Hände. »Ist das ein Ja? Kommt ihr zu mir?«

»Ja, wir kommen nach Hamburg. Aber nicht wegen deines Geldes oder das deiner Eltern, sondern wegen …« Sie nahm seine Hand und legte sie auf ihr klopfendes Herz. Ihre Lippen näherten sich Antons Mund und besiegelten ihre Worte mit einem Kuss. Einen Augenblick später jedoch hielt sie inne.

»Moment! Daran ist aber eine Bedingung geknüpft.«

Anton rollte mit den Augen. »Schon gut, ich bestelle sofort das Frühstück.« Er stand auf und holte sein Handy.

»Gute Idee, aber das meinte ich nicht.« Sie bückte sich nach ihrer Handtasche und zog nun selbst einen Briefumschlag hervor.

»Was ist das?«, fragte Anton neugierig.

»Mach ihn auf.«

Anton öffnete den Briefumschlag und zog eine Karte heraus.

»Eine Hochzeitseinladung?«, fragte er verblüfft. »Müsstest du mich nicht erst fragen, ob ich überhaupt will?«, kalauerte er.

Laura lachte auf, angelte nach dem Kissen und warf es ihm an den Kopf.

»Das ist eine Einladung von Melle und Mike. Wenn es dem Pianisten in den Terminkalender passt, sind wir gemeinsam zur Hochzeit eingeladen.«

Schmunzelnd nahm Anton Lauras Hand. »Mit dir an meiner Seite feiere ich jede Hochzeit.«

Er zwinkerte verschmitzt, ließ sich zurück ins Bett fallen und zog Laura an sich.

Zeitfracht Medien GmbH
Ferdinand-Jühlke-Straße 7
99095 Erfurt, Deutschland
produktsicherheit@kolibri360.de

Druck:
CPI Druckdienstleistungen GmbH
im Auftrag der
Zeitfracht Medien GmbH
Ein Unternehmen der Zeitfracht - Gruppe
Ferdinand-Jühlke-Str. 7
99095 Erfurt